AF139050

Jonas Akermann

MILOS TRÄUME

novum ◢ pro

Dieses Buch ist auch als
e-book
erhältlich.

www.novumverlag.com

Bibliografische Information
der Deutschen Nationalbibliothek:

Die Deutsche Nationalbibliothek
verzeichnet diese Publikation in
der Deutschen Nationalbibliografie.
Detaillierte bibliografische Daten
sind im Internet über
http://www.d-nb.de abrufbar.

© 2020 novum Verlag

ISBN 978-3-99064-938-1
Lektorat: Anna Paul,
Marie Schulz-Jungkenn
Umschlagfoto: Atichat Ammatayakul |
Dreamstime.com
Umschlaggestaltung, Layout & Satz:
novum Verlag

Gedruckt in der Europäischen Union
auf umweltfreundlichem, chlor- und
säurefrei gebleichtem Papier.

www.novumverlag.com

für Mike le chat

INHALTSVERZEICHNIS

Kapitel I

Einsam

Von draußen höre ich den Regen. Es blitzt. Plötzlich ein Donner. Und wach bin ich. Der schwarze kleine Wecker auf meinem Nachttisch zeigt mir an, dass es mitten in der Nacht ist. Zwei Uhr. Ich blicke umher. Alles ist dunkel. Ich schaue zum Fenster. Es steht einen Spalt weit offen. Ich höre das leichte Rauschen des Windes, der durch eben diese Öffnung zischt. Ansonsten ist es leise. Ich höre meinen Atem und spüre mein Herz wie wild schlagen. Ich bin wach, aber noch nicht wirklich da. Ich liege im Bett, aber fühle mich an einem ganz anderen Ort.

Ist das tatsächlich wieder einer dieser Träume gewesen? Diese Träume, die mich bereits seit Monaten verfolgen und sich stets so echt anfühlen? So, als wäre ich ein Teil davon. Oder habe ich das gerade wirklich erlebt? War ich dieser Agent, der zusammen mit seinem Kollegen unterwegs gewesen ist und einen Polizisten entführte? War ich dieser Typ, der so extrem zielstrebig und verbissen agierte? Und alles nur, um an irgendwelche Informationen zu gelangen. Auskünfte, die genau dieser Mann an exakt diesem von uns ausgewählten Ort an uns übermitteln sollte.

Die Überzeugung war spürbar. Der Polizist, Mitte vierzig, blondes Haar, vernarbtes Gesicht, schmächtig und circa einen Kopf größer als ich. Und wir, jung, kaltschnäuzig und voller Tatendrang. Mit nur dem einen Ziel, ihn zu schnappen.

„Wer bist du?", fragt er mich. „Wieso machst du das? Wieso gerade ich?"

Und dann, in dem Moment, als ich den Mund öffne, um ihm zu sagen, was meine Beweggründe sind, wache ich auf. Wieso jetzt? Wieso muss der Traum gerade jetzt zu Ende sein? Wieso immer dann, wenn ich erfahren will, wie es weitergeht? Ich will wissen, wieso ich das mache und weshalb sich alles so echt anfühlt. Ich will wissen, was mit meinem anderen ‚Ich‘ in meiner Traumwelt passiert. Wissen, wieso es mir so vorkommt, als wäre das andere ‚Ich‘ wie ich. Ein ‚Ich‘ in einer Parallel-Welt, die sich wie die Wirklichkeit anfühlt. So als könnte ich den Zugang dahin mit einem Sprung über eine schmale Stufe erreichen. Es erscheint mir so nah, aber die Antworten auf meine Fragen sind meilenweit entfernt.

Pause, tief durchatmen, die Augen nochmals kurz schließen. Dann mein Blick durchs Zimmer kreisen lassen und entscheiden, was ich tun soll. Keine Antwort finden, oder doch, einfach nur liegen – nichts tun.

So liege ich nun da, benommen von dem Traum, der mir immer noch im Kopf brennt. Ich habe Mühe einzuordnen, was echt ist und was nicht. Im Magen habe ich ein komisches Gefühl. Im Dunkel meines Zimmers erscheint noch immer der Polizist vor mir, wie er verwirrt nach unseren Motiven fragt. Wie er mich anschaut und einfach nicht verstehen kann, wieso ich das mache. Wie er völlig perplex in mein Gesicht schaut, so als würde er gar nicht begreifen, dass das alles gerade wirklich passiert.

Alles steht still und ich bewege mich weder vor noch zurück. Dann starte ich einen Versuch. Ich drehe meine Beine in Richtung Boden, um Fuß zu fassen, lege mich dann aber sofort wieder hin. Ich schaue zur Decke und prüfe, ob ich etwas erkennen kann. Irgendein Zeichen? Nichts, keine Chance. Ich blicke zum Nachttisch und erkenne, dass gerade mal zehn Minuten vergangen sind. Was soll ich tun? Das Ziel ist, weiterschlafen, aber davon bin ich so weit entfernt wie nach den Antworten auf meine gerade erlebten Taten. Also entscheide ich mich, meine Kräfte zu bündeln. Ich löse mich von den imaginären Fesseln, die mich ans Bett klammern, und stehe auf. Ein Glas kalte Milch und ein Spaziergang rund ums Haus helfen mir, mich zu sammeln. Die frische Luft, die während des Laufens in mein Gesicht bläst, ist wie ein feuchter Lappen, der die Unreinheiten aus der Haut wäscht. Einfach befreiend und genau das, was ich in diesem Moment brauche. Die Dunkelheit macht mir nichts aus. Anfangs schon, aber irgendwie habe ich mich daran gewöhnt. Von Zeit zu Zeit, von Spaziergang zu Spaziergang, ist sie zu meinem Freund geworden. Düster und doch so ruhig und ohne bösen Willen. So als würde man all die Dinge, die nicht so laufen, wie sie sollten, mit einem großen Tuch überdecken und erst am nächsten Tag wieder zum Vorschein kommen lassen. Ein sehr schöner Gedanke, den ich versuche festzuhalten, während ich mich langsam wieder zum Eingang bewege. Im Haus ist es weiterhin ruhig und ich laufe ohne weitere Zwischenfälle zurück in mein Schlafzimmer.

Nun ist mein Kopf wieder frei und mein Körper ist müde. Ich lege mich hin und nicke innert Sekunden ein. Dieses Mal schlafe ich tief, ohne Ausflüge in meine Traumwelt. Dieses Mal reduziert sich mein Leben nur auf mich. Kein Polizist, kein Komplize und auch keine weiteren Fragen. Es gibt nur mich, Milos, den Jungen im Bett. Ich erhole mich vom Erlebten. Geht doch.

Die Sonne scheint in mein Zimmer. Ich wache auf und fühle mich leicht benommen, jedoch um Längen besser als bei meinem ersten Erwachen. Ich versuche, meine Gedanken zu ordnen, und fokussiere mich auf den Tag und auf das, was mich erwartet. Ich befreie mich davon, auf alles eine Antwort haben zu müssen, und merke, dass es mir besser geht. Also konzentriere ich mich weiter gezielt auf ein paar wenige Anhaltspunkte.

Den Fokus zu finden, habe ich zu meiner täglichen Aufgabe gemacht. Immer, wenn ich eine Nacht wie heute erlebt habe, präge ich mir morgens meine nächsten Schritte tief ein. Ich stelle mir diese bildlich vor und lasse einen Film vor meinen Augen ablaufen. Wenn auch dies nicht genügt, spreche ich die Gedanken laut aus. Fast schon so, als wäre ich davon besessen. Es ist mein Ritual, mein Plan und meine eigene Strategie, die mir hilft, mit der ganzen Situation klarzukommen.

Aus der Küche nehme ich den Geruch von Toast und heißer Schokolade wahr. Fokus gefunden. Ich rieche kurz am T-Shirt vom Vortag und entscheide, dass ich damit auch noch heute durch den Tag gehen kann. Die wenigen Schweißspuren bemerkt sowieso niemand. Bei den Hosen hat sich die Frage erübrigt. Durch meinen Spaziergang rund ums Haus sehen diese entsprechend aus, also völlig verdreckt. Ich krame mein zweites Paar Hosen aus dem in die Jahre gekommenen Holzschrank und bewege mich in Richtung Küche.

Dort erwartet mich das gewohnte Bild. Alles ist an seinem Platz. Mein Vater sitzt wie immer völlig korrekt und aufrecht auf seinem Stuhl. Er wirkt, eingeschnürt in Anzug und Krawatte, als würde er bereits im Büro sitzen und das erste Meeting vorbereiten. Auf dem großen, massiven Esstisch liegt die Tageszeitung. Diese hält meinen Vater davon ab, sich mit mir zu unterhalten. Er bringt nicht mehr als ein kurzes „Hallo" über seine Lippen und blickt dann wieder direkt in die wohl sehr ergreifenden und spannenden Berichte aus der Umgebung. Ich nicke ihm, oder besser gesagt, dem Mann im Zeitungsartikel, zu und setze mich hin.

Meine Mutter ist ebenfalls bereits pikfein hergerichtet. Sie könnte direkt zu den Oscarverleihungen gehen und würde selbst dort noch auffallen. Da sie weder Schauspielerin ist noch im letzten Jahr einen Blockbuster produziert hat, schließe ich das aus. Sie hat wohl einfach mal wieder einen wichtigen Termin in der Kanzlei. Meine Mutter arbeitet viel, eigentlich immer. Heute nimmt sie mich mehr oder weniger wahr. Sie scheint bereits in ihrem Film gefangen zu sein. Ohne irgendein Wort zu sagen, stellt sie die noch halb volle Tasse auf den Tisch und verlässt den Raum. „Dir auch einen schönen Tag", sage ich leise vor mich hin, als ich bereits den Autoschlüssel klimpern höre.

Eigentlich alles wie immer, denke ich mir. Nur, dass ich aktuell Mühe habe zu unterscheiden, ob das nun real ist oder nicht. Bin ich wirklich hier oder stecke ich in einem dieser Abenteuer, welche ich jeweils im Schlaf erlebe? Ich erinnere mich an meinen Plan und versuche, mich auf den Raum zu konzentrieren. Mit dem ersten Blick treffe ich eine Schlagzeile in der Zeitung meines Vaters. Ich lese den in Großbuchstaben geschriebenen und somit nicht übersehbaren Titel: Die Stadt brennt.

Ich erfahre von brutalen Überfällen. Diese wurden letzte Nacht in Ame, der Stadt im Norden, auf verarmte Wohnungseigentümer ausgeübt. Die Opfer haben sich gewehrt, aber ohne Erfolg. Sie wollten auf die gemachten Kaufangebote nicht eingehen und ihre Häuser nicht verkaufen – trotz fehlender eigener Mittel. Darauf brach dann wohl die Gewalt aus. Es kam zum Gefecht. Die Täter waren in der Überzahl und es endete blutig. Das ist das gewohnte Bild. Die Kriminalität in den Städten steigt. Wenn es auf dem diplomatischen Weg nicht vorwärtsgeht, lassen sie die Fäuste sprechen. Ein sehr wirkungsvolles Mittel. Leider.

„Über solche Dinge spricht man nicht", bemerkt mein Vater abwertend, als ich ihn nach seiner Meinung frage. Ich merke sofort, dass dies das Ende der Konversation ist. „Keine Antwort, mal wieder", denke ich mir und schweife mit meinen Gedanken ab. Fokus verändern. Wohin? Ah ja – Frühstück. Himbeer-Marmelade, Butter, Brot – eigentlich führe ich doch ein ganz normales Leben, eines ganz normalen Jungen in einer völlig intakten Umgebung. Oder doch nicht?

Ein kurzer Blick in den Spiegel, kaltes Wasser ins Gesicht und los geht's. Mit vollem Bauch mache ich mich auf den Weg.

Ich muss zur Schule, also an den Ort, der mir nie zum Freund geworden ist. Nun ja, ich habe dort auch keine Freunde. Hatte ich noch nie und werde ich wohl auch nie haben. „Die Hoffnung stirbt zuletzt", flüstert mir meine Stimme im Kopf zu. „Lass mich in Ruhe", gebe ich zurück und beende das Selbstgespräch. Seit wir vor etwas mehr als einem Jahr den Wohnort gewechselt haben, klappt es einfach nicht mehr. Ich kann keine Beziehungen zu anderen Menschen mehr knüpfen. Egal wie sehr ich mich auch anstrenge, niemand will mit mir ein Gespräch führen. Ein kurzer Blickkontakt ist das Höchste der Gefühle und dieser ergibt sich meist auch eher zufällig. „Vorher war alles anders", meldet sich meine Stimme im Kopf zurück. Ich beachte sie nicht, bin mir aber bewusst, dass es in diesem Fall zutrifft.

Am früheren Wohnort, westlich von hier, mitten in der großen Stadt Oro, hatte ich ein tolles Leben. In unserem Quartier lebten viele Kinder. An Sommertagen spielten wir Fußball, draußen auf der Straße. Mit großen Steinen markierten wir die Torpfosten und irgendjemand hatte immer einen Ball dabei. Meist war es Paco, der aus Spanien eingewanderte Junge mit seinen unglaublich flinken Beinen. Ich mochte alle und alle mochten mich. Vielleicht war es zu schön, um wahr zu sein, zu schön, um lange zu dauern. Denn so ziemlich von einem Tag auf den anderen war alles vorbei.

„Milos, wir müssen los."

„Wohin?", war mein erster Gedanke. Aber als ich mich zu Hause umsah, waren die Koffer bereits gepackt und die Autoschlüssel auf dem Küchentisch platziert. Ohne „Auf Wiedersehen" zu sagen, verließ ich meine Freunde und auf ein Wiedersehen warte ich bis heute. Anfangs versuchte ich, Kontakt aufzunehmen, aber dies funktionierte nicht. Meine Briefe an Paco und all die anderen Jungs aus dem Viertel kamen entweder nie an oder wurden allesamt nie beantwortet. Letzteres kann ich mir nur schlecht vorstellen. Es gibt dafür keinen Grund. Wieso sollten meine Freunde mir nicht antworten wollen? Ich habe ihnen doch nichts getan? Wir waren eine verschworene Gemeinschaft und hatten trotz unseres jungen Alters bereits viel zusammen erlebt. Jahr für Jahr wuchsen wir enger zusammen. Jeder fühlte sich eng mit den anderen verbunden. Gab es Ärger, waren immer alle schuldig, und wurde jemand für etwas belohnt, wurde geteilt. So gab es keinen Streit und niemand fühlte sich benachteiligt.

Nun ja, auf jeden Fall bin ich nun hier. Ich wohne im Dorf Kono, irgendwo im Nirgendwo, mitten auf dem Land, in einem großen Haus, umringt von Wald, so weit das Auge reicht. Sonst gibt es nichts. Nein, so schlimm ist es nicht, aber als wäre Kono nicht schon genügend klein, müssen wir auch hier noch im vom Dorfkern am weitesten entfernten Haus wohnen.

Kono ist ein klassisches Dorf für Leute, die gekommen sind, um zu bleiben. So leben hier vor allem alte Leute und Familien. Die Anbindung an die umliegenden Dörfer ist in Ordnung, aber nur für Besitzer eines Autos. Der Bus fährt sehr unregelmäßig und nimmt einen nur mit, wenn man das nötige Kleingeld besitzt. Da ich weder flexibel bin noch über eigene Mittel verfüge, gibt es für mich keine Möglichkeiten, von hier wegzukommen. Ich werde nicht gefangen gehalten, aber es fühlt sich so an.

In Kono gibt es einen Dorfkern. Dieser sollte für die Bewohner ein Treffpunkt sein, ist er aber nicht. So bleibt der kleine Park vor der Kirche stets leer, außer, wenn die Dorfältesten aus der täglich stattfindenden Abendmesse kommen. Die Familien und die Kinder ziehen sich am liebsten in ihre Wohnquartiere zurück. Dort treffen sie sich untereinander. Die Geschäfte im Ort decken die wichtigsten Bedürfnisse ab. Das Angebot ist gerade so groß, dass man den Ort nicht unbedingt verlassen muss. Neben einem Dorfladen findet man einen Bäcker, einen Metzger und ein paar weitere Läden. In der Nähe der Schule steht ein alter Bauernhof. Weiter gibt es ein stattliches Gemeindehaus, einen Polizeiposten und diverse Handwerkerbetriebe.

Das Dorf Kono bildet zusammen mit den vier Dörfern Suna, Kiri, Kumo und Iwa einen Verbund. Die fünf Dörfer sind in etwa gleich groß und haben ähnlich viele Einwohner. Umringt werden sie von vier Städten. Eine davon ist Ora, meine Heimatstadt.

Kono ist ein Traum für ein pensioniertes Ehepaar, aber nicht für einen sechzehnjährigen Jungen. Ich fühle mich in der Blüte meines Lebens, aber blühe nicht. Voller Tatendrang habe ich Lust, die Welt zu entdecken. Ich will mit meinen Freunden Abenteuer erleben. Aber hier erlebe ich nichts. Kein kaputtes Fenster durch einen zu hoch angesetzten Ball von Paco, kein Davonrennen und auch kein Aufatmen, wenn man nicht erwischt wurde, nein, hier gibt es nichts davon. Nur mich, mitten im Leben, aber ohne Zutrittsberechtigung. Allein, so als wäre ich eine eigene Spezies, bestehend aus nur einer Person.

Im Vergleich zu meinem Leben in der Stadt spielt sich im Hier und Jetzt eine völlig andere Geschichte ab. So als hätte jemand meine Welt auf eine Schallplatte gelegt und um hundertachtzig Grad gedreht. Hier besuche ich die Klasse 3c, welche im nächsten Sommer ihren Schulabschluss feiert. Hier spielen die Kinder auch Fußball, aber befreit von Spaß und Emotionen. Die Exoten und deren sorglose Art, gegen den Ball zu kicken, fehlen komplett. Es gibt keine leuchtenden Augen, keine Harmonie, keine Bewunderung und schon gar kein Lachen. Das Ganze wirkt so, als würde man den Jungs sagen, sie müssen Fußball spielen, als Hausaufgabe, mit zusätzlicher Bestrafung bei Nichterfüllung.

Ganzheitlich beurteilen kann ich das nicht, da ich nicht mitspielen darf. Doch mein Eindruck bestätigt sich Tag für Tag. An meinem ersten Schultag sprang ich in der Pause noch völlig euphorisch auf den Platz. Danach fragte ich noch ab und zu, dann noch etwa einmal im Monat und irgendwann nur noch dann, wenn meine Füße so bestimmend nach dem Spielen mit dem Ball verlangten, dass sie mich direkt auf den Platz trugen. Und jetzt? Jetzt sitze ich auf der kühlen, im Schatten liegenden Steintreppe und verfolge das Geschehen. Dabei könnte ich die anderen Schüler beraten und ihnen wertvolle Tipps geben, damit sie besser werden. Ich könnte ihnen zeigen, dass ein Tritt gegen den Ball ein Gefühl der Freude auslösen kann. Ich könnte so vieles tun, doch ich sitze nur da und schaue mir Pause für Pause das an, was sie hier Fußball nennen.

Wieso ich das mache? Ich weiß es nicht genau. Diese Frage stelle ich mir aber jedes Mal aufs Neue. Dann bleibe ich trotzdem sitzen und versuche zu vergessen, was ich mich gerade gefragt habe. Hauptsächlich liegt es wohl an den fehlenden Alternativen. Immerhin muss ich mich ja täglich für zwei mal zwanzig Minuten beschäftigen. Und ja, zugegeben, vielleicht ist es auch der noch so kleine Hoffnungsschimmer, der mich glauben lässt, dass ich eines Tages doch noch gefragt werde, ob ich mitspielen will.

Genauso unaufgeregt wie das Treten gegen den Ball beobachte ich die Paare, die sich seit Wochen bilden und die dann wohl zusammen zum Abschlussball gehen werden. Es dauert zwar noch eine ganze Weile bis dahin, doch es scheint so wichtig zu sein, dass dies bereits jetzt erledigt sein muss. „Willst du mit mir zum Fest gehen?", höre ich die sonst ach so harten Jungs die Mädchen fragen. Diese laufen dann für gewöhnlich rot an und drücken, völlig nervös und lächelnd, ein „Ja" über ihre Lippen. So, als würden die Jungs nicht merken, dass sie nur darauf gewartet haben. Da ich nicht der einzige Junge sein will, der ein „Nein" als Antwort erhält, werde ich nicht feiern. Denn wer soll mich schon fragen? Mich, Milos?

Teilweise frage ich mich, ob ich wirklich so heiße, denn die Gunst scheint nicht wirklich mein Begleiter zu sein. Ich fühle mich nicht so, als wäre die Gunst der Stunde auf meiner Seite, ich der X-Faktor oder als würde etwas bewusst für mich laufen. Nein, ich sehe mich eher als Zuschauer des Geschehens, eben als den Jungen auf der kalten Steintreppe.

Gäbe es einen Namen, der für „der Ungünstige" steht, würde dieser wohl besser zu mir passen. Denn ungünstig entwickelt sich nicht nur mein Leben mit meinem Umfeld, sondern auch immer mehr mein Äußeres. Oder anders gesagt, vieles entwickelt sich nicht. So bin ich klein, sagen wir, eher klein – für mein Alter – habe keine besonders auffallenden äußeren Merkmale, bin schmächtig, habe viele Haare, aber keine Frisur, und laufe nicht in den angesagten Klamotten herum. Nein, vielmehr laufe ich dem Trend hinterher.

Zusammengefasst, bin ich eher der Frosch als der Prinz, und auch nicht der Frosch, den man küsst, damit er zum Prinzen wird. Ich bin Milos und auch wenn vieles an dieser Schule gegen mich läuft, denke ich immer daran, dass ich so, wie ich bin, mal ein Mitglied einer Clique war, die mich gern hatte und mich als festen Bestandteil einer Gruppe ansah. Dieser Gedanke gibt mir Kraft und ich weiß, dass ich ihn nie vergessen darf.

Es erübrigt sich wohl, zu sagen, dass ich aus den genannten Gründen bei den weiblichen Mitschülerinnen nicht besonders gut ankomme. Eigentlich müsste ich ihnen ja nahe sein, denn an dieser Schule dürfen auch die Mädchen nicht Fußball spielen. Aber diese Gemeinsamkeit habe wohl bisher nur ich entdeckt. Und da die Mädchen die kalte Steintreppe nicht so anziehend finden wie ich, ergibt sich auch kein Grund, diese Gemeinsamkeit zu vertiefen.

Das Alleine-Sein hat nicht nur dunkle Seiten, sondern bringt auch Vorteile mit sich. Da ich oft – o. k., sagen wir immer – alleine bin, habe ich Zeit, um unzähligen Dingen nachzugehen. Ich lese alles, was ich in die Hände kriege, und verschlinge die ergatterten Werke in Windeseile. In den Büchern bin ich der Herr der Lage und mir gefällt es, dass die Wörter nicht vor mir fliehen, sondern sich von mir lesen lassen. Am liebsten lese ich

Romane, aber auch viel über Technik, Geschichte, Kultur. Ja, eigentlich alles, was ich finde. Zu Hause haben wir nur wenige Bücher, da meine Eltern nichts außer der Zeitung lesen. Diese Bücher habe ich bereits alle gelesen, manche mehrmals.

In der Schule gibt es eine Bibliothek. Diese erlaubt nur Mitgliedern eines bestimmten Klubs Zutritt. Nur sie sind berechtigt, regelmäßig Bücher auszuleihen. Ich verstehe das nicht und es erscheint mir unüblich. Ich kenne aber einen Weg, wie ich mich reinschleichen kann, und beschäftigte mich deshalb nicht weiter mit diesen Gedanken. Es gelingt mir immer mal wieder, ein Buch zu entführen. Die Auswahl hier ist so groß, dass ich es in Kauf nehme, erwischt zu werden. Bisher hatte ich Glück und sowieso bringe ich die Bücher ja stets wieder zurück.

Vieles, was ich lese, probiere ich aus. Ich will stets wissen, ob ich die Theorie auch umsetzen kann. So habe ich Fähigkeiten in allen Bereichen entwickelt – von der Kleinkunst über Geschicklichkeit bis hin zu Zaubertricks. Ich kann vieles, und da ich so viel Zeit habe, werde ich auch immer besser darin. Ich kann Karten verschwinden lassen, Münzen herbeizaubern und übe mich manchmal auch im Schlösserknacken – natürlich nur an alten Gartenzäunen, die sowieso niemand mehr beachtet. Ich liebe das Gefühl, wenn etwas funktioniert. Dies gibt mir jeweils eine Bestätigung. „Gut gemacht, Milos", sage ich zu mir selber und verspüre für fünf Minuten eine Art heroischen Gefühls in mir. Dieses hilft mir dann irgendwie, die restlichen dreiundzwanzig Stunden und fünfundfünfzig Minuten zu überstehen.

Anfangs berichtete ich zu Hause noch von meinen Lernfortschritten. Da dies dann aber eher als lästig empfunden wurde, entschied ich mich dafür, meine Mutter und meinen Vater damit nicht mehr zu nerven. Besser so. Denn meistens rieten sie mir sogar davon ab und wollten nicht, dass ich solch seltsame Dinge mache. Ich sollte die wertvolle Zeit besser in meine Hausaufgaben investieren. Eine klassische Antwort von Eltern, die nichts über ihr Kind wissen und keine Ahnung davon haben, dass die Hausaufgaben etwa so viel von meinem Hirnschmalz in Anspruch nehmen, wie ich für das Streichen von Butter auf Brot benötige.

„Mama, ich muss keine Hausaufgaben machen", würde ich ihr an gewissen Tagen gerne ins Gesicht schreien. Ich entscheide mich dann aber jeweils dafür, das nicht zu tun, und nicke zustimmend zum gemachten Lösungsvorschlag.

Kapitel II

Schule

Herr Braun, unser Klassenlehrer, lässt mich größtenteils in Ruhe. Er hat schnell bemerkt, dass ich eher unter- als überfordert bin, und stellt mir deshalb nur selten eine Frage. Tut er es trotzdem, bereut er es direkt wieder. Denn auf eine Frage an mich folgt eine Gegenfrage. Diese formuliere ich bewusst als Herausforderung und bringe damit Herrn Braun in eine unangenehme Situation. Er sucht dann jeweils nach Argumenten und mischt meist ein paar Halbwahrheiten bei. Da dies nicht unbemerkt bleibt, erlebe ich doch noch ab und zu einen goldenen Moment. Denn für einen Bruchteil einer Sekunde bin ich der, der die Mitschüler zum Lachen bringt. Da diese aber eher den Lehrer auslachen als mir zulachen, bleibt meine Beliebtheit verschwindend klein, und auch für den Rest des Tages werden Fragen über mich weiterhin mit „Wen meinst du genau?" beantwortet.

Nun ja, was soll ich sagen, die Schule ist während des Unterrichts ganz in Ordnung. Ich lerne zwar nicht allzu viel oder nicht das, was mich eigentlich interessiert, aber ich kann es irgendwie als eine Art von Unterhaltung ansehen. Ich kann den Lehrpersonen zuhören und mich so ablenken lassen. Weniger spaßig sind, wie bereits erwähnt, die Pausen. Da diese nur zwanzig Minuten dauern, stellen sie keine große Herausforderung dar. Ich sitze auf der Treppe und schaue „Roboter-Fußball" mit Menschen. Die Mittagspause, welche wir immer zu Wochenbeginn in der Schule verbringen müssen, bereitet mir erheblich größere Probleme. Anfangs versuchte ich noch, mit anderen in Kontakt zu treten, aber mittlerweile bleibt es bei einem Kopfnicken, welches nicht erwidert wird.

Ich denke immer wieder darüber nach, wieso das alles so ist. Am intensivsten dann, wenn ich alleine auf der Holzbank nahe beim Schulbiotop sitze und dort mein Mittagessen zu mir nehme. Da das Biotop wohl zu uncool für die anderen Jugendlichen ist, kann ich hier problemlos die Bücher, die ich von der Schulbibliothek „ausgeliehen" habe, lesen. Aktuell lese ich die Heldentaten von Odysseus. Toll, wie er sich durch all diese Widrigkeiten kämpft und stets daran glaubt, sein großes Ziel zu erreichen. Sein Wille gibt auch mir Kraft. Ich fühle mich Zeile für Zeile stärker und gewinne den Glauben an meine eigene Odyssee zurück: Die Abenteuer des kleinen Milos, alleine auf weiter Fahrt, vom glücklichen Kind zum Jugendlichen im Tal der Tränen, hin zum ganz großen Happy End. Schön, dass ich daran glauben kann.

Zum Glück ist heute Mittwoch und ich muss die Mittagspause nicht in der Schule verbringen. Ich verlasse meine Gedankenspiele und widme mich wieder dem Unterricht. Dort zeichne ich die Bäume vom Pausenhof in mein Notizheft und lasse mich von mathematischen Formeln berieseln. Da mich die Begeisterung für Zahlen beim Rest der Klasse noch unerwünschter machen würde, halte ich mich zurück. Stattdessen blicke ich durch das Fenster auf den Schulhof und beobachte gelangweilt das Treiben des Windes in den Blättern der beiden großen Ahornbäume.

Vierzig Minuten später mache ich mich auf den Weg nach Hause. Ich hoffe zutiefst, dass meine Mutter etwas gekocht hat, was mich davon abhält, den Nachmittag zu schwänzen. Ich brauche Motivation, und zwar dringend. Dabei ist es mir egal, ob mein Antrieb durch die feinen, italienischen Teigwaren zurückkehrt oder ob mir die Tomatensauce wieder neuen Anschub gibt. So tief sind meine Ansprüche.

Meine Fertigkeiten im Fälschen von Unterschriften sind bereits weit fortgeschritten. Dadurch kann ich von der Schule fernbleiben, wann immer ich es will. Und ja, ich mache Gebrauch davon, immer öfter. Da die immer weniger werdenden Schultage, an denen ich komplett anwesend bin, nicht mit meinen Leistungen korrelieren, fallen meine Abwesenheiten zu Hause nicht auf. Die Noten bleiben gut bis sehr gut und somit haben meine Eltern keinen Grund, daran etwas anzuzweifeln. Manchmal frage ich mich aber schon, ob ihnen überhaupt etwas auffällt. Wissen sie überhaupt, dass sie einen Sohn haben? An manchen Tagen bezweifle ich es.

Den Weg von der Schule nach Hause lege ich jeweils zu Fuß zurück. Immer, auch bei Regen. Nun ja, du kannst dir ja vorstellen, wieso. Ja genau, weil ich meinen Eltern nicht so wichtig bin, dass sie mir ein Fahrrad finanzieren würden, und weil mich von meinen Mitschülern, die allesamt von ihren Müttern oder den Haushälterinnen der Eltern abgeholt werden, keiner fragt, ob ich mitfahren will. Passt zum Gesamtbild und wirft bei mir immer wieder dieselben Fragen auf. Irgendetwas muss die anderen dazu bewegen, mich in Ruhe zu lassen und nichts von mir wissen zu wollen. Aber was?

Irgendwie verstärkt sich das Gefühl in mir, dass nicht ich der Auslöser für das abstoßende Verhalten bin, sondern etwas anderes. Etwas, was ich nicht beeinflussen kann. Denn komischerweise war dies in der letzten Schule noch vollkommen anders. Dort hatte ich, genauso wie auf dem Hof vor unserem Haus, Freunde, mit denen ich auf dem Pausenplatz spielte. Ich hatte Spaß an der Schule und lernte auch außerhalb der Schule immer wieder neue Leute kennen. Dabei stand ich nicht im Mittelpunkt, aber ich war einer, mit dem man gerne zusammen war.

Vielleicht liegt es daran, dass ich damals in einer Stadt wohnte und jetzt auf dem Land? Vielleicht daran, dass in der Stadt alle sehr offen waren und hier die Leute nur auf sich schauen? Ich weiß es nicht. Es gibt so vieles, was es sein kann. Doch trotzdem kann ich nicht aufhören, darüber nachzudenken.

Zu Hause angekommen, dringt kein Geruch von italienischer Pasta in meine Nase, dafür erfassen meine Augen einen Notizzettel auf dem Esstisch. „Kümmere dich selber ums Essen. Mama ist in der Kanzlei und ich bin bereits wieder im Büro. Papa."

„Alles klar", denke ich und esse nochmals Frühstück, aber diesmal anstelle von Mittagessen.

Der restliche Tag verläuft ganz normal. Wie so oft entscheiden meine Mitschüler, dass ich zu keiner Gruppe gehöre, und ich erledige die aufgetragene Gruppenarbeit im Team Milos, bestehend aus mir und meinem Selbstzweifel. Ich beginne mit dem Auftrag und bereue dabei, dass ich meine Fertigkeiten des Unterschriften-Fälschens heute nicht angewendet habe. Zu meiner Überraschung geht die Zeit aber ziemlich schnell voran und die Schule irgendwie vorbei. Somit war der heutige Tag wieder einer wie jeder andere. Trotz eines sehr aufreibenden Traumes, der mir irgendwie nicht aus dem Kopf geht, war alles wie immer. Eher langweiliger Schulunterricht, keine Annäherungen von irgendjemandem und auch keine neuen Erkenntnisse, wieso das so ist. Oder doch?

Kann es sein, dass meine Träume irgendeine Wirkung auf die anderen Schüler haben? Merken diese, dass ich in der Nacht etwas gemacht habe, was nicht so ganz korrekt war? Sehen sie in mir den Jugendlichen, der den Polizisten bedroht hat? Haben sie Angst vor mir, da ich in meiner Rolle im Traum so selbstbewusst und sicher wirke?

Nein, das klingt schon ziemlich abgedreht. Wie sollen die anderen Kinder wissen, was ich träume? Ich rede mit keinem darüber und in der Nähe unseres Hauses steht weit und breit kein anderes Haus. So gibt es auch niemanden, der meine nächtlichen Spaziergänge beobachten könnte. Und wenn schon, es ist ausgeschlossen, dass man einen Jungen, der nachts ums Haus spaziert, mit Träumen, die dem Jungen sein zweites ‚Ich' in einem anderen Leben aufzeigen, verbindet.

Ich verdränge diese Gedanken und setze den Heimweg fort. Ich genieße den Wind im Gesicht und fühle mich selber wie Luft, als ich an einer Gruppe Mitschüler vorbeilaufe. Keiner beachtet mich und ich laufe einfach weiter, gerade den Weg entlang, an der Gruppe vorbei. Für solche Situationen habe ich ein einfaches Rezept entwickelt. Ich suche mir jeweils ein Ziel in der Ferne aus und laufe dann, ohne das Ziel aus den Augen zu verlieren, strikt und bestimmend darauf zu. So blende ich aus, was um mich herum passiert, und kann derartige Herausforderungen leichter bewältigen. Zudem fühle ich mich dadurch etwas wohler in meiner Haut, zumindest so wohl, wie man sich in einer solchen Situation fühlen kann.

Wie für diese Momente habe ich für viele Situationen Lösungen entwickelt. Ich kann mich sehr schnell an plötzlich eintreffende Geschehnisse anpassen und dann wie aus einer Werkzeugkiste meine erfolgreichsten Strategien auspacken und anwenden. Falls eine Vorgehensweise funktioniert, wende ich sie weiterhin an. Falls nicht, probiere ich die nächste aus. Ich bin extrem lernwillig und beweise mir dies immer wieder aufs Neue. Im Vergleich zu so vielem anderen bleibt immerhin hier meine Entwicklung nicht stehen.

Zu Hause erzähle ich meinen Eltern von der Begegnung mit der Gruppe von Mitschülern. Diese befinden sich aber beide gedanklich immer noch bei ihrer Arbeit und lassen die Worte ihrer Zuneigung einstudiert und wenig erfrischend wirken. Ich versuche nicht weiter, ein Gespräch in Gang zu bringen, und gehe die Treppe rauf in mein Zimmer. Dort bleibe ich, ausgenommen von einem kurzen Abendessen, für den Rest des Tages.

Kapitel III

Piko

In den letzten Tagen passierte nichts, worüber es etwas zu erzählen gibt. Heute ist Samstag und alle freuen sich aufs Wochenende. Alle? Nein, nur ich nicht. Zwar muss auch ich dann nicht zur Schule, aber das ist auch schon alles. Ich bin sowohl am Samstag und ebenfalls am Sonntag alleine zu Hause und versuche, mich so gut wie möglich mit mir selbst zu beschäftigen. Da meine Eltern mir nicht das gewünschte Interesse zeigen, habe ich angefangen, mit meinem Kater zu sprechen. Klingt irgendwie seltsam, hat aber viele Vorteile. Mein Kater ist immer da, wenn ich von der Schule nach Hause komme, er erwidert meine Geschichten mit minutenlangem Schnurren und stellt das, was ich sage, nicht infrage. Piko ist sein Name. Diesen habe ich ihm gegeben, als er mir, ziemlich genau ein halbes Jahr, nachdem wir überfallartig von der Stadt hierhin gezogen sind, zugelaufen ist. Auf einmal war er da. Er stand am Straßenrand, als hätte er auf mich gewartet, und lief mir etwas mehr als einen Kilometer lang hinterher. Ich weiß es noch, als wäre es gestern gewesen. Immer wenn ich mich umdrehte und in seine Richtung schaute, drehte auch er sich zur Seite. Dann, wenn ich weiterlief, mal schneller, mal langsamer, passte auch er sein Tempo an. Dies fand ich genauso bewundernswert wie merkwürdig. Aber es war auch viel zu spannend und aufregend, um es nicht weiter zu beobachten. Also ging ich weiter und immer weiter – bis ich bemerkte, dass die Lichter unseres Hauses bereits in Sichtweite vor mir in Erscheinung traten.

Als ich dann schließlich durch die Türe den Weg ins Haus fand, war Piko immer noch da, genauso wie am nächsten und auch am übernächsten Tag. Jeweils am Morgen saß er aufrecht, so als wäre er auf Wache, auf meinem Fenstersims und beobachtete mich. Ob er dies auch in der Nacht tat, weiß ich nicht, denn damals hatte ich noch einen ruhigeren Schlaf.

Auch wenn es nur der Blick war, den mir Piko jeweils morgens durchs Fenster zuwarf, genügte mir das, um ihn in mein Herz zu schließen. Er war so ziemlich der Einzige, der Kontakt mit mir wollte. Ein Gefühl, das ich an diesem Tage schon gar nicht mehr so richtig kannte. So stark hat das letzte halbe Jahr auf mich gewirkt, mich verändert und innerlich kalt gemacht.

Nach kurzer Zeit gewährte ich Piko Zugang zu meinem Zimmer. Kurz bevor ich das Licht im Zimmer löschte und es mir unter der Bettdecke gemütlich machte, öffnete ich das eine Fenster einen Spalt weit. Gerade genügend weit, dass Piko problemlos und ohne Gefahr durchgehen konnte. Als ich dann am nächsten Morgen aufwachte und zum Fenstersims sah, war Piko nicht mehr da. Erst enttäuscht, dann jedoch umso fröhlicher, blickte ich ans Ende meines Bettes. Dort lag Piko, friedlich schnurrend, in sein schwarzes Kleid gehüllt. Sichtlich genoss er die kleine Mulde, die sich zwischen meinen beiden Füßen ergab. Und ich – ich lachte. Erschrocken über mich selber, doch meine Mundwinkel zogen sich tatsächlich nach oben. Ein Gefühl, nach welchem ich lange suchte, dann vergaß und nun als Teil meiner Gefühlswelt wiedererkannte. Piko hat die Einladung angenommen und sich mir angenähert.

Da ich mit großer Sicherheit ausschließen konnte, dass ihnen so etwas auffallen würde, ließ ich meine Eltern im Ungewissen. Wieso sollte ich etwas erzählen, das meine Eltern sowieso nicht interessiert und nur negative Auswirkungen für mich haben könnte? Ich entführte jeweils etwas Milch nach oben in mein Zimmer und achtete bei den warmen Speisen darauf, dass ich immer etwas übrig ließ. Piko dankte es mir und meine Eltern bemerkten gar nichts – auch nicht, dass sich mein Appetit vom einen auf den anderen Tag veränderte.

Zu meinem Nachteil ist aber nicht die gesamte Familie so uninteressiert, was meine Person angeht. So bemerkte die ältere Schwester meiner Mutter Piko, als diese circa einen Monat nach meiner ersten Begegnung mit Piko zusammen mit ihrem zwölfjährigen Sohn übers Wochenende zu Besuch kam. Genauer gesagt, war ihr Sohn, John, der Entdecker. Da unser Haus nicht allzu groß ist und über kein Gästezimmer verfügt, musste John bei mir im Zimmer schlafen. Eigentlich wollte ich Piko ja nicht zu mir nehmen, dieser fand aber in den Morgenstunden trotzdem einen Weg ins Haus und John bemerkte ihn sofort. Meine erst lieb gemeinten und später mit ernstem Blick formulierten Aufforderungen, bitte nichts zu sagen, wurden allesamt missachtet, und John genoss die Aufmerksamkeit, die während des Frühstücks auf ihn gerichtet war. Er verhielt sich wie ein Held und ist mir seit diesem Tag noch unsympathischer, als er mir davor bereits war.

Es war ein riesen Ding. So, als hätte ich ein Monster in meinem Zimmer beherbergt. Als wäre Piko ein Godzilla ähnliches Geschöpf, welches, bei falscher Pflege, das ganze Dorf zerstören würde. Nun ja, ich musste handeln und schickte Piko fort. Mir blieb nichts anderes übrig. Ich wusste ja nicht, was meine Eltern sonst mit ihm angerichtet hätten. So fremd erschienen sie mir in diesem Moment. So wenig Verständnis hatten sie für ihren eigenen Sohn. Als würden sie nicht bemerkt haben, dass Piko der einzige echte Freund war, den ich zu diesem Zeitpunkt hatte.

Na ja, mein Vertrauter war nun auch wieder weg und ich fühlte mich leer. Morgens schaute ich als Erstes immer direkt zu meinen Füßen, aber dort war nichts. Ich fühlte mich in der Schule noch einsamer, da ich nun auch nichts mehr hatte, worauf ich mich auf dem Weg nach Hause freuen konnte. Klar, es war vor dem ersten Treffen mit Piko auch so, aber jetzt fühlte es sich noch schlimmer an. Dieser Rückfall war für mich schwierig zu meistern. Ich begann die Tage zu zählen, die ich ohne Piko verbrachte. Und genau zu diesem Zeitpunkt, als ich vor dem Schlafengehen den dreißigsten Strich in mein Notizheft machte, stand er da.

Piko war zurück. Mein bester Freund war wieder bei mir. Plötzlich und ohne Vorankündigung. So als hätte er etwas zu erledigen gehabt und sich nun entschieden, wieder zurückzukommen. In der ganzen Freude und der Euphorie war ich dennoch erstaunt, dass er seltsamerweise nicht irgendein Zeichen von Enttäuschung zeigte. Er war da und gab mir sofort ein gutes Gefühl. Als würde er wissen, dass ich ihn aus meinem Zimmer verbannen musste. Als kenne er meine Gedanken und merkt, dass auch ich ihn extrem vermisste und Tag für Tag auf ihn wartete. Piko wirkte so menschlich und war mir seit diesem Tag noch näher.

Seit seiner Rückkehr sehen wir uns mehr als vorher. Die Intensität unserer Freundschaft hat zu dieser Zeit ein nächstes Level erreicht und ist dann mit dem Beginn meiner sich so echt anfühlenden Träume nochmals eine Stufe nach oben gesprungen. Piko kommt weiterhin jede Nacht in mein Zimmer. Zudem sehen wir uns nun aber an manchen Tagen auch bereits auf dem Schulweg. Plötzlich erblicke ich ihn und er begleitet mich auf dem Weg nach Hause. Besonders an den für mich schwierigen Tagen erscheint er als mein Weggefährte. Da Piko geräuschlos davonschleichen und sich bei Gefahr beinahe unsichtbar machen kann, ist es ausgeschlossen, dass jemand von unserer Freundschaft erfährt. Zumindest glaube ich ganz fest an diesen Gedanken und hoffe, dass ich mir das nicht nur einbilde.

Da wir seit dem Besuch meiner Tante und ihrem Sohn John keinen Besuch mehr hatten und wohl ihn nächster Zeit auch niemand zu uns nach Hause kommt, ist es für mich keine große Herausforderung, Piko bei mir wohnen zu lassen.

Mein Vater ist ein Einzelkind und seine Eltern sind bereits gestorben, als ich noch sehr jung war. Die Familie meiner Mutter besteht aus ihrer Schwester und deren Sohn. Der Kontakt zu ihren Eltern reduziert sich auf unregelmäßig geführte Telefonate – mehr nicht. Ich kenne also die einen Großeltern gar nicht und die anderen nur von den Gesprächen zwischen ihnen und meiner Mutter, welchen ich gelegentlich lausche. Freunde sind Fehlanzeige, jedenfalls nicht solche Freunde, die zu uns nach Hause kommen. Was meine Eltern sonst so machen, weiß ich nicht. Sie erzählen wenig und wenn wir zusammen etwas unternehmen, sind wir stets nur zu dritt.

Diese Umstände überzeugen mich davon, dass mir die Freundschaft mit Piko niemand mehr nehmen kann. Piko gibt mir die Kraft und die Nähe, die ich sonst von keinem kriege. Ja, ich weiß, er ist ein Kater, aber mit Abstand das Lebewesen, das ich am meisten vermissen würde, wenn ich nicht mehr hier wäre. Wären Tiere gute Tanzpartner, würde ich wohl mit Piko zum Abschlussball gehen – eine witzige Vorstellung, denke ich mir und merke, wie sich meine Augen schließen. Unbemerkt ist dieser Tag an mir vorbeigestrichen. Ich lege mich aufs Bett und versinke immer tiefer in meine Träume.

Kapitel IV

Fremd

„Wieso machst du das? Was habe ich dir angetan? Wieso genau ich? Ich bin doch ein einfacher Mann, führe ein einfaches Leben, tue keiner Fliege etwas zuleide und achte gut auf Frau und Kind? Wieso hast du es auf mich abgesehen? Ich verspreche dir, ich weiß von nichts und kann dir weder schaden noch habe ich etwas gegen dich in der Hand. Bitte, ich flehe dich an, lass mich laufen. Lass mich zurück ins Revier gehen und so tun, als wäre das alles nicht passiert."

Ich sehe ihn vor mir. Meine Hände zotteln an seiner Jacke. Wieder ist er es, das Narbengesicht mit blondem Haar. Er wirkt völlig unschuldig, aber trotzdem glaube ich ihm nicht. Ich höre seine Worte, aber verspüre einen Drang, ihn weiterzuquälen. Ich schaue meinen Kollegen an, sehe aber nur zwei funkelnde Augen in einem vermummten Umriss – die Kapuze tief ins Gesicht gezogen. Er wird mir nicht helfen können. Ich muss es alleine entscheiden. Aber was kann er mir sagen? Hat er die Informationen, die ich brauche, oder sind wir auf der falschen Fährte. Egal, ich ziehe es durch. Wie von einer unsichtbaren Hand getrieben, schlage ich ihm zuerst wuchtig in den Magen und danach noch zweimal in die linke Seite. Er liegt am Boden, außer Atem. Er weiß nicht, wie er sich noch retten soll, und fleht mich weiter an.

„Ich kann dir keine Informationen liefern, denn ich weiß nichts. Ich weiß nicht, wer ihr seid und wieso ihr das macht, aber ihr habt den Falschen. Ich bin nicht der, den ihr sucht. Du kannst mich so oft schlagen, wie du willst. Ich kann dir nichts sagen, weil ich nichts weiß. Bitte, lass mich laufen. Niemand wird von dieser Geschichte erfahren. Ich verspreche es dir."

Als hätte ich bemerkt, dass der in die Jahre gekommene Mann recht hat, stagnieren meine Bemühungen. Meine Hand schlägt erneut zweimal zu, dieses Mal direkt in sein Gesicht. Ich sehe, wie das Blut aus seinen Wunden spritzt, und bemerke zugleich, dass auch ich an Energie verliere. Ich werde müde und verliere die Überzeugung, dass wir an die Informationen kommen, die wir suchen. Ich merke, wie die Kraft aus meinen Gliedern schwindet, und begreife, dass wir einen Unschuldigen geschnappt haben. Dann erinnere ich mich an den Kodex, der uns in der Ausbildung eingefleischt wurde. Ihr dürft keine Spuren hinterlassen. So als hätte ich keine andere Wahl, greife ich mir die Pistole, welche ich in meinem Gurt befestigt habe, und richte sie direkt auf den Polizisten.

„Was machst du da? Er hat Familie und Kinder. Er ist unschuldig und du weißt das. Wir haben uns geirrt. Lass ihn. Er sagt nichts. Er hat viel zu viel Angst vor uns und vor dem, was passiert, wenn er etwas über diese Begegnung erzählt. Schlag ihm nochmals ins Gesicht und lass ihn schlafen. Aber bitte so, dass er morgen in der Früh wieder aufwacht. Du willst ihn doch nicht töten. Stell dir vor, was das für dich bedeutet. Willst du wirklich ein Mörder sein? Willst du etwas machen, was dich unweigerlich verändern wird und dich niemals mehr vergessen lässt? Willst du diesen einen Schritt machen, den es nicht mehr rückgängig zu machen gibt?"

Die Pistole immer noch auf das mittlerweile mit Blut befleckte Gesicht gerichtet, fühle ich mich wie in einem Tunnel. Die Worte meines Kollegen erscheinen mir nur noch wie ein dumpfes Getuschel. Ich nehme sie nicht mehr wahr. Sehe nur noch das Weichei vor mir knien und blicke auf die Pistole, die das Einzige ist, was zwischen mir und ihm steht. Das Bild wird immer größer und mein Finger am Abdruck beginnt zu zittern.

Auf einmal verschwindet auch der Polizist vor meinen Augen und ich sehe nur noch den zitternden Finger. Alles ist schwarz um mich herum. Ich weiß nicht mehr, wo ich bin und wieso ich das überhaupt mache. Ich versuche, mich zu fokussieren, aber es gelingt mir nicht. Ich beginne zu schweben und verliere den Halt unter meinen Füßen.

„Hör endlich auf mit diesem Unsinn. Lass uns verschwinden. Jetzt. Scheiße noch mal, was ist nur mit dir los?"

Plötzlich, wie von Geisterhand geführt, gewinne ich den Fokus zurück. Ich sehe mich wieder in der Situation und weiß genau, was ich tun muss. Ich schaue noch kurz auf die eine Narbe, die im Mondschein besonders zur Geltung kommt, und drücke ab.

„Nein, verdammt, was hast du getan?!", höre ich meinen Kollegen schreien. Und ich, völlig ruhig und klar, schaue ihn an und weise ihn darauf hin, dass der Polizist mein Gesicht gesehen hat und ich dieses Risiko nicht eingehen konnte. Die gesamte Mission würde dadurch in Gefahr geraten und wenn ich es nicht gemacht hätte, würde es ein anderer tun.

„Er hat zwar wirklich nichts gewusst, aber so war der Auftrag, den wir gefasst haben. Entweder wir bringen eine Info aus ihm heraus oder wir hinterlassen zumindest keine Spuren. Nun pack seine Beine und hilf mir, die Leiche zu entsorgen. Schnell, mach schon."

Schweißnass, als hätte ich die Waffe immer noch in meiner Hand, wache ich auf. Ich kann es nicht mehr leugnen, dies war ich in meinem Traum und ich habe etwas gemacht, was nicht gut war. Ich habe jemanden umgebracht, nur weil er gewisse Informationen nicht liefern wollte. Doch das ist noch nicht alles. Das Schlimmste daran ist, dass ich es auch noch gewollt habe. Ich hätte ihn laufen lassen können, habe aber den Abzug gedrückt.

Rasch ziehe ich meine Hände aus der Decke hervor, aber da ist nichts. Ich erkenne keine Waffe und habe auch keine blutigen Hände. Es gibt also überhaupt keine Anzeichen, dass ich etwas gemacht habe. Irgendwie bin ich erleichtert, aber trotzdem war es so real und noch viel echter als der letzte Traum. „Wohin führt das?", denke ich und umarme Piko. Doch auch er spürt, dass etwas nicht in Ordnung ist, und verlässt sofort mein Zimmer durch das offene Fenster.

Nun liege ich da, völlig geschafft vom Traum. Ich weiß nicht, was ich machen soll, und fühle mich unfassbar leer und einsam. Niemand ist da, mit dem ich über das Erlebte reden kann, nicht mal Piko. Auch wenn ich mit ihm jeweils einen Monolog geführt habe, war er trotzdem immer da und hörte zu. Sein Schnurren genügte mir als Antwort. Hauptsache, jemand war da und mein Leben bestand nicht nur aus mir, Milos, dem einsamen Jungen, der nicht weiß, wohin er gehört. Jetzt, in diesem Moment, begreife ich, dass mir noch nie so wenig klar war, was es ist, was ich hier mache, und wo der Ort ist, der mich braucht.

Ich bleibe noch ein paar weitere Stunden in meinem Bett liegen, aber Piko kommt nicht zurück. Ich nehme die aufgehende Sonne wahr und merke, wie es draußen immer heller wird. Ich steige aus meinem Bett, ziehe mich an und mache mich auf die Suche nach Piko. Auf dem Weg rund ums Haus ist keine Spur von ihm zu sehen. Ich nehme sogar den Weg zur Schule in Angriff, obwohl Sonntag ist und ich heute diesem Ort fernbleiben dürfte. Trotzdem laufe ich hin, getrieben von der Hoffnung, dass ich dort Piko begegnen würde. Leider habe ich keinen Erfolg.

Meine Zuversicht schwindet und in mir übernimmt das Gefühl, dass Piko meine Handlung im Traum als meine eigene Tat erachtet und sich bewusst von mir entfernt hat, überhand. Wie kann ich ihm das übel nehmen? Ich bin ja selber erschrocken und weiß nicht, wie zum Teufel ich so etwas machen konnte. Egal, ob ich es geträumt habe oder nicht. Es ist nicht zu leugnen, dass ich etwas Schreckliches getan habe. Und auch, wenn es im Hier und Jetzt keine Anzeichen für die Tat gibt, die ich vollzogen habe, fühle ich mich schlecht. Eben exakt so, als hätte ich einen Mord begangen.

Gegen Mittag gebe ich die Suche auf und laufe zurück nach Hause. Die Nachfrage meiner Eltern, wieso ich nicht zum Frühstück erschienen bin und ob es mir gut geht, erwidere ich mit einem nichtssagenden Kopfnicken. Im Anschluss daran nehme ich den direkten Weg in mein Zimmer. Voller Hoffnung, dass Piko auf dem Fenstersims sitzt und auf mich wartet, trete ich ein. Auf dem Fenstersims ist weder Piko noch irgendein Anzeichen darauf, dass Piko hier war. Ich verkrieche mich unter der Bettdecke und versuche, nochmals zu schlafen. Nach dem aufwühlenden Traum und der stundenlangen Suche bin ich erschöpft und müde. Es geht nicht lange und meine Augenlider klappen zu. Ich versinke im Schlaf. So als würde mir meine Traumwelt eine Pause gönnen, erinnere ich mich an nichts, als ich am späten Nachmittag erwache. Ich fühle mich besser. Nicht erholt, aber besser.

Auf eine weitere Suchaktion verzichte ich. Das Gefühl in mir, dass Piko heute nicht mehr zurückkommen wird, überzeugt mich und lässt eine erneute Suche als unnötig erscheinen. Ich lese an Homers Odyssee weiter und verliere mich in der Welt der griechischen Götter. Nach dem Abendessen lese ich nochmals ein paar Seiten und lege mich dann ins Bett.

Die nächsten Tage vergehen ohne große Zwischenfälle. In der Schule ist alles wie immer und auf ein Zeichen von Piko warte ich vergebens. Ich wache jeden Morgen auf, schaue als Erstes hinunter zu meinen Füßen und dann hinüber auf den Fenstersims. Die dadurch entstandene Enttäuschung trage ich in den Tag hinein. Die Stunden bis es Abend wird, lasse ich einfach so über mich ergehen. Ich bin da, aber auch nicht. Ich funktioniere, wie ich es immer tue.

Es vergehen weitere zwei Wochen, in denen sich nichts verändert. Weder habe ich in den Nächten irgendwelche Träume noch erlebe ich irgendetwas, was mir Hoffnung auf eine baldige Rückkehr von Piko gibt. Mein Handeln im Traum hat ihm wohl aufgezeigt, dass ich keiner der Menschen bin, mit denen er sich abgeben will. Ich verstehe ihn, will ihm aber so gerne sagen, dass ich nicht der Junge im Traum bin, sondern selber nicht weiß, was da gerade alles mit mir passiert.

Kapitel V

Eren

Der Winter naht und die Temperaturen sinken. Ich mag diese Jahreszeit. Wenn der Schnee die Wiesen und Bäume bedeckt, wirkt immer alles so ruhig und gelassen. Es gibt auch mir Ruhe und ich versuche, nicht mehr allzu viel an Piko zu denken. In der Schule startet mit der Projektarbeit eine Art finale Prüfung, bei der jeder Schüler ein vorgegebenes Thema bearbeiten und danach auch präsentieren muss. Immerhin kann ich dies alleine machen, denke ich mir, als mir das Thema zugeteilt wird. Ohne abzuwarten, was die anderen für Themen erhalten, mache ich mir direkt erste Gedanken zur effizientesten Vorgehensweise. Ich mag solche Arbeiten, da ich mich in ein Thema einlesen und dieses dann auch umsetzen kann. Es gibt mir das Gefühl, etwas Sinnvolles zu tun. Ich kann mich von all den anderen Dingen ablenken und mich dem Projekt widmen.

Als die letzten Themen von Herrn Braun verteilt werden, geht die Türe im Schulzimmer auf und der Rektor steht da. Er ruft unseren Klassenlehrer zu sich und spricht mit vorgehaltener Hand zu ihm. Es dauert länger, als von mir erwartet. Ich beobachte Herrn Braun und bemerke, dass er, je länger das Gespräch dauert, immer unruhiger wird. Die Nachricht bringt ihn sichtlich durcheinander. Als Herr Braun zurück ins Klassenzimmer kommt, begleitet ihn ein Junge. Er ist etwa gleich groß, oder besser gesagt gleich klein, wie ich und trägt eine Baseball-Mütze. Er wirkt schüchtern und richtet seinen Blick zu Boden, während er durchs Zimmer läuft.

„Das ist Eren. Er wohnt seit Kurzem im örtlichen Kinderheim und besucht ab sofort unsere Klasse. Eren ist gleich alt wie ihr und er wird mit euch zusammen den Abschluss machen. Damit dies klappt, erhält er von mir ein paar zusätzliche Lektionen. Eren hat das Kinderheim erst kürzlich gewechselt. Daher wird er noch eine gewisse Eingewöhnungszeit brauchen. Bitte macht es ihm so einfach wie möglich und nehmt ihn in euren Reihen auf. Danke, und dir einen guten Start, Eren."

Eren schaut in die Klasse und wirkt sehr unbeholfen. Auf das Handzeichen des Lehrers hin, setzt er ein Lächeln auf und sucht etwas intensiver den Blickkontakt. Mich schaut er dabei nicht an. Ein paar der Klassenkameraden winken ihm zu, aber die große Euphorie bleibt aus.

Eren läuft durch die Bänke. Ich merke, dass er nicht weiß, wohin er gehen soll. Dann bleibt er plötzlich stehen. „Ist hier noch frei?", fragt er mich mit leisen Worten. „Ja, gerne", antworte ich ihm und Eren setzt sich neben mich hin.

Sofort merke ich, dass sich die Nähe zu Eren gut anfühlt, und ich hoffe, dass es ihm ähnlich geht. In meinem Kopf spielen sich Tausende Gedanken und Geschichten ab. So lange habe ich auf eine solche Begegnung gewartet. So viele Tage und Wochen. So oft saß ich da auf der Steintreppe und wartete, bis jemand mich anspricht. War das alles aus dem Grund, damit sich der aktuelle Moment so gut anfühlt? Ergibt nun alles einen Sinn?

Ich versuche, wieder frei zu denken, aber ich habe Mühe, nicht völlig abzudrehen. Also schaue ich auf Eren und beobachte ihn. Er nimmt seine Schulsachen aus dem Rucksack und vergleicht sie mit meinen. Wir sind ähnlich schlecht ausgerüstet. Passt, denke ich und höre den weiteren Ausführungen von Herrn Braun zu.

„Auf die von mir noch nicht genannten Schüler werde ich noch persönlich zukommen. Eren, bitte komm vor der Mittagspause zu mir. Ich muss mit dir noch ein paar Dinge klären.

Nichts Wildes. Milos, du kannst auch noch hierbleiben. Auch mit dir muss ich noch etwas besprechen."

Die restlichen Stunden bis zum Mittagessen verlaufen mehr oder weniger ereignislos. Eren hört Herrn Braun aufmerksam zu und macht sich entsprechend viele Notizen. Bei den Übungen hat er Mühe und schreibt praktisch alles von meinem Blatt ab. Ich merke es sofort, lasse ihn aber gewähren. Ich mag das Gefühl, wenn jemand meine Hilfe in Anspruch nimmt. Wir reden nicht, werfen uns aber ab und zu einen Blick zu. Ich könnte ihn so vieles fragen, bleibe dann aber jeweils bei einem stummen Nicken und richte den Blick wieder nach vorne.

Als wir vor der Mittagspause zu Herrn Braun gehen, macht dieser den Vorschlag, dass Eren und ich die Abschlussarbeit zusammen erarbeiten sollen. Er schaut uns abwechselnd an und führt aus: „So hat Eren weniger Druck und direkt die Möglichkeit, einen ersten Kameraden besser kennenzulernen. Ich habe euch während der vorherigen Lektionen beobachtet und bin überzeugt, dass dies klappt. Was meint ihr?"

Ich will sofort zusagen, halte mich aber zurück. Irgendwie bin ich erstaunt darüber, dass Herr Braun dies vorschlägt. Ich dachte immer, dass er mich nicht leiden kann und ich ihn mit meinen ekligen Gegenfragen nur nerve. Vielleicht habe ich mich getäuscht, denke ich und schaue zu Eren. Was er wohl zum Vorschlag von Herrn Braun sagen wird?

Eren schaut zu Boden und sagt nichts. Dann öffnet er den Mund und gibt leise eine Antwort: „Ich bin froh über jede Unterstützung und ich danke Ihnen, Herr Braun. Jedoch will ich niemandem zur Last fallen und muss deshalb ablehnen."

Verständnisvoll, aber überrascht über das Gehörte, schaue ich zuerst Herrn Braun an und dann Eren. Ich merke, dass ich intervenieren muss. Dies ist die Chance, jemanden kennenzulernen. Ich muss etwas tun. Die Hoffnung auf eine neue Freundschaft stärkt mich und ich verfalle in Aktionismus.

„Du fällst mir nicht zur Last, Eren, ich arbeite gerne mit dir zusammen und helfe dir. Wenn nötig, auch in den anderen Fächern", sage ich in einem für mich ungewohnt forschen Ton. So als wollte ich alle überzeugen, dass ich das kann.

„Und wenn es nicht klappt, können wir immer noch nach einer anderen Lösung suchen", füge ich ergänzend hinzu. Dann schaue ich zu Herrn Braun. Er nickt. Also richte ich meinen Blick und meine volle Aufmerksamkeit auf Eren. „Was meinst du? Sollen wir es versuchen?"

„Ja, einverstanden." Eren greift die Hand, welche ich ihm symbolisch hinhalte, und wir nennen uns ab sofort Projektteam.

Während der Mittagspause, welche ich heute in der Schule verbringen muss, beobachte ich Eren. Er hat das Schulzimmer nach dem Gespräch mit Herrn Braun sofort verlassen. So entging mir die Möglichkeit, ihn zu fragen, ob wir die Pause zusammen verbringen wollen. Allein schon die Möglichkeit zu haben, fühlt sich gut an. Ich habe eine plausible Chance auf einen echten Gesprächspartner – was für ein schöner Gedanke. Ich muss jedoch aufpassen, dass ich ihn nicht zu fest unter Druck setze. Sonst bleibt es bei der Möglichkeit.

Da die Bank beim Biotop im Winter nicht so gemütlich ist wie an Sommertagen, suche ich mir einen Platz in der Aula. Einen, von dem ich eine gute Übersicht habe. Ich packe mein Sandwich aus und versuche, nicht zu sehr auf Eren zu starren. Trotzdem kann ich es nicht verbergen. Es interessiert mich, was Eren macht.

Eren hat ebenfalls ein Mittagessen dabei. Der Sack in seiner Hand sieht aus wie ein Lunch-Paket, welches ihm wohl im Kinderheim zubereitet wurde. Eren sucht sich einen Platz auf einer Bank. Neben ihm sitzen Schüler, aber er scheint nicht an einem Gespräch interessiert zu sein. Eren zieht sich seine Mütze etwas tiefer ins Gesicht und beginnt zu essen. Das, was aus der Ferne schwierig zu identifizieren ist, scheint Eren nicht besonders zu schmecken. Entsprechend verändert sich sein Gesichtsausdruck.

Noch mit dem letzten Bissen im Mund, steht Eren auf und läuft Richtung Ausgang. Es scheint mir, als wolle er den Raum mit den vielen Leuten und dem ganzen Lärm möglichst schnell wieder verlassen. Er will wohl einfach nur alleine sein.

Wie auf Kommando stehe ich auf und folge Eren. Nach ein paar Schritten merke ich aber, dass dies keine gute Idee ist. Ich sollte ihm Zeit lassen. Das ist sein erster Tag an der neuen Schule und durch die Projektarbeit werden wir uns sowieso besser kennenlernen.

Als der Unterricht am Nachmittag weitergeht, ist Eren nicht im Klassenzimmer. Sofort befürchte ich, dass er mit der Situation überfordert ist und sich zurückgezogen hat. Ein Junge aus dem Kinderheim hat es bestimmt nicht einfach. Vielleicht ist er von klein auf alleine und musste nun auch noch das Kinderheim wechseln? Hat er vielleicht etwas angestellt? Diverse Fragen gehen mir durch den Kopf und ich verliere mich in selbst skizzierten Szenarien, die teils in wilden Geschichten enden.

„Milos. Ich habe dich etwas gefragt. Hallo."

Alle schauen mich an. Ich werde nervös. Schnell verabschiede ich meine teils ziemlich wirren Gedankenspiele und blicke zu Herrn Braun.

„Entschuldigen Sie, Herr Braun, ich habe Ihre Frage nicht verstanden. Können Sie diese bitte noch mal wiederholen?"

„Ja, Milos. Bitte denk daran, dass die Mittagspause vorbei ist. Ich habe dich gefragt, wo Eren ist."

„Ja, Herr Braun, es tut mir leid. Ähm, ich habe ihn zuletzt in der Aula gesehen. Danach nicht mehr. Ich kann Ihnen leider …"

Und in dem Moment, als ich meinen Satz zu Ende führen will, geht die Türe auf und Eren kommt herein.

„Es tut mir leid, Herrn Braun, ich habe das Klassenzimmer nicht mehr gefunden. Ich habe die Orientierung verloren und dann ging die Zeit auf einmal ganz schnell vorbei."

Eren läuft rot an. Er blickt kurz zu Herrn Braun und läuft dann direkt zu seinem Platz. Immerhin diesen scheint er noch zu finden, denke ich mir und blicke hinunter auf mein Schulbuch. Ich höre den Atem von Eren. Die Suche hat ihn gefordert. Er braucht ein paar weitere Minuten, bis er sich beruhigt. Danach folgt er wie alle anderen dem Unterricht.

Während der Lektionen am Nachmittag sagt Eren kein Wort. Herr Braun verschont ihn mit Fragen. Ich halte mich ebenfalls zurück. Bei der einen größeren Aufgabe halte ich das Blatt immer extra so hin, dass es Eren sehen kann. Ihm fällt dies auf und er bedankt sich mit einem Nicken. Auf mich wirkt Eren sehr konzentriert. Sein Blick richtet sich strikt nach vorne, sein Stift ist immer in Bewegung und seine Bemühungen, eine gute Arbeit abzuliefern, sind spürbar. Auch als die letzten fünf Minuten des heutigen Schultages anbrechen, bleiben meine Beobachtungen unverändert. Kaum ertönen jedoch die bei allen Schülern so beliebten Laute aus den Lautsprechern, steht Eren blitzartig auf und läuft aus dem Klassenzimmer.

Auch ich packe so schnell ich kann meine Stifte ins Etui und verstaue dann alles zusammen in meinem Rucksack. Als ich aber von der Zimmertüre aus den Schulgang entlangschaue, ist von Eren keine Spur mehr zu sehen. Auch beim Verlassen des Schulgebäudes sehe ich ihn nicht. Genauso wenig auf dem Schulweg.

Ohne groß zu überlegen, laufe ich in Richtung des Kinderheimes. Dieses befindet sich fast so abgelegen wie unser Haus, aber in einer anderen Gegend. Der erste Teil des Weges entspricht dem meiner gewöhnlichen Heimreise, danach mache ich einen Umweg. Egal, auf mich wartet ja sowieso niemand. Ich kenne Eren kaum, will aber wissen, was los ist. Nach hundert Metern in die mir bis dahin wenig bekannte Richtung merke ich jedoch, dass sich mein Vorhaben nicht richtig anfühlt. Ich kehre um und laufe auf direktem Weg nach Hause.

Am nächsten Morgen sitzt Eren bereits im Schulzimmer, als ich dieses betrete. Etwas erstaunt und überrascht darüber, dass er bereits hier ist, laufe ich zu ihm und packe meine Unterlagen aus meinem Rucksack. Da ich nicht weiß, was ich sagen soll, hole ich alle meine Materialien einzeln heraus und zögere so ein mögliches Gespräch hinaus.

Als ich mich setze, spüre ich von der Seite den Blick von Eren. Ich drehe meinen Kopf und wir schauen uns direkt in die Augen. Die Situation überfordert ihn und er wendet sich ab. Aber dann, während er den Kopf senkt, höre ich ihn leise etwas sagen.

„Danke. Vielen Dank, Milos."

Ich reagiere nicht. Es war so leise, dass ich nicht sicher bin, ob Eren wirklich etwas gesagt hat. Dann höre ich die Worte nochmals in meinem Kopf. Doch, er hat sich bedankt und ich sollte ihm antworten. Also tu ich es.

„Äh ja, gerne. Aber für was denn?"

„Danke, dass du mir gestern bei den Aufgaben geholfen hast."

„Gern geschehen, es freut mich, wenn ich dir helfen konnte."

„Du hast mir sehr geholfen. Weißt du, ich bin nicht wirklich ein guter Schüler. War ich noch nie."

Es folgt eine Pause. Ich will nachfragen, mache es aber nicht. Eren schaut mich an und fährt fort: „Ich habe so oft die Schule gewechselt, dass ich dem Anschluss ständig hinterherlaufe. Daher ist alles für mich sehr schwierig. Ich fange immer wieder von vorne an und verspüre ständig einen Druck, der auf mir lastet."

Erens Worte bewegen mich und ich versuche, ihm mein Mitgefühl zu zeigen. „Eren, ich bin gerne für dich da. Ich helfe dir. Komm einfach auf mich zu, wenn du etwas brauchst. O. k.?"

„Danke, Milos. Das ist schön zu hören."

Die Türe prallt gegen die Wand und der Großteil der Schüler stürmt ins Zimmer. Vorneweg läuft Leon, der größte und stärkste Junge der gesamten Schule. Leon ist das genaue Gegenteil von mir. Seine sportliche Figur kommt in seinen modischen Klamotten perfekt zur Geltung und wird mit einer überaus eleganten Frisur abgerundet. Leon ist der, von dem die Mädchen träumen. Er ist einfach ein toller Typ, der dies leider nur allzu gut weiß. Leon macht, was Leon will. Er hat unter den Schülern das Sagen und es gibt aktuell keinen, der ihm seinen Thron streitig machen kann.

Direkt an meinem ersten Schultag gab mir Leon zu bedeuten, dass er hier der Platzhirsch ist. Ich verstand schnell und hielt mich zurück. Dadurch stellte ich für ihn keine Gefahr mehr dar und er ließ mich in Ruhe. So haben wir uns seit dieser kurz und knapp formulierten Drohung nie mehr unterhalten.

Ich habe keine Angst vor ihm. Ich weiß aber, dass er sicherlich nicht derjenige ist, bei dem ich meinen Frust über die gesamte Situation loswerden sollte. Andere Jungs, die sich gegen Leon aufspielten, bereuten dies postwendend. Wenn es für sie noch einigermaßen gut lief, endete es mit einem Rempler und einem bösen Blick. Wenn Leon an diesem Tag aber mit dem falschen Fuß aufgestanden war, wurden die Erfahrungen schmerzhafter. Teils sogar so übel, dass sich die Opfer beim Blick in den Spiegel auch noch am nächsten Tag daran erinnern konnten.

Leon ist bekannt. Jeder weiß, dass man ihn in Ruhe lassen soll. Sogar die Lehrer haben Respekt vor ihm. Vielleicht auch deshalb, weil sein Vater im Vorstand der Schule sitzt. Leon hat Achtung vor seinem Vater und ist sich dessen Einfluss durchaus bewusst. Diese Unantastbarkeit ist ihm anzumerken und fördert sein Ego.

Heute wirkt Leon gut gelaunt. Er läuft direkt zu seinem Platz in der hintersten Reihe und wirft sich lässig in den Stuhl. Eren schaut ihn an. Er beginnt zu starren. Als ich es merke, trete ich kurz auf Erens Fuß. Er dreht seinen Kopf zu mir und runzelt die Stirn.

„Lass das sein, Eren. Leon will nicht angestarrt werden.“

Eren sagt nichts. Er schaut mich weiterhin an. Ich merke, dass er mehr erfahren will, also führe ich weiter aus: „Leon mag es nicht, wenn man ihn anstarrt. Schon gar nicht, wenn dies einer macht, der neu an der Schule ist. Halte dich besser fern von ihm. Anderen ist es nicht gut ergangen, die das nicht gemacht haben."

Ich hoffe, dass Eren merkt, dass ich ihm helfen will. Eren bleibt stumm und schaut wieder zu Leon. Dieses Mal aber nur kurz. Es scheint, als befolge er meinen Rat.

Damit gebe ich mich zufrieden und blicke ein zweites Mal zur Zimmertüre. Die restlichen Schüler der Klasse treten ein.

Als im Anschluss auch Herr Braun hereinkommt, merke ich, dass das Gespräch zwischen Eren und mir nun definitiv nicht mehr weitergeführt werden kann.

„Heute beginnt ihr mit eurer Abschlussarbeit. Ihr habt alle ein Thema zugeteilt erhalten. Total habt ihr drei Monate Zeit. Bis dahin gilt es, euch ins Thema einzulesen und eine Recherche zu betreiben. Ich will jeweils alle zwei Wochen einen Statusbericht, in dem ihr mir erzählt, was ihr gemacht habt und wie ihr vorankommt. Wie ihr mir die Arbeit am Schluss präsentieren wollt, ist jedem Einzelnen von euch selbst überlassen. Es gibt keine Vorschrift. Die Arbeit ist Bestandteil eures Zeugnisses und muss bestanden werden. Es ist also entscheidend, dass ihr hier eine gute Leistung zeigt. Ansonsten wird es nichts mit dem Abschluss."

Alle Schüler schauen sich nervös um. Sie wirken beängstigt durch die von Herrn Braun gemachten Aussagen. „Was, das ist doch total unfair", höre ich Maja sagen. „Wieso ist diese Abschlussarbeit so wichtig?", stöhnt Colin in der hintersten Reihe.

„Ruhe bitte", sagt Herr Braun und klopft mit der rechten Hand auf seinen Tisch. „Ihr müsst verstehen, dass ihr in dieser Arbeit euer gesamtes Wissen aus den letzten zweieinhalb Jahren anwenden werdet. Deshalb ist die Arbeit wichtig. Und genau deshalb hat sie für mich auch so einen hohen Stellenwert. Es ist quasi wie der Führerschein für euer späteres Leben, den ihr hiermit erlangt."

Herr Braun nimmt auf seinem gepolsterten Stuhl Platz und holt einen Stapel Bücher hervor. Von diesen verteilt er jedem eines und erklärt, dass dies die Tagebücher sind. In diesen Büchern soll alles notiert werden, was mit der Abschlussarbeit zu tun hat. Das Buch ist eine Art Wegbegleiter und muss nach den drei Monaten ebenfalls abgegeben werden. Damit soll möglichst genau nachvollziehbar sein, wie, wann und womit gearbeitet wurde.

Eren nimmt das Buch entgegen und öffnet es. Alle Seiten sind leer. Genauso wie der Deckel und die Rückseite. Er nimmt seinen Stift hervor und notiert das heutige Datum oben auf der ersten Seite.

„Milos, hast du eine Idee, wie wir unser Thema umsetzen sollen?", fragt mich Eren erwartungsvoll.

„Ich habe bereits viele Bücher über Geschichte gelesen, aber dort ging es immer um die nahe Vergangenheit. Über die Steinzeit weiß ich leider nicht allzu viel. Wie sieht es bei dir aus?", erwidere ich seine Anfrage.

„Ich kenne leider nur wenige Bücher. Und von denen, die ich kenne, habe ich nur eine Handvoll gelesen. Als ich noch bei meinen Eltern wohnte, vertrieb ich die Zeit lieber mit Spielsachen. Und danach war das sowieso kein Thema mehr. Die Kinderheime sind nicht gut ausgerüstet. Dort findet man kaum etwas zum Lesen. Entschuldige, Milos, ich bin wohl keine große Hilfe."

„Du musst dich nicht entschuldigen, Eren. Ich finde es toll, dass wir das alles gemeinsam machen können."

Nach einer kurzen Zeit, in der sich die Schüler erste Notizen in die Tagebücher machen konnten, zieht Herr Braun die Aufmerksamkeit wieder auf sich.

„Es ist mir sehr wichtig, dass ihr eure zugeteilte Zeitepoche genau untersucht und auf die verschiedenen Aspekte eingeht. Bringt mir Beispiele und zeigt mir auf, wie die Menschen damals gelebt haben. Damit ihr einen guten Start habt, lasse ich euch für den Rest der Woche Zeit für eure Arbeit. Ihr könnt selbst entscheiden, ob ihr hier oder an einem für euch passenderen Ort daran arbeiten wollt. Da dies die erste Woche ist, müsst ihr mir aber täglich einen Bericht abgeben. In den Folgewochen dann, wie erwähnt, nur noch jede zweite Woche. Ich drücke euch die Daumen. Auf ein gutes Gelingen und denkt daran, euer Thema aus allen möglichen Sichtweisen zu betrachten."

Erneut drehen Eren und ich die Köpfe gleichzeitig zueinander. Um ein Haar kommt es zum Zusammenstoß. Eren lacht. Ich beginne ebenfalls zu schmunzeln. Die Freiheit, die uns Herr Braun gewährt, gefällt uns beiden. Wir entscheiden uns, das Schulzimmer zu verlassen und zu mir nach Hause zu gehen. Eren will nicht ins Kinderheim und draußen ist es zu kalt. So erscheint mein Zuhause als die logische Wahl. Ob das wirklich klug ist, weiß ich nicht so genau. Ich habe Bedenken, mache es aber vor allem deshalb, weil ich Eren zeigen will, wie offen ich bin. Er soll merken, dass er auch bei mir zu Hause herzlich willkommen ist.

Meine Eltern sind am Arbeiten. Dies macht vieles einfacher. Eren und ich gehen direkt in mein Zimmer. Ich hätte wohl noch aufräumen sollen. Eren scheint dies aber nicht zu stören. Er greift sich den Stuhl, der nicht voller dreckiger Kleidung ist, und setzt sich an meinen Schreibtisch. Ich setze mich ihm gegenüber hin und wir tauschen uns über die Arbeit aus.

Nach kurzer Zeit haben wir unser grobes Vorgehen niedergeschrieben und ich merke, dass dies eine gute Sache wird. Es macht Spaß mit Eren und ich merke, dass unsere Zusammenarbeit funktioniert.

Herr Braun bestätigt uns dies, als wir ihm am späten Nachmittag von unseren ersten Schritten und dem geplanten Vorgehen erzählen. Er wirkt glücklich und erfreut. Auch sein Plan scheint aufzugehen. Er hatte die richtige Intuition und mit den passenden zwei Schülern ein Team gebildet.

Die Woche vergeht wie im Flug. Eren und ich arbeiten teils in der Schule, teils bei mir zu Hause. Und immer öfter auch im Freien. Es ist zwar kalt, aber es gefällt uns. Ebenfalls kriegen wir so einen Eindruck davon, wie der Winter in der Steinzeit war und was er für Herausforderungen darstellte. Um dies noch besser nachzuempfinden, versuchen wir auch, unseren Lebensstil anzupassen. So setzen wir beispielsweise möglichst nur Hilfsmittel ein, die es damals bereits gab. Aber ja, keine Regel ohne Ausnahmen.

Am letzten Tag der Woche schreiben wir unsere Erfahrungen in das Tagebuch und fassen die Woche zusammen. Neben selbst erstellten Waffen und der Erkenntnis, wie man selber Feuer macht, haben wir mit dem Bau einer kleinen Hütte begonnen. Dies war anfangs nur mal eine Idee. Jetzt steht bereits das Fundament. Da die Abende mit meinen Eltern nicht wirklich spannend sind und Eren nicht zurück ins Kinderheim will, sind wir eigentlich immer im Wald und bauen weiter. Da sowohl unser Haus wie auch das Kinderheim an den gleichen Wald grenzen, hat sich der Standpunkt unserer Hütte automatisch ergeben. Wir treffen uns jeweils ziemlich genau in der Mitte und gehen dann noch etwas nach Norden. Der Schnee macht es uns nicht leicht, aber der Wald bietet Schutz. Wir suchen passendes Holz und wenden die selbst gebastelten Werkzeuge an. Zudem können wir auf den Materialschrank im Kinderheim zugreifen, ohne dass dies jemandem auffallen würde.

Eren und ich sind wie gefesselt von diesem Projekt und treffen uns auch am Wochenende. Wir tauschen uns über die Zeit aus, in der wir uns nicht gesehen haben, und machen uns dann wieder an die Arbeit. Die fachlichen Bücher, die uns Herr Braun zusätzlich zur Verfügung stellt, helfen uns sehr. So können wir jeweils etwas nachlesen und dann direkt ausprobieren.

Ich merke, wie uns diese Projektarbeit zusammenbringt und wie sehr ich es mag, Eren um mich zu haben. Wir harmonieren bestens und kommen schnell voran. Nach knapp einem Monat steht unsere Hütte. Eren und ich haben jetzt unseren gemeinsamen Ort. Einen Treffpunkt, an dem wir uns begegnen können und an dem alles so ist, wie wir es wollen. Wir sind stolz auf unsere Arbeit und entscheiden, diesen Ort vorerst geheim zu halten. Einzig Herrn Braun informieren wir darüber.

Ich habe einen Freund gefunden und ich fühle, wie es mir besser geht. Mit Eren ist das Gefühl von Freude zurückgekehrt. Ich weiß nicht viel über ihn, aber das stört mich nicht. Wichtig ist, dass wir gut miteinander auskommen. Ich frage mich zwar oft, was mit seinen Eltern passiert ist, halte mich dann aber bewusst zurück und lasse meine Neugier ruhen. Ich bin mir sicher, dass mir Eren dies eines Tages erzählen wird. So lange kann ich noch warten. Schließlich bin ich seit dem Umzug nicht mehr so zufrieden gewesen wie heute. Ich blicke auf einen Monat zurück, in dem ich tausendmal mehr erlebt habe als im gesamten letzten Jahr. Zudem habe ich, seit mich Piko verlassen hat, auch nicht mehr geträumt. Die Wirkung, die Eren auf mich und mein Leben hat, scheint mir gutzutun, in vielerlei Hinsicht.

Kapitel VI

Zweikampf

„Was machst du da? Wieso wagst du es, mich anzufassen? Was ist bloß los mit dir? Spinnst du?! Ich mache dich fertig, wenn du das noch mal machst."

Leon, der um einen Kopf größere Junge, steht vor mir. Er schaut mich von oben herab an und ich sehe, wie seine Augen leuchten. Er ist außer sich vor Wut. Er schubst mich, doch ich falle nicht. Ich stehe weiter aufrecht vor ihm. Ich hebe den Kopf und schaue ihm direkt in die Augen. Und dann, als wäre mir völlig egal, was er gerade zu mir gesagt hat, bilde ich mit den Fingern meiner rechten Hand eine Faust. Diese verberge ich hinter meinem Rücken und presse die Finger ganz fest zusammen.

„Du bist Abschaum, Leon. Du denkst, du bist hier der König, doch eigentlich bist du gar nichts. Keiner findet dich gut. Alle haben Angst vor dir. Das ist der einzige Grund, weshalb sie dir folgen."

Leon macht den erhofften Schritt auf mich zu. Ich bin nervös, doch ich halte an meinem Plan fest. Der Moment wird kommen. Ich warte und sehe, wie Leon noch etwas näher kommt und auf mich herunterblickt. Er senkt seinen Kopf, macht seinen Mund auf und will etwas sagen. Jetzt, der Moment ist da. Ich presse die Finger noch fester zusammen, drehe mich nach links und schlage ihm die Faust mit voller Wucht ins Gesicht. Es knallt. Ich spüre einen Schmerz, lasse ihn aber nicht zu.

Überrascht von meiner Aktion und durch die Härte meines Schlages, gerät Leon ins Torkeln. Er geht zwei Schritte zurück und dann einen nach links. Er wird sich nicht mehr lange halten können. Er bückt sich nach vorne und bewegt sich nun auf mich zu. Dann, exakt in dem Moment, in welchem er dahin wankt, wo ich gerade stehe, mache ich den entscheidenden Schritt zur Seite und lasse ihn zu Boden fallen. Er kracht nieder und ich sehe ihn vor mir liegen.

Ich merke, wie die Glücksgefühle in mir hochkommen. Es fühlt sich gut an. Ich habe gewonnen. Ich habe Leon besiegt. Ja, unfassbar. Ich habe es wirklich geschafft. Ich lache laut und lasse mich feiern. Doch da ist niemand. Keiner ist da, der mir Beifall zollt. Ich blicke mich um und erkenne eine Arena. Ich bin umringt von Tausenden Sitzplätzen, aber keiner davon ist besetzt. Alle Schalen sind leer und verlassen. Ich verliere meine Euphorie sofort wieder und werde nüchtern. Es verwirrt mich und ich verstehe nicht, wo wir uns plötzlich befinden.

Als ich Leon das erste Mal schubste, standen wir noch in einem Schulzimmer. Jetzt nicht mehr. Ich drehe mich wieder um und schaue zu ihm hinunter. Leon liegt bewegungslos da. Er macht keinen Wank. Ich kann mir nicht vorstellen, dass mein Schlag wirklich so hart war. Doch wie es scheint, bin ich um einiges stärker, als ich geglaubt habe. Seltsam. Ich nähere mich Leon. Er liegt auf dem Bauch und sein Gesicht richtet sich gegen den Boden. Ich drehe seinen Körper. Er ist schwer, aber ich schaffe es. Als ich von oben herab in sein Gesicht schaue, öffnet Leon seine Augen.

Ich sehe das pure Böse, wie es auf mich zukommt. Ich habe Angst. Der Blick von Leon paralysiert mich. Ich kann mich nicht bewegen. Leon greift mit seinen Händen in die Erde und rappelt sich auf. Ich löse mich so gut es geht von seinem Blick und gehe ein paar Schritte zurück. Er kommt hoch und läuft, immer noch gebückt, auf mich zu. Ich schaue nach hinten, doch es geht nicht weiter. Ich stehe mit dem Rücken an einer Steinwand. Ich kann nicht ausweichen und Leon kommt immer näher.

Ich weiß nicht weiter. Ich schließe die Augen und versuche, an etwas anderes zu denken. Ich denke an Piko. Er streicht um meine Beine. Piko schnurrt und schaut zu mir hoch. Ich greife mit der Hand nach ihm und merke, wie sich die Starre löst. Ich öffne die Augen wieder und sammle meine Kraft. Ich sehe, wie mir Leon entgegenkommt, und ergreife die Flucht nach vorne. Also renne ich, so schnell es geht und Kopf voraus, auf Leon zu. Ich visiere seine Brust an und schließe erneut meine Augen. Beinahe habe ich ihn erreicht. Nur noch ein Schritt. Es ist so weit. Jetzt knallt's.

Ich warte auf den Schmerz, doch er kommt nicht. Ich öffne die Augen, doch ich sehe nichts. Alles ist ruhig und niemand schreit. Die Stille verunsichert mich. Wie kann das sein? Gerade eben stand Leon noch direkt vor mir und nun ist er weg. Ich drehe mich um, aber finde nichts. Leon ist fort. Er hat sich in Luft aufgelöst. Ich kann es nicht verstehen. Ich bin direkt durch ihn hindurchgerannt, aber wie ist so etwas möglich? Was habe ich nur getan? Ich kann nicht mehr und falle auf die Knie. Ich schreie, erst leise, dann immer lauter, die ganze Verzweiflung aus mir heraus.

Dann wache ich auf. Ich schaue nach oben und sehe die Decke meines Zimmers. Ich blicke nach unten und sehe ein aufgeschlagenes Buch. Die Seiten sind zerknittert. Ich drehe mich nach links und erkenne ein weiteres Buch: „Nahrungssuche in der Steinzeit". Ich spüre, wie meine Wange schmerzt und führe dies zurück auf die harte Unterlage, auf der ich geschlafen habe. Dann drehe ich mich nach links und sehe Eren. Er sitzt auf meinem Bett und schaut mich perplex an.

„Mann, hast du mich erschreckt. Alles klar, Milos?"

Eren wirkt total schockiert. Und ich, völlig durcheinander, schaue ihn an und frage: „Wo sind wir? Was ist gerade passiert? Geht es dir gut?"

„Wir sind bei dir zu Hause, Milos. Wir waren in der Hütte und wollten dort in den neuen Büchern von Herrn Braun lesen. Dann wurde es uns zu kalt und wir sind zu dir nach Hause gegangen. Erinnerst du dich nicht mehr? Wir haben beide etwas gelesen und dann bist du eingeschlafen. Ich hielt es für richtig, dich schlafen zu lassen. Wir sind ja bereits sehr weit mit unserer Arbeit und ich dachte, dass dir ein bisschen Erholung nicht schaden kann."

Jetzt erinnere ich mich wieder. Wir waren bei der Hütte und wollten unbedingt noch weiterlesen. Da die Hütte gegen den Wind keinen allzu guten Schutz bietet, entschieden wir uns, zu mir nach Hause zu gehen.

Ich schaue nochmals nach unten in das Buch, das vor mir liegt. Ich versuche, mit meiner Hand die Seiten glatt zu streichen, und erfahre dabei erneut, wie meine Wange schmerzt. Ich versuche, keine zu schnellen Bewegungen zu machen, und begreife, dass ich wohl ziemlich tief geschlafen habe. Ich spüre den Blick von Eren und bemerke, dass ich ihn beruhigen sollte. Also richte ich mich auf und gebe ihm das Gefühl, dass alles in Ordnung ist.

„Es tut mir leid, Eren. Ich habe etwas Komisches geträumt. Ich wollte dich nicht erschrecken."

„Kein Problem, Milos. Ich bin nur etwas erschrocken, da du auf einmal angefangen hast zu reden. Erst dachte ich, dass du aufgewacht bist. Aber als ich dann sah, dass du immer noch am Schlafen bist, erfasste mich ein komisches Gefühl. Ich stand vom Stuhl auf und kam zu dir hin. Gerade als ich dich wecken wollte, hast du einen sehr lauten Schrei ausgestoßen und bist aufgewacht."

„Der Traum war sehr mitreißend. Tut mir leid. Ich wollte dir keine Angst machen."

Eren nickt verständnisvoll und registriert, dass es nun Zeit ist zu gehen. Ich stimme ihm zu und begleite ihn zur Haustüre.

„Bis morgen, Eren, und nochmals Entschuldigung für den Schrecken, den ich dir eingejagt habe."

„Alles gut, Milos. Bis morgen."

Kaum habe ich die Türe geschlossen, sinke ich zu Boden. Die Türe hinter mir fühlt sich an wie die steinerne Wand vorhin in der Arena. Ich gönne mir einen Moment der Ruhe. Entgegen dem vorherigen Traum beginne ich dann aber nicht wieder zu rennen, sondern laufe ohne Eile ins Badezimmer. Dort ziehe ich alle Kleider aus und steige in die Duschkabine. Das kalte Wasser beruhigt mich und lässt auch meine Gedanken etwas abkühlen. Ich trockne mich ab und gehe zurück in mein Zimmer.

Frisch eingekleidet, fühle ich mich besser. Ich setze mich auf den Stuhl, auf dem ich vorhin so tief geschlafen und so bizarr geträumt habe, und blicke nach unten in das Buch. Dabei bemerke ich, wie wenig erfolgreich meine vorherige Aktion war, und versuche erneut, die zerknüllten Seiten wieder lesbarer zu machen. Ich ziehe die Seiten vorsichtig nach außen und bemerkte dabei eine Notiz. Ich lasse die Seiten los und schaue genauer auf den unteren rechten Rand. Da steht etwas.

Ich kann nicht direkt erkennen, was da steht, bemerke aber sofort, dass dies meine Schrift ist. Ich erinnere mich an den Traum und schließe aus, dass ich mir dort etwas notiert habe. Seltsam, wie kann das sein? Da das Buch neu ist, muss auch diese Notiz neu sein. Herr Braun war so begeistert von unserem Projektstand, dass er dieses Buch für uns bestellt hat. Bis heute Mittag war es noch in Plastik eingepackt. Ich bin der Erste, der darin gelesen hat. Komisch. Wie kommt diese Notiz in dieses Buch?

Ich finde darauf keine Antwort, versuche aber zumindest herauszufinden, was da steht. Ich ziehe das Buch ganz nahe an mich heran und erkenne nun die einzelnen kleinen, durcheinandergebrachten Buchstaben. Ich entschlüssle mein Gekritzel und komme zum Schluss, dass ich mir selbst eine Nachricht hinterlassen habe. „Halte dich morgen von Leon fern. Komm ihm nicht zu nahe!"

Es klingt zwar seltsam, aber dies ist eindeutig eine Warnung. Von mir an mich selber. Ich verstehe nicht wirklich, wie das möglich ist, und kann mir auch nicht vorstellen, wie ich das gemacht habe. Trotzdem steht etwas hier und ich sollte es beachten. Also überlege ich mir, wie die Notiz in mein Buch kam.

Dabei bin ich mir absolut sicher, dass ich, bevor ich eingeschlafen bin, nichts ins Buch geschrieben habe. Ebenso überzeugt bin ich davon, dass ich danach keine Notizen gemacht habe. Eigenartig finde ich jedoch, dass Eren nichts dazu gesagt hat. Hat er es nicht bemerkt oder hat er diese Notiz hinterlassen?

Nein, ausgeschlossen, er kennt zwar meine Schrift, aber dieses Gekritzel ist von mir. Da bin ich mir ganz sicher. Außerdem weiß Eren ja nicht, was ich geträumt habe. Wieso sollte er so etwas schreiben?

Zuerst war ich noch froh, dass ich im Traum nicht wieder jemanden umgebracht habe. Jetzt bin ich noch mehr verwirrt. Ich habe das erste Mal etwas geträumt und währenddessen mit mir selber kommuniziert. Gibt es doch irgendeinen Zusammenhang zwischen meinen Träumen und der echten Welt? Und wenn dem so ist, welchen? Schwierig zu sagen, aber für den Moment zweitrangig. Wichtig ist erst mal die Notiz. Eine Warnung. Leon, der beliebteste Junge unserer Schule, soll mit mir in den Zweikampf gehen. Dies ist sehr unwahrscheinlich. Ich werde ihm einfach nicht zu nahe kommen. Wieso auch? Ich habe seit dem ersten Tag an der Schule keinen Kontakt mehr zu ihm gehabt. Es gibt keinen Grund, dass ich genau morgen mit ihm sprechen sollte. Er weiß wohl gar nicht mehr, wie ich heiße. Es ergibt keinen Sinn, dass das, was ich geträumt habe, irgendetwas mit der Realität zu tun hat. Nein, bestimmt nur Zufall. Bei den vorherigen Träumen war das ja auch nicht der Fall.

Gerade als ich mich für einen Spaziergang aufrichten will, kommt meine Mutter nach Hause. Sie wirkt genervt und ich gehe einer Begegnung aus dem Wege. So bleibe ich in meinem Zimmer und suche im Buch nach weiteren Hinweisen. Doch es bleibt bei dieser einen Warnung.

Kurz bevor ich am nächsten Morgen mein Zimmer verlasse, schaue ich nochmals auf die Notiz. Ich lese die Worte laut vor und mache mich auf den Weg. Nach den ersten fünf Minuten Fußweg steht Eren vor mir.

„Guten Morgen, Milos. Wie geht es dir? Konntest du dich etwas erholen?"

„Ja, danke, aber was machst denn du hier?"

„Ich bin heute sehr früh aufgewacht und wollte den Morgen nicht im Kinderheim verbringen. Also dachte ich an dich und beschloss, dir entgegenzulaufen. So können wir den Weg zur Schule gemeinsam zurücklegen. Was hast du am Abend noch gemacht? Hattest du in der Nacht wieder so seltsame Träume?"

Obwohl ich nun eigentlich lieber alleine wäre, setze ich ein Lächeln auf und schaue zu Eren.

„Das ist eine schöne Überraschung, Eren. Ich machte mit meinen Eltern einen Spieleabend und bin dann ziemlich früh eingeschlafen."

Ich erzähle bewusst Unwahrheiten und entscheide spontan, Eren nichts von der Notiz zu sagen. Es würde ihn nur noch weiter beunruhigen. Ich behalte das vorerst einmal für mich und schaue, was heute alles passiert.

„Das ist gut zu hören. Du siehst auch schon wieder viel besser aus."

Wir unterhalten uns noch ein bisschen über unsere Hütte und wie wir sie noch weiter verbessern und ausbauen können. Dabei laufen wir auf direktem Weg zur Schule. Die ersten Lektionen verlaufen ohne Zwischenfälle und ich verliere die Angst vor dem, was die Notiz in meinem Buch mir für heute prophezeite.

Die Zeit bis zum Mittag arbeite ich mit Eren zusammen an ein paar Rechenaufgaben. Dabei wird mir so richtig bewusst, wie viel einfacher alles geworden ist. Ich fühle mich nicht mehr alleine, sondern habe nun jemanden an meiner Seite. Da das Interesse der anderen Schüler an Eren etwa so klein ist wie das Interesse an mir, lassen uns alle in Ruhe. Obwohl es mir immer noch seltsam und komisch erscheint, ist das für mich in Ordnung. Gemeinsam ausgestoßen zu sein, ist irgendwie bereits wieder etwas Gutes.

Nach der Mittagspause, welche wir immer öfter, trotz der Möglichkeit, nach Hause zu gehen, in der Schule verbringen, gehen Eren und ich zurück zum Klassenzimmer. Die erste Lektion nach dem Mittag fällt heute aus und wir haben noch über eine Stunde Zeit. Ich entschuldige mich und besuche die Toilette.

Als ich zurück ins Klassenzimmer komme, finde ich dieses leer vor. Ich schaue mich um und sehe weder Eren noch einen anderen Schüler. Ohne ausführlich über diese Situation nachzudenken, setze ich mich an meinen Platz und genieße die Ruhe. Ich lege meinen Kopf auf den Schreibtisch und döse etwas vor mich hin. Ich werde müde und bemerke, wie meine Augenlider langsam zuklappen.

Kurz bevor ich komplett einschlafe, vernehme ich Stimmen aus einem anderen Zimmer. Dieses grenzt direkt an unser Klassenzimmer und wird jeweils für Gruppenarbeiten eingesetzt. Die Zimmer sind mit einer Türe verbunden. Ich denke mir erst nichts weiter dabei, höre dann aber einen Schrei und werde hellhörig. Ich nähere mich der Türe und höre, wie jemand oder etwas gegen die Wand kracht. Ich lege mein Ohr an die Türe und erkenne Leons Stimme. Er verhöhnt eine andere Person und beginnt laut zu lachen. Seine Stimme wirkt triumphierend und selbstsicher. Ich presse das Ohr noch fester an die

Türe und versuche herauszufinden, wer sonst noch im Raum ist. Ich höre das Gelächter von zwei weiteren Personen, die ich nicht identifizieren kann. Wenn drei lachen, muss es noch eine vierte Person geben. Nämlich die, die gegen die Wand krachte. Und auf einmal steht mir das Herz still. Ich höre Erens Stimme. Ich denke kurz an die Warnung in meinem Buch, mache dann aber trotzdem die Tür auf. Eren liegt am Boden. Hinter ihm steht ein großes Bücherregel. Ich bemerke, dass dort genau so viele Bücher fehlen, wie am Boden verteilt sind. Eren blutet am Kopf. Ein Buch hat ihn wohl getroffen. Seine Haare sind zerzaust. Er schaut mich an und signalisiert mir, dass ich wieder gehen soll. Doch es ist zu spät.

Leon hat mich entdeckt. Er steht ein paar Meter entfernt von Eren rechts von mir. Thomas und Dirk stehen hinter ihm am Fenster. Sie lachen noch immer. Leon nicht. Er schaut mich an. Ich laufe auf ihn zu und schubse ihn. Er fällt leicht nach hinten und ich befinde mich wieder in meinem Traum. Nur ist es diesmal echt. Ich schaue zu Leon und alles wiederholt sich. Finger zusammenpressen, Faust bilden, ausholen, zuschlagen, Leon beim Umfallen zusehen, Glücksgefühl erleben.

Thomas und Dirk verlassen sofort das Zimmer. Ich laufe zu Eren und helfe ihm hoch. Ich realisiere gar nicht, was ich gerade gemacht habe. Ich sehe nur Eren mit seiner blutenden Wunde am Kopf. Ich muss ihm helfen. Ich reiche ihm die Hand und ziehe ihn hoch. Leon liegt noch da. Ich stütze Eren, der leicht benommen wirkt, und laufe mit ihm durch das leere Klassenzimmer nach draußen. Ich klopfe an die Türe des Lehrerzimmers und verlange nach Herrn Braun. Sofort erkennt er das Blut an Erens Kopf.

„Oh mein Gott, was ist passiert?", Herr Braun wirkt aufgewühlt und überrascht.

„Eren ist kopfvoraus in das Bücherregal im Raum hinter unserem Klassenzimmer gestürzt. Ein Buch ist heruntergefallen und hat ihn direkt am Kopf getroffen. Er wirkt benommen. Bitte helfen Sie ihm."

Herr Braun ruft einen zweiten Lehrer herbei und zusammen tragen sie Eren nach unten. Nach ein paar Schritten dreht sich Herr Braun um und signalisiert mir, dass ich mir keine Sorgen machen soll.

„Frau Matt wird sich um ihn kümmern. Sie weiß, was in solchen Fällen zu tun ist. Wir beide reden später."

Ich schaue den Lehrern nach, wie sie so schnell wie möglich die Treppe nach unten laufen. Dabei bemerke ich zum ersten Mal, wie meine Hand schmerzt. Ich gehe erneut auf die Toilette und lasse kaltes Wasser über die Hand fließen. Der Schmerz lässt nach, kommt dann aber sofort zurück, als ich die Hand abtrockne und versuche, die Finger zu bewegen. Ich ziehe ein paar weitere Papiertücher aus dem Automaten, mache diese nass und binde sie um meine Hand. Die Hand verstecke ich in der Hosentasche. Dann verlasse ich die Toilette. Kaum im Flur angekommen, steht Herr Braun vor mir.

„Eren geht es gut, aber er hat eine Wunde am Kopf, welche genäht werden muss. Er braucht Ruhe, doch er sollte in ein paar Tagen wieder auf den Beinen sein. Frau Matt hat das nötige Werkzeug hier und wird die Wunde direkt selber zunähen. Sie hat vor ihrem Job als Lehrerin in einem Spital gearbeitet und kennt sich mit solchen Fällen aus. Du kannst also unbesorgt sein."

Ich freue mich und bin froh über diese Mittelung.

„Gut, vielen Dank, Herr Braun. Ich habe nur das Blut gesehen und bin sofort in Panik geraten."

Herr Braun klopft mir aufmunternd auf die Schulter.

„Das verstehe ich, Milos, aber das Ganze sah viel schlimmer aus, als es letztendlich war. Ich muss im Lehrerzimmer noch kurz meine Unterlagen holen und komme dann direkt ins Klassenzimmer. Sorge bitte dafür, dass du für Eren alle Unterlagen sammelst und ihn auf dem Laufenden hältst. Ein Besuch im Kinderheim wird ihn aufmuntern. Er wird sich dort in den nächsten Tagen ausruhen."

„Das mache ich, Herr Braun."

Ich bleibe stehen und warte, bis Herr Braun außer Sichtweite ist. Dann werfe ich nochmals einen Blick auf meine Hand. Am liebsten will ich direkt nach Hause gehen. Mir ist aber klar, dass dies viel zu auffällig wäre. Es wird schon irgendwie gehen, rede ich mir ein und gehe zurück ins Klassenzimmer. Dort sind nun bereits fast alle Schulbänke besetzt. Auch Thomas und Dirk sitzen an ihren Plätzen. Nur der Platz von Leon ist leer. Ich setze mich auf meinen Stuhl und versuche, mich zu beruhigen.

Vorerst klappt das ganz gut. Dann kommt das komische Gefühl zurück und zwingt mich dazu, aufzustehen. Ich erhebe mich und nehme die Tür hinten im Klassenzimmer ins Visier. Als ich die ersten Schritte mache, sehe ich diese einen Spalt weit aufgehen. Ich bleibe stehen und beobachte, was passiert. Die Türe öffnet sich weiter und Leon tritt hervor. Sein Gesicht sieht etwa so aus wie meine Hand – rot und geschwollen. Er schaut mir direkt in die Augen und ich wende mich sofort ab. Ich gehe die Schritte wieder zurück an meinen Platz und setze mich hin. Noch einmal schaue ich kurz nach hinten und sehe Leon, wie er sich ebenfalls setzt.

Während der restlichen Lektionen fällt es mir schwer, mich zu konzentrieren. Ich denke an alles andere als an den Unterricht. Ich will wissen, wie es Eren geht. Ich denke daran, was er wohl gemacht hat. Womit hat er Leon derart in Rage versetzt, dass dieser ihn gegen das Bücherregal geschupst hat? Hat er ihn bewusst gereizt oder hat Leon mit allem angefangen? Ich werde es jetzt nicht herausfinden. Dafür müsste ich Leon fragen, und das ist bestimmt keine gute Idee. Ich habe ja nicht mal genügend Mut gehabt, um nochmals nach hinten zu schauen. Herr Braun merkt mir an, dass mich die Situation belastet, und lässt mich in Ruhe. Er sucht sich bei seinen Fragen andere Schüler aus und auch, als er merkt, dass ich die Übungen nur sehr oberflächlich erledige, lässt er mich gewähren. Dafür bin ich ihm sehr dankbar. So sind die Stunden, die mir wie Tage vorkommen, einigermaßen erträglich.

Die Zeit vergeht. Der Zeiger bewegt sich zwar langsam, aber er macht seine Runden. Als sich dann der Schultag dem Ende zuneigt, merke ich, wie mein Körper zu zittern beginnt. Ich freue mich darauf, Eren im Kinderheim zu besuchen, habe aber auch Angst vor dem, was bis dahin noch alles passieren kann.

Ich überlege mir, wie ich mich aus dem Schulhaus schleichen kann, ohne von Leon bemerkt zu werden. Immerhin ist es draußen bereits dunkel. Dies kann ich zu meinem Vorteil nutzen. Herr Braun erläutert die Hausaufgaben und noch während er die letzten Worte am Herunterschlucken ist, stehe ich auf und gehe so schnell ich kann in Richtung der Zimmertüre. Ich fasse nach der Klinke und drücke sie nach unten. Ich ziehe die Türe zu mir und sehe den Gang. Noch ein paar Schritte und ich kann losrennen. Aber gerade als ich den ersten Schritt raus aus dem Klassenzimmer machen will, höre ich die Stimme von Herrn Braun.

„Milos, nicht so schnell. Ich brauche dich noch. Bitte warte kurz, bis die anderen das Zimmer verlassen haben, und komm dann zu mir."

Mein Plan ist gescheitert. Den sicheren, schnellen Abgang kann ich vergessen. Ich beobachte, wie Herr Braun zu Leon schaut und auch ihm das Zeichen gibt, dass er noch hierbleiben soll.

Ich mache die Tür zu, als alle außer Leon und mir das Zimmer verlassen haben. Mit gemächlichen Schritten bewege ich mich zu Herrn Braun. Leon steht bereits vor ihm. Herr Braun steht von seinem Stuhl auf und sieht uns abwechselnd an.

„Wer von euch beiden will mir sagen, was heute Mittag passiert ist? Ich sehe eine geschwollene Hand und ein Gesicht, das so aussieht, als hätte es mit dieser Hand Bekanntschaft gemacht."

Ich schweige. Wenn ich etwas sage, kann ich nur verlieren. Ich habe Leon geschlagen. Was er Eren angetan hat, weiß ich nicht. Ebenso ist Eren nicht hier, um seine Sicht der Dinge kundzutun. Ich schaue zu Leon. Auch er schweigt. Ich bin überrascht. So sicher bin ich mir gewesen, dass er erzählen würde, was ich gemacht habe. Er ist das Opfer und er weiß, dass ich keine Gegenargumente habe. Doch er sagt nichts. Sein Blick geht zu Boden. Es wird still. Eine unangenehme Stimmung.

„O. k., verstehe. Ihr wollt lieber schweigen. Gut, vorerst habe ich damit kein Problem. Sollte aber auch meine morgige Mittagspause durch einen Jungen gestört werden, der blutend vor dem Lehrerzimmer steht, wiederholt sich unser Gespräch. Und ich verspreche euch, dass ich mich dann nicht mehr mit eurem Schweigen zufriedengebe. Dann will ich Antworten und zwar in allen Details. Haben wir uns verstanden?"

Leon hebt seinen Kopf leicht nach oben, schaut zu Herrn Braun und nickt. Auch ich nicke und stammle ein „Ja, Herr Braun" heraus.

„Das war's für heute. Leon, du kannst gehen. Milos, dir muss ich noch die Aufgaben geben, die Eren in den nächsten Tagen erledigen soll."

Leon verlässt das Klassenzimmer. Ich schaue zu Herrn Braun und versuche, mich zu erklären: „Es tut mir leid, Herr Braun, aber ich kann Ihnen nicht sagen, was passiert ist. Ich kann es ja selber kaum glauben."

„Milos, pass auf dich auf. Wir beide wissen, wer Leons Vater ist. Er hat Einfluss. Viel mehr, als du meinst. Es ist nicht klug, sich die Familie Stamm zu seinem Feind zu machen. Ich kann dich nicht beschützen. Ich kann dir nur nahelegen, dass du meinen Rat befolgst. Halte dich von Leon fern."

„Das mache ich, Herr Braun", gebe ich als Antwort.

Dann lasse ich mir die Unterlagen für Eren überreichen und verlasse das Klassenzimmer.

„Halte dich von Leon fern", kreist es mir durch den Kopf. Herr Braun hat genau die gleichen Worte benutzt, die seit gestern in meinem Notizbuch stehen. Stammt die Notiz von Herrn Braun? Hat er vorhergesehen, dass dies passieren wird? Nein, das kann nicht sein. Das Buch war komplett neu und enthielt, bevor ich gestern eingeschlafen bin, keine Notizen. Trotzdem seltsam, dass er seinen Ratschlag in genau diesem Wortlaut ausgesprochen hat.

So vertieft in meine Gedanken, bemerke ich gar nicht, dass ich die Schule bereits verlassen habe. Ich stehe oberhalb der Steintreppe und schaue auf den mit Schnee bedeckten Fußballplatz. Hier ist niemand, alles ruhig. Nur der Wind pfeift mir durch die Ohren. Ich nehme den Schulweg in Angriff und laufe los. Ich bin müde, versuche aber so schnell wie möglich vorwärtszukommen. Bereits nach ein paar Metern machen sich meine Füße bemerkbar. Sie schmerzen. Ich stoppe und gehe kurz in die Hocke. Als ich wieder hochkomme, spüre ich eine Hand auf meiner Schulter. Ich erschrecke und drehe mich um. Da steht Leon. Er schaut mich an. Sein Blick ist eisern und böse.

„Hallo Milos, nun weißt du, wie das ist. Du hast mich heute auch erschreckt. Sonst wäre ich nie zu Boden gegangen. Denke ja nicht, dass wir fertig sind miteinander. Das sind wir nicht. Ich habe nur nichts gesagt, weil ich nicht will, dass sich Herr Braun einmischt. Ich vergesse nicht, was du mir heute angetan hast. Irgendwann kriegst du das zurück."

Ich merke, wie mich Leons Worte einschüchtern und versuche zu schlichten: „Ich wollte das nicht, Leon, aber du hast Eren verletzt. Ich bin durchgedreht und …"

„Sei still, es interessiert mich nicht. Eren ist genauso ein Weichei wie du. Ihr seid beide Versager. Verpiss dich und sag Eren, er soll nie mehr in meine Nähe kommen."

Die Härte seiner Aussage zeigt mir auf, dass weitere Worte überflüssig sind. Noch bevor es sich Leon mit dem Zeitpunkt seiner Rache anders überlegt, renne ich davon. Die Füße schmerzen zwar weiterhin, aber das ist jetzt nebensächlich. Ich renne bis zum Ende der Straße und biege dann nach rechts ab. Über diesen Weg gelange ich zum Kinderheim. Ich muss wissen, was zwischen Eren und Leon passiert ist. Ohne diese Information kann ich nicht nach Hause gehen.

Als ich das Kinderheim erblicke, verlangsame ich meine Schritte. Ich verschnaufe auf den letzten Metern und gehe dann hinein. Dort frage ich, in welchem Zimmer ich Eren finde. Er sei verletzt und ruhe sich aus, erhalte ich als Antwort.

„Ja, ich weiß, ich habe alles miterlebt. Ich bin sein Schulkamerad und bringe die Hausaufgaben vorbei."

Das hilft. Die ältere Dame lenkt ein und ich kriege die Beschreibung zum Zimmer.

Kapitel VII

Erklärung

Eren liegt in einem für ihn viel zu großen Bett. Er schaut mich an, sagt aber nichts. Er sieht müde aus und hat wohl gerade noch geschlafen.

„Eren, wie geht es dir? Ich habe mir große Sorgen um dich gemacht."

„Mir geht es gut, Milos. Meine Wunde wurde genäht. Ich habe noch etwas Kopfschmerzen. Aber sonst ist alles gut."

„Und was ist da überhaupt passiert? Warum hat dich Leon in das Bücherregal geschubst?"

„Ich weiß es auch nicht so genau. Als ich ins Klassenzimmer kam, war Leon bereits dort. Ebenso waren Dirk und Thomas da. Dirk stellte sich vor die Eingangstür und Thomas vor die Tür, die ins hintere Zimmer führt. Als ich Leon fragte, was das soll, kam er auf mich zu und drohte mir. Er wollte, dass ich mich nicht mehr mit dir treffe. Ich gab ihm nicht die Antwort, die er hören wollte, und dann packte er mich. Er zog mich ins hintere Zimmer und dort schubste er mich zuerst ein paar Mal. Dann wiederholte er seine Forderung. Ich lehnte erneut ab und er wurde noch wütender. Er griff mich am Pullover und schrie mich an. Als ich dann auch seine letzte Aufforderung missachtete, stieß er mich so heftig von sich, dass ich ins Straucheln kam und rückwärts ins Bücherregal flog. Von oben löste sich ein Buch und stürzte direkt mit der Kante voraus auf meinen Kopf. Ich schrie laut auf und Leon lachte. Auch die anderen lachten. Dann kam Leon erneut auf mich zu, aber ich sagte, er soll mich in Ruhe lassen."

Erschrocken über die Erzählungen von Eren, platzt es aus mir heraus: „So ein Mistkerl. Das ist ja unfassbar. Weder du noch ich haben ihm jemals etwas angetan. Was hat er nur gegen mich? Was stört es ihn, dass wir beste Freunde sind?"

Erens direkte Antwort bleibt aus. Ich beruhige mich etwas und merke dann, was ich gerade eben gesagt habe. Es war mir zwar schon lange klar, dass Eren mein bester Freund ist, aber ausgesprochen habe ich es noch nie. Ich schaue zu Eren und warte auf seine Reaktion. Er sagt nichts, doch seine Mundwinkel ziehen sich nach oben. Er hat es auch bemerkt.

Dann wird Eren wieder ernst. „Was war überhaupt mit dir los, Milos? Als du in den Raum gekommen bist, habe ich dich kaum wiedererkannt. Du warst so fokussiert und voller Tatendrang."

„Ja, ich weiß es auch nicht so genau. Als ich die Situation wahrnahm, war mir direkt klar, was ich zu tun habe. Ich war mir absolut sicher, dass das, was ich vorhatte, klappt. Und ja, so war es dann auch."

„Wahnsinn. Ich bin stolz auf dich, Milos. Und mach dir kein Gewissen, Leon hat's verdient. Dieser Scheißkerl."

Ich teile Erens Aussage und nicke.

„Was ist danach passiert? Wie hat Leon reagiert? Hat er dich auch noch angegriffen? Haben die anderen Schüler oder Herr Braun etwas bemerkt?"

Ich erzähle Eren vom Gespräch mit Herrn Braun und von der Begegnung mit Leon auf dem Weg hierhin. Als ich Eren beschreibe, wie Herr Braun reagiert hat, beginnt er zu schmunzeln. Danach setze ich mich auf das Bett und Eren zeigt mir seine Wunde. Ohne das ganze Blut sieht es nicht mehr so schlimm aus. Ich bin beruhigt und froh, dass es Eren gut geht.

Ich tausche noch ein paar Sätze mit Eren aus und erkläre ihm anschließend, dass ich morgen vor der Schule nochmals vorbeikomme. Die Unterlagen, die mir Herrn Braun mitgegeben hat, lege ich auf die Kommode neben dem Bett. Danach verabschiede ich mich.

Auf dem Weg nach Hause hält mich die Kälte wach. Ich lasse den heutigen Tag Schritt für Schritt Revue passieren und merke erst jetzt so richtig, was alles passiert ist. Gestern noch war ich über meine Erkenntnisse, dass ich mit Eren einen Freund gefunden habe und sich alles so sehr zum Guten gewendet hat, total glücklich. Heute wiederum habe ich den stärksten Jungen der Schule geschlagen und dabei genau das nachgemacht, was ich am Tag zuvor geträumt habe. Zudem habe ich im Traum mit mir selbst kommuniziert. Kann ich nun davon ausgehen, dass das, was ich träume, am darauffolgenden Tag jeweils wahr wird? Bin ich nun stets auf alles vorbereitet, weil ich es tags zuvor geträumt habe?

Der nächste Morgen überzeugt mich vom Gegenteil. Keine Träume, keine Erinnerung. Ich stehe auf und schaue ins Buch auf meinem Tisch. Aber auch hier finde ich keine weitere Notiz. So weit so gut. Erleichtert nehme ich die Treppe nach unten. Ich frühstücke, trinke eine Tasse heiße Schokolade und mache mich auf den Weg zu Eren. Ich freue mich darauf, ihn zu sehen. Obwohl ich gestern wahnsinnig viel erlebt habe, fühle ich mich heute erholt und frisch.

Im Kinderheim wartet Eren bereits auf mich. Er sitzt im Bett und schaut sich die Unterlagen von der Schule an. Als ich das Zimmer betrete, legt er die Dokumente zur Seite und bittet mich, mich zu ihm zu setzen.

„Hallo Milos, gut geschlafen?"

„Danke ja, und selber? Wie geht es dir?"

„Danke, besser. Die Kopfschmerzen sind mehr oder weniger verschwunden und die Wunde heilt schnell."

„Freut mich zu hören."

Ich lächle. Merke dann aber, dass sich Erens Mimik verändert. Er wird ernst. Etwas scheint ihn zu belasten. Er wirkt unsicher und wendet seinen Blick ab. Dann beginnt er etwas leise vor sich hin zu sagen: „Milos, ich hatte gestern und auch schon am Tag davor das Gefühl, dass du mir nicht die ganze Wahrheit erzählst. Ich spüre, dass du etwas für dich behältst, weiß aber nicht genau, was. Gibt es da etwas, was du mir noch sagen willst?"

Etwas überrascht über diese Äußerungen, weiß ich nicht, wie ich reagieren soll. Ich schüttle den Kopf.

„Nein, ich habe dir alles erzählt. Wie kommst du auf diese Vermutungen?"

Eren hebt seinen Kopf und schaut mich nun an: „Milos, ich weiß von deinen Träumen."

„Welche Träume? Was meinst du? Ich habe diese Nacht nichts geträumt."

„Nicht deine normalen Träume. Ich weiß von jenen Träumen, die sich so echt anfühlen und in denen du Dinge tust, die du selber nicht verstehen kannst."

Ich weiß sofort, dass es kein Bluff ist. Ich weiß, dass Eren die Wahrheit sagt. Dennoch kann ich mir nicht vorstellen, wieso er das wissen soll. Einzig den gestrigen Traum könnte er erahnen. Da habe ich vielleicht im Traum gesprochen oder etwas Ungewöhnliches gemacht. Bei den anderen Träumen aber nicht. Damals kannten wir uns nicht mal. Ich schaue zu Eren und will mehr über seine Äußerungen wissen.

„Was weißt du von meinen Träumen? Wie ist das überhaupt möglich?"

„Ich weiß, dass du in deinen Träumen einem Polizisten begegnet bist. Diesem hast du zuerst gedroht, dann hast du ihn umgebracht. Und als ich bei dir im Zimmer war, hast du auch etwas geträumt. Dies hatte etwas mit deinem gestrigen Angriff auf Leon zu tun. Stimmt doch, oder?"

Weiterhin total überrascht über das, was Eren da alles erzählt, sage ich nichts. Ich sitze wie erstarrt da und blicke Eren an.

„Ist schon gut, Milos. Ich erzähle niemandem davon. Dein Geheimnis ist bei mir in sicheren Händen. Du warst von Anfang an für mich da und hast mir bei allem geholfen. Nun bin ich an der Reihe, etwas für dich zu tun. Du kannst mir vertrauen." Das zu hören, tut gut. Doch das, was er sagt, verwirrt mich. Trotzdem glaube ich ihm. Er kann es nur selber herausgefunden haben. Ich wüsste nicht, wer sonst davon wissen sollte.

„Du fragst dich bestimmt, wieso ich das weiß, Milos."

„Ja, genau dieser Gedanke geht mir aktuell durch den Kopf. Die Träume mit dem Polizisten hatte ich, bevor wir uns kannten. Ich kann mir nicht vorstellen, dass dir irgendjemand geholfen hat. Du kennst ja niemanden hier."

„Ich hatte keine Hilfe, Milos. Aber deine Aussage stimmt so nicht ganz. Ich wusste schon vor unserem ersten Treffen von dir. Ehrlich gesagt, weiß ich schon ziemlich lange, wer du bist. Es ist so, dass ich …"

„Kuckuck, Kuckuck." Aus der Uhr an der Wand springt ein Vogel hervor und stößt schrille Schreie aus. Die Uhr beginnt zu klimpern und der Zeiger springt auf acht Uhr.

„Oh nein, wir haben total die Zeit vergessen. Milos, ich würde dir gerne mehr erzählen, aber du musst nun zur Schule. Es ist wichtig, dass heute alles normal wirkt. Sonst stellt Herr Braun noch mehr Fragen."

Ich schaue auf die Uhr. Eren hat recht. Nach dem gestrigen Vorfall mit Leon darf ich nicht zu spät kommen. Ich will wissen, was Eren noch alles weiß, aber ich muss Geduld zeigen.

„O. k., ich gehe, aber direkt nach der Schule erzählst du mir alles."

„Gut, ich freue mich auf deinen Besuch."

Auf dem Weg zur Schule gehen mir diverse Gedanken durch den Kopf. Ich überlege mir, wie Eren von meinen Träumen wissen kann. Ich suche nach Ideen, merke aber rasch, dass keines meiner Szenarien einen Sinn ergibt. Ich versuche, mich auf den

Tag zu fokussieren, und begnüge mich mit dem Gedanken, dass ich heute Abend auf alle meine Fragen eine Antwort erhalte.

Gerade noch rechtzeitig erreiche ich die Schule. Kurz bevor ich das Gebäude betrete, schaue ich mir nochmals meine Hand an. Die Heilung geht voran, wird aber seine Zeit brauchen. Immerhin sind die Schmerzen nicht mehr ganz so stark.

Im Unterricht konzentriere ich mich nur auf mich. Ich blende alles andere aus. Um Herrn Braun zu zeigen, dass alles in Ordnung ist, melde ich mich zwei, drei Mal. Dabei stelle ich auch absichtlich meine typischen nervigen Gegenfragen, welche Herr Braun mit einem Lächeln beantwortet. Mit Leon komme ich nicht in Berührung. Jedoch beobachte ich ihn. Sein Verhalten verrät nichts. Ich kann Leon das, was er gemacht hat, nicht verzeihen. Genauso wenig verstehe ich es. Dennoch ist es wohl das Beste, wenn ich diese Sache vorerst mal ruhen lasse. Ich habe genügend andere Probleme, die ich zuerst lösen muss. Und solange Leon nicht aktiv wird, muss ich auch nichts befürchten.

Nach der Schule laufe ich so schnell wie möglich zum Kinderheim. Ich gehe an der alten Dame am Empfang vorbei direkt ins Zimmer von Eren. Aber da ist niemand. Mich packt die Angst.

„Eren!", rufe ich.

Erst leise, dann lauter: „Eren, wo bist du?"

Nichts. Ich gehe den Gang hinunter und schaue in jedes Zimmer. Kein Anzeichen von Eren. Lauter andere Kinder und Jugendliche, aber kein Eren. Ich laufe zurück zum Empfang, aber auch dieser ist jetzt unbesetzt. Was ist nur passiert? Was soll ich bloß machen? Ist Eren in Gefahr?

Ich weiß nicht, was ich tun soll. Also laufe ich nochmals die Treppe hoch ins Zimmer von Eren. Es ist immer noch leer. Ich renne aus dem Zimmer und schneide die Ecke. Ich kann nicht mehr ausweichen und stoße mit einem Jungen zusammen. Er prallt an mir ab und fällt hin. Ich bleibe stehen und erkenne, dass der

Junge, der nun vor mir auf dem Boden liegt, einiges jünger ist als ich. Ich entschuldige mich mehrmals und reiche ihm die Hand.

„Tut mir leid, ich suche Eren. Hast du ihn gesehen? Dies hier ist sein Zimmer."

Der kleine Junge mit hellbraunen Haaren richtet sich seine Brille zurecht, schnappt meine Hand und zieht sich hoch. „Du musst Milos sein!"

„Ja, der bin ich, wieso weißt du das?"

„Eren hat mir viel von dir erzählt. Er hat beschrieben, wie er dich kennengelernt hat und wie du aussiehst. Eren erzählt ständig von eurem gemeinsamen Projekt und was ihr dabei so alles erlebt. Für ein Schulprojekt scheint das eine sehr spannende Sache zu sein."

Etwas überrascht über das Gehörte, bin ich zu keiner direkten Antwort fähig. Entsprechend schaue ich den Jungen zwar weiterhin aufmerksam an, reagiere aber nicht mit einer Antwort.

„Milos, alles klar, habe ich etwas Falsches gesagt?"

„Äh, nein, alles gut. Wo ist Eren? Ich brauche ihn."

„Er musste das Zimmer wechseln. Er ist neu im dritten Stock. Lauf die Treppe hoch und folge dann dem Gang links bis zum Ende. Er ist im Zimmer mit der grünen Tür."

Ein Stein fällt mir vom Herzen. Eren ist da. Ich lache innerlich und verabschiede mich von dem sympathischen Jungen.

Während ich die Treppe anpeile, merke ich, wie sich meine Sorgen auflösen. Ich erhöhe das Tempo und überspringe jeweils immer eine Treppenstufe. Oben angelangt, laufe ich den Gang entlang und stürze förmlich ins Zimmer.

Dort liegt Eren und lacht mich an. „Hallo Milos, schön, dich zu sehen. Ich musste das Zimmer wechseln. Hat dich die Dame am Empfang darüber informiert?"

„Nein, ich lief direkt in dein Zimmer und dachte bereits ans Schlimmste, aber schlussendlich hat mir ein kleiner Junge weitergeholfen."

„Das tut mir leid. Ich habe beim Zimmerwechsel ausdrücklich darauf hingewiesen, dass man dich informieren soll. Immerhin hast du so Nils kennengelernt. Er hatte sein Zimmer direkt neben mir."

„Ja, das muss wohl Nils gewesen sein. Ich merke gerade, dass ich ihn gar nicht gefragt habe, wie er heißt. Aber wieso bist du nun hier oben?"

„Heute Mittag kam ein Angestellter vom Kinderheim zu mir und sagte, dass ich neu im dritten Stock wohne. Ohne Begründung."

Nicht das einzige seltsame Ereignis, denke ich mir und höre Eren weiter zu.

„Nun bin ich hier. Mir gefällt es. Ich habe eine bessere Aussicht und kann beobachten, was im Wald vor sich geht. Wie war die Schule?"

„Was soll ich sagen. Keine Ahnung. Eigentlich gibt es gar nichts zu erzählen. Eren, ich muss wissen, wieso du von meinen Träumen weißt. Bitte erzähl mir davon. Ich muss das verstehen, sonst komme ich nicht mehr zur Ruhe."

Eren schaut sich im Raum um. Er steht auf und läuft zur Türe. Er öffnet sie kurz, schaut den Gang entlang und drückt dann die Türe ganz fest zu. Danach läuft er zum Fenster und zieht die Vorhänge zu. Er setzt sich wieder aufs Bett und deutet mir an, mich zu ihm zu setzen. Nun beginnt er, mit leiser Stimme zu erzählen.

„O. k., wo soll ich beginnen? Meine Geschichte beginnt mit einem Traum, den ich hatte. Es war vor etwas mehr als drei Jahren. Ich war damals ein glücklicher Junge und wohnte zusammen mit meinen Eltern in Ame, der Stadt im Norden. Dort hatte ich alles, was ich brauchte. Viele Freunde, Spaß und immer was zu tun. Einfach ein tolles Leben. Aber mit diesem einen Traum wendete sich das Blatt. Ich träumte von Dingen, die mir fremd waren. Erst als Zuschauer, dann als Täter. Ich wurde zur Person im Traum. Aber diese Person war so anders als ich. Sie sah zwar so aus wie ich, machte mir aber Angst. Eine Art dunkle Seite von mir. Diesen ersten Traum sehe ich noch immer vor mir. Ich schaue in die Augen des Polizisten und erkenne in seinem vernarbten Gesicht, dass er sich fürchtet. Auf einmal war ich so böse und habe ihm gedroht. Im Gegensatz zu dir habe ich ihn aber nicht umgebracht. Bei mir folgten dann weitere Träume. Ich sehe mich noch immer, wie ich die Gasse entlanglaufe und jeden, der mich schief anschaut, direkt angreife und ihn mit meinem Baseballschläger verletze. Furchtbar, nicht? Ja, genau so fühlte ich mich dann auch, als ich jeweils aufwachte. Schweißnass. Panik im Gesicht. Mieses Gefühl. So wie noch nie in meinem Leben. Und als hätten alle Leute bemerkt, was ich getan habe, wendeten sie sich von mir ab. Es ging ziemlich schnell und ich hatte keine Freunde mehr. Bei meinen Eltern hat dies sogar bereits vor meinem ersten Traum angefangen. Von Woche zu Woche wurden sie mir immer fremder. Bis sie mir dann eines Tages sagten, dass sie nichts mehr mit mir zu tun haben wollten. Mit mir, ihrem dreizehnjährigen Sohn. Es war so unglaublich schmerzhaft. Ich fragte meine Eltern nach dem Grund, aber sie wirkten wie ausgewechselt. Sie wollten nur, dass ich aus ihrem Leben verschwinde. Als dann schlussendlich der Bus vom Kinderheim kam und mich mitnahm, sah ich meine Mutter und meinen Vater zum letzten Mal. Ich hatte ein neues Zuhause, aber die Träume blieben die Gleichen."

Eren macht eine kurze Pause und fährt dann fort.

„Je mehr ich träumte, desto stärker veränderte ich mich. Das fiel dann auch den Verantwortlichen vom Kinderheim auf. Ich verstieß immer öfter gegen die Hausregeln und blieb gemeinsamen Anlässen fern. Als ich dann eines Tages auf einen Pfleger losging, begann das Fass überzulaufen. Auf eine erste Verwarnung folgte eine zweite und auf diese der Rausschmiss. Ich wechselte das Kinderheim, wurde noch unglücklicher und musste wieder weiterziehen. Ich kann dir nicht sagen, wo ich schon überall war. Aber dann merkte ich auf einmal, wie sich etwas veränderte. Ich spürte, dass ich nicht alleine bin. Mir wurde klar, dass da noch jemand ist. Ich träumte zwar weiterhin, aber meine Träume wandelten sich. Ich hörte auf, von mir zu träumen, und begann, dich in meinen Träumen zu sehen. Dabei wurde mir rasch bewusst, dass es dir genauso geht wie mir. Auch du hattest ein zweites ‚Ich‘, welches im Traum zum Erwachen kommt. Ich sah dich leiden, aber meine Situation verbesserte sich. Denn plötzlich verschwand mein anderes ‚Ich‘. Erst nur teilweise, aber dann, nach deinem ersten starken Traum, komplett. Es war fort. Im Vergleich zum vernarbten Mann hatte ich keine Angst vor dir. Im Gegenteil. Ich entwickelte großes Mitgefühl und ich wollte dir helfen. Ich versuchte, mich mit dir zu verbinden, und merkte, dass ich dafür mehr machen musste, als dich in deinen Träumen zu besuchen. Ich wollte dich treffen.“

Eren macht eine erneute Pause. Er greift sich das Glas Wasser auf seinem Nachttisch und nimmt einen Schluck. Dann führt er weiter aus: „Ich wusste, dass ich mehr über dich erfahren musste. Also versuchte ich, mir vorzustellen, wie es um dich herum aussehen könnte. Es brauchte seine Zeit, aber es klappte. Immer mehr kam zum Vorschein und immer klarer wurde die Welt rund um dich herum. Plötzlich erkannte ich dein Haus, dein Zimmer und dann dein Bett. Ich sah dich, mit Schweißperlen auf der Stirn. Ich merkte, wie der Junge im Traum den Polizisten töten will und wie sehr der Junge im Bett darunter leidet. Ich spürte es. Von Traum zu Traum mehr. Je schlimmer und brutaler du warst, desto näher kam ich dir. Was mir aber noch fehlte, war der Ort, an dem ich dich finden konnte. Also legte ich weiter zu und kam dir noch näher. Schon bald konnte ich deine Suche nach deinem Kater beobachten, war mit dabei auf deinem Schulweg und sah deine Freude über die ersten Schneeflocken. So erfuhr ich dann auch, wo dein Haus steht und an welche Schule du gehst."

Ich will etwas sagen, merke dann aber, dass Eren noch nicht zu Ende erzählt hat. Also höre ich weiter zu. Gespannt auf das, was noch alles folgt.

„Obwohl ich merkte, dass ich noch mehr über dich herausfinden konnte, hörte ich auf damit. Ich hatte mein Ziel erreicht. Mehr musste ich nicht wissen. Also verhielt ich mich gegenüber den Lehrpersonen vom Kinderheim so unausstehlich, dass sie mich an die öffentliche Schule schickten. Mein Plan ging auf und bald schon stand ich vor dem Klassenzimmer. Ich war kurz davor, dich zu treffen, und wurde dann plötzlich unsicher. Mir wurde klar, dass ich dich zwar schon lange kenne, aber ich für dich zu diesem Zeitpunkt ein Unbekannter war, den du noch nie zuvor gesehen hast. Ich war kurz davor davonzurennen, doch dann erblickte ich dich. Der leere Stuhl neben dir zog mich an und ich setzte mich hin."

Ich beobachte Eren und merke, wie er sich auf dem Bett zurückfallen lässt. Ich schaue zur Uhr und bemerke, wie schnell die Zeit vergangen ist. Ich hörte Eren so aufmerksam zu, dass ich alles um uns herum vergessen hatte. Nun ist es wieder ruhig. Stille herrscht im Raum. Ich schaue zu Eren. Er blickt auch mich an. Ich umarme ihn und drücke ihn fest an mich. Das hier ist nicht nur eine Freundschaft, das ist mehr als das, mehr für mich und auch mehr für ihn. Wir haben das gleiche Schicksal und die gleiche Bürde.

KAPITEL VIII

Schicksal

Minuten vergehen. Keiner sagt etwas. Eren sitzt einfach nur da. Ich weiß nicht, wie ich beginnen soll. Dann lasse ich mich leiten.

„Eren, ich danke dir für deine Offenheit. Ich bin froh, dass du mir alles erzählt hast. Ich finde es richtig und ich weiß es zu schätzen. Ich weiß nicht, wieso, aber ich weiß, dass das, was du mir gesagt hast, stimmt. Ich …"

Eren unterbricht mich.

Ich bin überrascht, nehme mich aber zurück und warte darauf, was er zu sagen hat.

„Milos, verstehe mich nicht falsch. Es freut mich, wirklich. Doch bitte sei ehrlich zu mir. Es muss doch etwas geben, das dich stört und verunsichert? Du musst doch unzählige Fragen haben. Bist du denn nicht verwirrt? Du hältst mich doch bestimmt für einen Verrückten? Immerhin habe ich dein Leben ausspioniert. Ich habe dich im Traum verfolgt und war so nahe bei dir wie kaum jemand anders. Das muss dich doch umhauen?"

Ich verstehe Erens Reaktion und gehe direkt darauf ein.

„Nein, Eren, ich sehe das nicht so. Klar, ja, es haut mich um und es ist verrückt. Aber das macht dich nicht zum Verrückten. Im Gegenteil. Ich weiß, dass du dies gemacht hast, um mich zu finden. Ich kann alles nachvollziehen und bin mir sicher, dass ich die gleichen Entscheidungen getroffen hätte. Wir beide hatten ein tolles Leben und haben über Nacht alles verloren, was uns lieb war. Ich meine Freunde und du sogar deine ganze Familie. Auf einmal waren wir beide total einsam und keiner wusste genau, wieso. Eren, ich war nach nur einem Traum schon so zerstört, dass ich nicht wusste, wie ich noch weitermachen sollte. Ich habe diesen Polizisten getötet und fühlte mich danach als Mörder und Verbrecher. Ich habe sehr großes Mitgefühl und kann dich und alles, was du gemacht hast, nachempfinden. Ich verstehe dich und wünschte, du hättest nicht so lange leiden müssen." Erens Gesichtsausdruck bleibt unverändert. Dann bildet sich ein leichtes Lächeln auf seinem Gesicht. Ich nicke und erwidere es. Dann hole ich tief Luft, atme aus und fahre fort.

„Eren, du weißt, dass ich dich verstehe. Trotzdem müsste ich lügen, um zu sagen, dass ich keine Fragen habe. Ich meine, du bist über meine Träume in meine Welt eingetaucht und hast so herausgefunden, wer ich bin und wo ich wohne. Krass. Wie hast du das genau gemacht? Wie hast du den Weg gefunden? Wie die Verbindung aufgebaut? Und wieso habe ich davon nichts bemerkt? Ich habe Mühe zu glauben, dass so etwas geht. Ich kann es mir nicht vorstellen. Ich glaube dir, aber es fällt mir dennoch schwer."

Eren blickt zu Boden und schüttelt den Kopf.

„Es tut mir wahnsinnig leid, Milos, ich weiß, wie unglaublich das alles klingt. Ich kann dir nur sagen, was ich gespürt und was ich gemacht habe. Ich erzähle die Wahrheit und ich habe diese Fähigkeiten. Ich bin mir sicher, dass auch du dazulernen kannst. Ich bin überzeugt davon, dass wir es zusammen schaffen. Wir können auch deine Träume vertreiben. Wie, weiß ich nicht genau. Dass ich dich auffinden konnte, zeigt mir aber, dass es geht. Ich konnte die Augen zumachen und die Richtung vorgeben. Ich habe von dir geträumt, wenn ich es wollte. So habe ich mein Ziel erreicht, dich zu finden."

Erens Worte geben mir Kraft. Ich merke, dass auch ich wieder von dieser Last befreit werden kann. Trotzdem bleiben Zweifel.

„Das ist gut zu hören, aber für mich noch viel zu weit weg. Ich frage mich eher, wieso du nicht eingegriffen hast, als Leon

Einzug in meine Träume nahm. Wenn du alles gesehen hast, wieso hast du diese Situation dann trotzdem zugelassen? Du hast ja gewusst, wie ich reagieren werde. Wieso hast du mich nicht geschützt?"

Eren hat auf diesen Einwand gewartet. Er reagiert wenig überrascht und klärt mich auf.

„Seit dem ersten Tag an der Schule, also dem Tag, an dem wir uns kennengelernt haben, träume ich gar nicht mehr. Auch nicht mehr von dir. Es ist so, als hätte ich meine Kräfte verloren. Ich wache morgens auf und erinnere mich an nichts. Klar, das wollte ich und bin froh darüber, doch dadurch war es mir auch nicht möglich, dir zu helfen. Ich hatte also keine Ahnung von dem Traum, in dem du Leon begegnet bist. Mir war zwar klar, dass an diesem Nachmittag etwas während deines Kurzschlafes passiert ist, aber was du in diesem Traum gemacht hast, konnte ich nicht sehen. Nach den Vorfällen in der Schule wurde mir dann klar, dass dies etwas mit deinem Traum vom Vortag zu tun gehabt haben musste. Dies war dann auch der Grund, warum ich dir unbedingt sagen musste, dass ich mehr über dich weiß, als du ahnst."

„Verstehe, dann ist es also wirklich möglich, die Träume verschwinden zu lassen?"

„Ja, es gibt ein Zusammenspiel zwischen dem, was hier passiert, und dem, was wir träumen. Ich habe dich im echten Leben gefunden, dafür kann ich nicht mehr sehen, was du machst, wenn du nicht bei mir bist."

„Nun, ich träume aber noch immer und frage mich, wie wir jetzt weitermachen? Ich bin völlig planlos, aber du hast dir sicher bereits Gedanken dazu gemacht? Hast auch du mal etwas geträumt, was du dann später genauso gemacht hast? Im Traum von Leon war ich an einem anderen Ort, aber sonst spielte sich alles genau gleich ab, wie ich es am Tag zuvor geträumt habe. Dabei ist noch etwas passiert. Ich habe mir im Traum eine Nachricht hinterlassen. Ich habe etwas in das Schulbuch geschrieben. Nur um sicher zu sein. Das warst nicht du, oder?"

Eren wirkt verwirrt und antwortet postwendend: „Nein, davon weiß ich nichts. Ich habe dich zwar beobachtet, aber nichts bemerkt. Was hast du dir denn für eine Nachricht hinterlassen?"

„Ah o. k., ich habe geschrieben, dass ich mich von Leon fernhalten soll. Ich habe mich selbst davor gewarnt, das nicht zu tun, was ich schlussendlich getan habe. Als ich dich mit blutendem Kopf am Boden liegen sah, war mir die Warnung egal und ich stürmte auf Leon zu."

„Das ist wirklich total verrückt. Mir ist nie etwas Derartiges passiert. Ich hatte stets so ähnliche Träume wie die, die du mit dem Polizisten gehabt hast. Mehr nicht. Ich will dir dabei helfen, herauszufinden, was gerade mit dir passiert. Natürlich nur, wenn du meine Hilfe auch zulässt."

„Klar will ich das, Eren. Aber wie sollen wir vorgehen?"

„Ich habe keinen Plan, aber ich habe ein paar Ideen, die ich gerne ausprobieren will. Ich bin überzeugt, dass die Methoden, die bei mir funktionierten, auch bei dir eine Wirkung zeigen werden."

„Das hoffe ich, Eren. Ich bin auf deine Hilfe angewiesen. Allein du kannst mich verstehen. Nur du kannst dich in meine Lage versetzen. Wir teilen zu viel, als dass ich das nicht weiterverfolgen will."

Eren wirkt erleichtert. Sicherlich war es nicht leicht für ihn, mir das alles zu erzählen. Ich kann nachempfinden, was in ihm vorgeht. Trotzdem merke ich, dass ich nun Zeit für mich brauche. Ich spüre, wie sich eine Leere in mir auftut und wie plötzlich alles zu viel wird für mich. Ich werde kraftlos und begreife, dass es Zeit ist, zu gehen. Ich muss das Gehörte sammeln und versuchen, zu verarbeiten. Eren wird das verstehen. Er weiß ja selber am besten, was das alles zu bedeuten hat.

„Eren, ich danke dir für alles. Ich muss meinen Kopf durchlüften und versuchen, alles zu verarbeiten. Verstehe mich nicht falsch, aber das ist nicht so einfach für mich. Einerseits bin ich froh, dass ich mit meinen Träumen nun nicht mehr alleine bin. Anderseits verstehe ich immer noch nicht ganz, wie das alles überhaupt wahr sein kann."

„Ja, Milos, ich weiß. Kein Problem. Nimm dir die Zeit, die du brauchst. Wenn du das Bedürfnis hast, mich zu sehen, freue ich mich auf deinen Besuch. Ich werde noch eine Weile nicht zur Schule kommen. Ich muss zuerst wieder komplett fit werden."

Ich stehe langsam auf und gehe zur Türe. Dann schaue ich nochmals kurz zurück und verlasse den Raum. Ich laufe die Treppe hinunter und öffne die große Tür nach draußen. Dort nehme ich einen intensiven Zug der kalten Abendluft und setze mich auf die Steinstufen.

Wo bin ich hier nur gelandet? Was ist das bloß für eine Welt? Was passiert als Nächstes? Gibt es überhaupt irgendwelche Grenzen? Ich habe Eren noch nie gesehen und er konnte mich über seine Träume beobachten. Wahnsinn! Wer sieht mir sonst noch alles zu?

Ich zittere und beginne zu frieren. Dann schaue ich nach oben in die Sterne und merke, dass die ganze Anspannung nun rausmuss. Also schreie ich los. Erst leise, dann lauter. Ich verliere jegliche Zurückhaltung und schreie die ganzen Gedanken aus meinem Kopf. Es befreit mich. Ich fühle mich besser. Ich stehe auf, strecke meine Arme aus und puste durch. Ein wirklich befreiendes Gefühl.

Doch dann höre ich etwas. Stimmen hinter mir. Sie werden lauter. Ich schaue in die Richtung, die mich nach Hause führt, und renne los.

Kapitel IX

Veränderung

Zu Hause sage ich meinen Eltern, dass ich keinen Hunger habe, und verkrieche mich in meinem Zimmer. Dort angekommen, fühle ich mich einsam und alleine. Ich schaue zum Fenstersims und denke an Piko. Wie schön wäre es, wenn er jetzt hier wäre. Ich würde ihn in den Arm nehmen und seine Nähe genießen. Ich frage mich, wie es ihm geht. Es ist lange her. Hoffentlich ist ihm nichts Schlimmes passiert. Anstelle von Piko greife ich mir ein Kissen und drücke es an mich. Kein guter Ersatz, aber immerhin etwas, das ich festhalten kann. Ich setze mich hin und spüre die Überforderung in meinem Kopf.

Ich schließe die Augen und merke, wie sich alles zu drehen beginnt. Sofort kriege ich Kopfschmerzen und mir wird schlecht. Ich stehe wieder auf, doch es wird nicht besser. Im Gegenteil, ich fühle mich furchtbar und bemerke, wie es von Minute zu Minute schlimmer wird. Es geht nicht mehr lange und ich muss mich übergeben. Ich erreiche gerade noch so den Abfalleimer, da passiert es. Ein widerlicher Gestank kommt auf und ich ekle mich vor mir selbst.

Ich öffne das Fenster und taste mich zum Bett. Die frische Luft sorgt für etwas Erholung und ich lege mich hin. Erneut schließe ich die Augen und versuche zu schlafen, doch es klappt nicht. Ich habe zwar nicht mehr ein so starkes Schwindelgefühl und auch mein Magen hat sich beruhigt, doch die Kopfschmerzen sind immer noch viel zu heftig. Zudem bin ich auch viel zu aufgewühlt, um einschlafen zu können.

Nach ungefähr einer halben Stunde stehe ich erneut auf. Ich wische die wenigen Spuren meines Erbrochenen weg und trage den Eimer ins Badezimmer. Der widerliche Geruch ist noch sehr präsent und steigt mir in die Nase. Meine Beine sind schlapp, aber ich schaffe es. Mit dem sauberen Eimer in der Hand, mache ich mich auf den Rückweg. Mitten auf der Treppe merke ich, wie diese immer länger wird. Mit jedem Tritt, den ich mache, kommt oben ein neuer hinzu. Ich habe keine Kraft mehr in den Beinen. Ich kann meinen Fuß nicht mehr genügend hochheben und stürze über die letzte Stufe der Treppe. Ich falle nicht schwer, habe aber keine Kraft mehr, um wieder aufzustehen. Also bleibe ich liegen. Meine Augen klappen zu und ich schlafe ein.

Als ich wieder aufwache, finde ich mich in meinem Bett wieder. Ich hebe meinen Kopf und schaue mich um. Das Fenster ist wieder geschlossen. Draußen ist es dunkel. Es ist mitten in der Nacht und bestimmt noch viel zu früh, um aufzustehen. Ich lasse meinen Kopf wieder ins Kissen sinken und schlafe weiter.

Anstelle des Weckers wecken mich die Sonnenstrahlen, die durch das Fenster fallen und mir direkt ins Gesicht scheinen. Panik. Nein, ich habe verschlafen. Ich stehe auf, ziehe rasch etwas an und renne so schnell wie möglich nach unten. Erst als ich unten kurz stehen bleibe, merke ich, dass ich immer noch wacklig auf den Beinen bin. Ich stütze mich an der Wand ab und mache mich vorsichtig auf den Weg in die Küche. Unterwegs kommt mir meine Mutter entgegen.

„Milos, leg dich wieder hin. Du gehst heute nicht in die Schule. Nicht in diesem Zustand. Ich habe dich gestern schlafend und ganz bleich im Gesicht auf der Treppe gefunden. Heute Morgen habe ich dann Herrn Braun angerufen und ihn informiert, dass du krank bist. Er wünscht dir gute Besserung. Ruhe dich aus. Die Schule kann warten."

Perplex über die Fürsorge meiner Mutter, weiß ich erst nicht, was ich sagen soll. Da mir aber gefällt, was sie sagt, drücke ich dies entsprechend aus.

„Danke, Mama. Ich hatte auf einmal starke Kopfschmerzen. Als ich vom Badezimmer zurück in mein Zimmer gehen wollte, bin ich gestürzt. An mehr kann ich mich nicht erinnern."

„Ja, du hast tief und fest geschlafen. Wie geht es dir jetzt?"

„Ich fühle mich immer noch schwach und wackelig auf den Beinen. Ich lege mich nochmals hin. Bis später."

„Mach das, gute Besserung."

Ich bin froh, dass ich zu Hause bleiben kann. Ich brauche Ruhe und muss mich erholen. Also laufe ich nach oben und denke dabei darüber nach, was meine Eltern gemacht haben. Ihr Verhalten überrascht mich. Seit dem Einzug in dieses Haus war dies das erste Mal, dass sie bewusst etwas für mich getan haben, was nichts mit klassischen Aufgaben im Haushalt zu tun hatte. Ich verstehe es nicht ganz, denke aber auch nicht weiter darüber nach. Ich setze den Weg in mein Zimmer fort, steuere dort mein Bett an und lege mich hin. Ich schlafe rasch ein und wache erst am Nachmittag wieder auf. Es hat unglaublich gutgetan und ich fühle mich nun besser. Wurde auch Zeit. Viel zu lange konnte ich mich nicht mehr richtig ausruhen.

Nun kann ich es aber nicht länger verdrängen und merke, wie sich meine Gedanken auf den gestrigen Besuch im Kinderheim fokussieren. Ich höre Erens Worte und nehme seine Stimme deutlich wahr. Schade, dass ich ihn nicht sehen kann. Ich will wissen, wie er mir helfen kann. Ich denke an seinen Plan und male mir aus, wie dieser aussehen könnte, aber heute werde ich nichts erfahren. Also überlege ich mir, was ich auch ohne Eren tun kann. Irgendetwas muss es doch geben.

Der Geistesblitz bleibt aus. Ich ziehe meinen Trainingsanzug an und gehe hinunter in die Küche. Dort entdecke ich einen Zettel und ein Stück Brot.

„Wir mussten los. Hatten keine Zeit mehr für den Einkauf. Wird heute spät. Gute Besserung.“ So viel zur neu entdeckten Fürsorglichkeit meiner Eltern. Es ist also doch alles wie immer. Ich schnappe mir das Brot, schneide es in so viele Scheiben wie möglich und streiche etwas Butter und Marmelade darauf. Danach lege ich alles auf einen Teller, trage diesen in den Wohnbereich und setze mich auf den großen Fauteuil, welcher sonst stets von meinem Vater besetzt wird. Ich strecke die Füße nach vorne, breite die Zeitung aus und beginne zu essen.

Ich habe großen Hunger und schiebe Scheibe für Scheibe in mich hinein. Zeitgleich überfliege ich die Zeitung.

„Aaron Stamm mischt das Immobiliengeschäft auf“, lese ich auf Seite elf. Ich schlucke das letzte Stück Brot hinunter, lege den Teller auf den Boden und ziehe die Zeitung näher zu mir hin.

Im Artikel wird die Familie Stamm beschrieben. Vater Aaron, Mutter Kerstin, Sohn Leon. Auf einem Foto vor einem riesen Anwesen stehen die drei. Stolz. Reich. Schön. So könnte man es wohl zusammenfassen. Im Artikel wird beschrieben, wie Aaron Stamm nebst seinen anderen diversen Geschäften nun auch ins Immobiliengeschäft eingestiegen ist. Er hat mehrere Häuser erworben, welche er nun renovieren und dann neu vermieten will. Vor allem in der Stadt Ame, aber auch im Dorf Kono. So will er neue Leute in die Ortschaft bringen und das Gemeinwohl stärken.

Mich nervt es, wie positiv der Artikel formuliert ist. Die Presse scheint Aaron Stamm zu lieben. Er und seine Familie werden in den Himmel gelobt. Man könnte fast schon meinen, dass sie den Artikel selbst geschrieben haben. Ich blättere die weiteren Seiten durch und lege die Zeitung dann zur Seite. Ich räume kurz die Küche auf, ziehe etwas Wärmeres an und gehe für einen Spaziergang nach draußen.

Während ich in die schneebedeckten Bäume schaue, überlege ich mir, wie ich weiter vorgehen soll. Schnell wird mir klar, dass es richtig ist, die Hilfe von Eren anzunehmen. Er kennt mich am besten und weiß, was ich durchmache. Wenn er es selber geschafft hat, kann er auch mir zeigen, wie ich diese Träume loswerde.

Weiter beschäftigt mich der Gedanke, wie ich mich bei einem nächsten Traum verhalten soll. Es kann ja jederzeit so weit sein. Schnell wird mir klar, dass mir auch dabei nur Eren helfen kann. Ich muss ihm alles erzählen, was in mir und mit mir passiert. Nur so kann er mir helfen. Klar besteht immer noch die Möglichkeit, dass er eigene Pläne verfolgt. Diese Wahrscheinlichkeit sehe ich aber als so unbedeutend an, dass ich diesen Gedanken schnell wieder vergesse. Eren wird mir zeigen, wie ich wieder unbesorgt durchs Leben gehen kann. Davon bin ich überzeugt.

Nachdem das für mich nun klar ist, mache ich mir Gedanken über das, was hinter diesen Träumen steckt. Ich muss mir im Klaren sein, dass die Welt nicht so ist, wie ich es immer gedacht habe. Ich muss verstehen, dass gewisse Dinge möglich sind, von denen ich bisher nur in Büchern gelesen habe. Ich will den Zusammenhang verstehen, wie Eren Kontakt zu mir herstellen und wie ich meine Tat an Leon vorausbestimmen konnte. Der Schlüssel ist der Traum. Also muss ich dort anfangen. Ich muss versuchen, zu träumen, und dann beobachten, was passiert.

Also setze ich das um. Ich gehe zurück ins Haus, laufe in mein Zimmer und lege mich hin. Ich schließe die Augen und versuche, bewusst an etwas zu denken. Ich sehe die Szene vor mir und erhoffe mir, dadurch den folgenden Traum beeinflussen zu können. Immer noch schwach und kraftlos, nimmt mein Körper die Einladung gerne an und beginnt sich zu entspannen. Ich schlafe ein und wache nach circa zwei Stunden wieder auf. Erholt, aber ohne Ergebnis. Ich kann mich nicht daran erinnern, was ich geträumt habe. Wenig überrascht darüber, versuche ich es erneut. Dabei merke ich jedoch, dass ich nicht auf Kommando schlafen kann.

Ich gehe nach unten und schaue mir alle Bücher meiner Eltern an. Dies habe ich zwar bereits mehrmals gemacht, aber vielleicht habe ich etwas übersehen. Zumindest besteht die Möglichkeit, dass sich in unserem Haus ein Buch über „Träume und deren Bedeutung für den menschlichen Geist" befindet. Frustriert beende ich die Suche. Leider nichts. Nur ein paar Liebesromane und die mir bekannten Sachbücher. Ich laufe mehrmals die Treppe hoch und runter und suche nach weiteren Quellen. Ich könnte zu Eren gehen, aber wenn mich jemand von der Schule sieht, kriege ich nur noch zusätzliche Probleme. Ich gehe ins Zimmer und schaue in die Bücher, welche wir von Herrn Braun erhalten haben. Schnell merke ich aber, dass ich auch da vergebens suche. Ich ziehe das Tagebuch der Projektarbeit aus meinem Rucksack hervor und beginne zu lesen, was Eren und ich uns alles notiert haben.

Wenn ich schon nichts finde, was mich in der Traumforschung weiterbringt, kann ich auch etwas für die Schule arbeiten. Ich lese alle Einträge im Tagebuch durch und bringe bei den Absätzen von Eren kleinere Korrekturen an. Obwohl wir noch mehr als einen Monat Zeit haben, sind Eren und ich praktisch fertig mit unserer Arbeit. Dies lenkt mich ab und lässt die Zeit vergehen. Ich schreibe die neusten Erkenntnisse in das Heft und erstelle eine kurze Liste mit Aufgaben, die wir noch erledigen müssen.

Während des Schreibens beginnen meine Kräfte erneut zu schwinden. Ich bin wohl doch nicht wirklich fit. Gut, dass ich nicht in der Schulbank sitzen muss. Ich merke, dass ich einnicke, unterbreche den Prozess aber bewusst und stelle mir erneut einen Schauplatz vor, diesmal kommt Leon darin vor. Da ich von ihm bereits geträumt habe, denke ich, dass dies der einfachste Einstieg in die Lehre der Traumbeherrschung ist. Ich stelle mir also vor, wie Leon einen erneuten Angriff auf mich ausübt und ich diesen gekonnt verteidige. Danach schnappe ich mir ein Kissen, lege es auf den Schreibtisch und lasse meinen Kopf darauf niederfallen. Ich träume und spüre die Kontrolle darüber. Es klappt, ja, da passiert etwas. Ich kann es, oder doch nicht. Die Kontrolle wird instabil und löst sich auf. Dann verliere ich den Zugriff komplett und die Beherrschung ist hin. Als ich aufwache, ist es draußen bereits dunkel. Ich kann mich noch an fünf Sekunden der Traumwelt erinnern. Nicht aber an den Grund, wieso ich die Kontrolle so schnell wieder verloren habe. Es bringt nichts. Zumindest nicht heute. Ich habe keine Lust mehr auf einen weiteren Versuch und glaube auch nicht mehr an ein Erfolgserlebnis.

Ich laufe nach unten in die Küche. Kurz bevor ich den Kühlschrank öffnen will, höre ich, wie die Haustüre aufgeht und meine Eltern heimkommen. Ich versuche, noch die Treppe zu erwischen, um direkt wieder ins Zimmer zu gelangen, bin aber zu langsam.

„Hallo Milos, wie geht es dir? Konntest du dich ausruhen?", meine Mutter steht hinter mir und fragt nach meinem Befinden.

Ich drehe mich zu ihr und antworte: „Ja, danke Mama. Ich habe fast den ganzen Tag geschlafen. Es geht mir besser. Morgen gehe ich wieder zur Schule."

„Schön zu hören, aber ruhe dich bitte auch morgen nochmals aus. Es ist besser, wenn du dir die Zeit nimmst. Ich habe auf dem Heimweg einen Halt bei Herrn Braun gemacht und ihm erzählt, dass du nochmals einen Tag Pause brauchst."

„Aber Mama, mir geht es gut. Ich will zur Schule."

„Keine Widerrede, Milos. Putz dir die Zähne und leg dich schlafen. Ich muss morgen erst später in die Kanzlei und kann mich um dich kümmern."

Im Vergleich zu meinem Vater, der froh ist, dass er nicht in das Gespräch verwickelt wird, macht sich meine Mutter echte

Sorgen um mich. Es gefällt mir und fühlt sich gut an. Ich mag eigentlich auch die Tatsache, dass ich für einen weiteren Tag nicht zur Schule muss. Nur kann ich so auch nicht mit Eren sprechen. Dies ärgert mich und Eren macht sich bestimmt Sorgen. Ich überlege mir, wie ich ihn trotzdem sehen kann, merke aber umgehend, dass dies zwecklos ist. Eren werde ich morgen weder sehen noch hören oder auf irgendeine andere Weise Kontakt mit ihm haben können. Ich muss dies nun akzeptieren und den freien Tag als Chance sehen.

Obwohl ich am Tag bereits sehr viel geschlafen habe, vergehen nur Sekunden und ich versinke erneut im Schlaf. Am nächsten Morgen wache ich auf und denke sofort daran, was ich geträumt habe. Dabei merke ich, dass ich mich nicht erinnern kann. Tagsüber starte ich drei bis vier weitere Versuche, aber auch diese schlagen fehl. Ich brauche Eren. Morgen ist es so weit.

Kapitel X

Schatten

Eren wacht auf und fasst sich an den Kopf. Obwohl er Milos, als dieser nach dem Vorfall mit Leon bei ihm war, von seiner raschen Genesung überzeugte, hat er immer noch Schmerzen. Vor allem in der Nacht merkt er dies. Er hat Mühe einzuschlafen und wenn er dann mal schläft, wacht er bei jedem nur ach so kleinen Geräusch wieder auf. Immer wieder sieht er die Szene vor sich, in der ihn Leon gegen das Büchergestell schubst. Er sieht, wie das Buch von oben auf ihn runterfällt und verspürt dabei stets aufs Neue den Schlag auf seinen Kopf. Es war fürchterlich und Eren leidet darunter.

Ebenso sehr beschäftigt ihn das Gespräch mit Milos. Dadurch, dass er ihm alles erzählt hat, gibt es nun kein Zurück mehr. Milos weiß nun, dass diese Welt noch viel mehr zu bieten hat als das, was das Auge sieht. Es wird einiges auf ihn zukommen und Eren weiß, was das bedeutet. Milos wird viel Kraft brauchen. Er wird kämpfen müssen. Dabei zweifelt Eren nicht daran, dass Milos dies schaffen kann. Nein, er wird sich vielmehr bewusst darüber, welche Bürde er auf seinen Freund übertragen hat.

Trotzdem war es richtig. Er weiß, dass Milos schlussendlich als noch viel stärkere Persönlichkeit aus all dem rausgehen wird. Er selbst hat es ja auch geschafft und Milos hat einen noch stärkeren Willen. Eren ist überzeugt davon. Er wird ihm helfen, aber dabei kommen bereits weitere Fragen auf. Wie soll er Milos vorwärtsbringen? Was bringt den schnellsten Erfolg? Was kann er Milos überhaupt zutrauen?

Am besten ist es wohl, wenn Eren dasselbe Vorgehen anwendet, das auch bei ihm selbst funktionierte. So wie er näher an Milos herangekommen ist, so sollte Milos die Nähe zu demjenigen finden, der ihn von seinen Träumen erlöst. Ob das nun er selbst ist oder jemand anders, spielt überhaupt keine Rolle. Hauptsache, Milos geht es danach besser.

Eren ist sich im Klaren darüber, dass auch er nicht allzu viel über all diese Dinge weiß. Zudem wurde ihm rasch bewusst, dass er selber nie in dieses Stadium von Traumerlebnissen vorgedrungen ist, welches Milos erreicht hat. Er hat nie jemanden umgebracht, geschweige denn, etwas exakt so umgesetzt, wie er es zuvor geträumt hatte. Milos hingegen hat beides gemacht, und noch dazu äußerst erfolgreich.

Eren denkt an den Vorfall mit Leon und merkt dabei, dass er Milos vielleicht nur bedingt helfen kann. Es gibt keine Gewissheit, ob Erens Methoden bei Milos Anwendung finden. Trotzdem muss er es versuchen. Es ist seine Aufgabe. Dafür ist er hier und dies wird er auch genau so machen.

Überzeugt von seinem Plan, kann Eren die Schmerzen ein wenig vergessen. Er versucht, wieder einzuschlafen, und schafft es auf Anhieb. Kurz darauf wacht er aber wieder auf. Dieses Mal nicht wegen seiner Schmerzen, sondern weil er ein Geräusch wahrgenommen hat. Nicht von draußen, sondern von der Treppe. Das Geräusch kommt näher. Es sind Schritte. Die Tür zu seinem Zimmer geht auf und ein Schatten betritt das Zimmer. Die Tür schließt sich wieder und die Person bleibt stehen. Es ist stockdunkel und Eren kann nur knapp den Umriss der Person erkennen. Er hat Angst. Furchtbare Angst. Er bleibt aber trotzdem ruhig. Schockmoment. Dann platzt es aus ihm heraus.

„Wer bist du? Was willst du von mir? Wenn du es bist, Nils, dann gib dich zu erkennen. Oder bist du es, Milos?"

„Ich bin weder Nils noch Milos. Wer ich bin, hat dich nicht zu interessieren. Ich bin hier, um dir zu sagen, dass deine Beziehung zu Milos ab heute beendet ist. Ich werde dir nichts tun, aber ich werde Milos unendliche Schmerzen zufügen, wenn du dich weiter mit ihm abgibst. Du beendest, was ihr angefangen habt, und suchst so schnell wie möglich das Weite. Verstehe dies als letzte Warnung. Ich beobachte dich und sehe alles. Ich werde mich nicht wiederholen."

Eren steht auf und läuft auf die Person zu. Doch als er bei der Zimmertüre ankommt, greift er nur noch ins Leere. Weg. Niemand mehr hier. Was und wer war das?

Eren macht das Licht an und schließt die Türe ab. Danach packt er seine Decke und versteckt sich unter dieser. Er hat so etwas noch nie erlebt. Seine Beine zittern. Er packt sie mit den Armen und zieht sie an sich. Er dreht sich nach links und bleibt wie versteinert liegen. Diverse Gedanken gehen ihm durch den Kopf. Bis gerade eben hat er Milos helfen wollen, aber nun ist er sich plötzlich nicht mehr sicher, was er machen soll. Es muss alles etwas mit dem Vorfall in der Schule zu tun haben. Davor hat sich niemand für ihn interessiert und nun verändert sich gerade so vieles.

Erst droht ihm Leon im Klassenzimmer, dann kommt sogar jemand ins Kinderheim und jagt ihm mitten in der Nacht dermaßen Angst ein, dass er nun gar nicht mehr weiß, was er machen soll. Aber wer macht so was? Wer könnte die Person gewesen sein, die eben in sein Zimmer kam? War es jemand vom Kinderheim, ein Lehrer oder jemand sonst vom Dorf? Es könnte praktisch jeder gewesen sein. Die Person hat die Stimme verstellt. Unmöglich zu erkennen.

Eren denkt nach. Er überlegt sich, wieso jemand etwas dagegen haben könnte, wenn er und Milos sich treffen. Sein erster Gedanke bringt ihn zu Leon. Der hat ihm aber bereits klargemacht, was er von ihm erwartet. Wieso sollte er nochmals vorbeikommen? Nur um ihm Angst zu machen? Vielleicht ja, aber eher nicht.

Eren wird Milos helfen und ihm beibringen, seine Träume zu verlieren. Dies könnte jemand verhindern wollen. Jedoch kann dies unmöglich jemand wissen. Er hat dies ja nur Milos erzählt und Milos wird kaum jemanden in diesen Plan eingeweiht haben.

Eren ist es gar nicht mehr wohl in seiner Haut. Ihm wird kalt. Er begreift, was vor sich geht, und fühlt sich schlecht. Er will es zwar nicht glauben, aber es kann sein, dass er in seinem Zimmer beobachtet wird. Deshalb musste er es wohl auch wechseln. Von heute auf morgen. Ohne Begründung. Dies scheint der einzige Weg zu sein, der Sinn ergibt. Ihm wird bewusst, dass er nun aufpassen muss. Noch mehr als bisher. Alles, was ab jetzt passiert, kann von Dritten gesehen und gehört werden.

Eren spürt, wie sein Herz pocht, und bemerkt, wie er auf einmal ganz fest an Milos denkt. Dieser Junge ist ihm ans Herz gewachsen und er will ihm unbedingt helfen. Dafür muss er herausfinden, wer ihn beobachtet und wer diese Person ist, die ihn gerade eben besucht hat. Es ist unheimlich und Eren merkt, wie sein Kopf brummt. Die ganze Anstrengung ruft die Schmerzen aufs Neue hervor. Er kann sich nun aber nicht entspannen und denkt nochmals an Leon. Ganz so abwegig erscheint es ihm nun doch nicht mehr. Jedoch gibt es auch so viele weitere Möglichkeiten.

Eren denkt an den morgigen Tag und hofft darauf, dass Milos vorbeikommen wird. Gestern haben sie zusammen über alles gesprochen und heute wartete Eren vergebens auf ihn. Hoffentlich ist Milos nichts zugestoßen. Nein, eher unwahrscheinlich. Ansonsten wäre wohl keine Person vorbeigekommen, um ihm zu drohen.

Er wird die Möglichkeit erhalten, mit Milos zu sprechen. Dabei ist sich Eren aber alles andere als sicher, worüber er mit ihm sprechen soll. Er will ihm helfen, aber wie er das machen soll, weiß er nicht. Er könnte seinen Plan durchziehen und missachten, was gerade eben passiert ist. Doch dann würde er Milos in Gefahr bringen, und das will er nicht. Wenn er sich aber nun von Milos fernhält, kommt dieser in seiner Entwicklung nicht weiter. Das will Eren auch nicht.

Er weiß es nicht. Er weiß gerade gar nichts mehr.

KAPITEL XI

Entscheidung

Da nun auch meine Mutter begreift, dass ich ausgeruht genug bin, darf ich wieder zur Schule. Ich lasse mir von Herrn Braun erklären, was ich verpasst habe, und folge dem Unterricht. Heute haben wir vier verschiedene Fächer. Die Abwechslung lässt die Zeit schnell vergehen und schon bald finde ich mich auf dem Weg zu Eren wieder. Ich freue mich auf ihn. Also beschleunige ich meine Schritte. Im Kinderheim treffe ich Nils. Ich wechsle ein paar Worte mit ihm und bedanke mich nochmals für seine Hilfe. Danach erblicke ich Eren, wie er den Gang entlangläuft.

„Eren, warte. Ich bin es, Milos." Eren bleibt sofort stehen und dreht sich zu mir um. Etwas bedrückt ihn. Doch als er realisiert, dass ich es bin, verändert sich sein Gesichtsausdruck sichtlich positiv.

„Hallo Milos, schön, dich zu sehen. Ich habe in den letzten Tagen viel an dich gedacht. Wie geht es dir? Hast du über meine Worte nachdenken können?"

„Danke, gut. Ich bin nach unserem letzten Treffen total erschöpft zu Hause angekommen. Danach wurde mir übel und mein Kopf schmerzte. Meine Mutter hat mich krankgemeldet und ich habe die letzten zwei Tage im Bett verbracht. Deshalb konnte ich mich nicht bei dir melden. Entschuldige. Ich hoffe, du hast dir nicht allzu große Sorgen gemacht. Wie geht es dir?"

„Es freut mich zu hören, dass du dich erholen konntest. Bei mir ist alles gut. Wie kommst du klar mit all den Dingen, die ich dir erzählt habe?"

Eren öffnet die Zimmertüre und bittet mich herein. Ich folge seiner Einladung und steuere auf das Fenster am Ende des Zimmers zu. Erst jetzt merke ich, dass die Aussicht von hier oben sehr schön ist. Man sieht fast bis zu unserer Hütte. Wie es jetzt dort wohl aussieht? Seit dem Zwischenfall mit Leon war ich nicht mehr da. Eren wohl auch nicht. Egal, wir werden auch dafür noch Zeit finden. Eren schnappt sich einen Stuhl und stellt auch mir eine Sitzgelegenheit zur Verfügung.

„Danke, Eren, ich stehe lieber. Ich brauche etwas Abwechslung zu den letzten zwei Tagen." Eren schaut mich verwirrt an. Ich verzichte auf eine Erklärung, warte ein paar Augenblicke und fahre dann fort.

„Was soll ich sagen, Eren. Ich habe mir viele Gedanken gemacht und bin dabei immer zum gleichen Entschluss gekommen. Es gibt nur einen Weg und diesen gehen wir zusammen. Ich schaffe das nicht alleine und du bist derjenige, der mir helfen kann. Ich habe bereits Versuche gestartet und probiert, meine Träume zu kontrollieren. Dabei wurde mir aber bewusst, dass ich überhaupt keine Ahnung habe, wie so was gehen kann und wie ich dabei vorgehen muss. Ich weiß, dass ich auch von dir nicht allzu viel erwarten darf. Jedoch hast du es geschafft. Vielleicht war dies Glück. Vielleicht Zufall. Aber du hast es hingekriegt. Deshalb will ich, dass du mein Lehrer wirst und mir zeigst, wie auch ich wieder zu einem normalen Jungen werden kann."

Eren schaut mich an. Dann steht er auf. Er läuft im Zimmer umher und setzt sich wieder. „Hmm." Eren kratzt sich am Kopf. „Was soll ich sagen?"

Erens Verhalten beunruhigt mich. Was ist bloß los mit ihm? Er wirkt verwirrt und unsicher. Mir kommt es so vor, als wäre er gedanklich an einem ganz anderen Ort. Eigentlich sollte er sich jetzt freuen. Denn meine Worte waren doch genau das, was er von mir hören wollte. Es war sein Vorschlag. Wieso ist er nun trotzdem so angespannt und nachdenklich?

„Eren, sag etwas. Wieso bist du so zurückhaltend?"

Eren schaut mich an und formuliert seine Erklärung: „Ich habe Angst, Milos. Ich habe Angst vor dem Versagen. Ich habe Angst, dass ich dir nicht helfen kann und deine Lage sogar noch verschlimmere. Ich habe …"

„Stopp, Eren. Was sagst du da? Du hast mir die Wahrheit über dich und deine Fähigkeiten erzählt. Nun will ich, dass du mir hilfst, und du verhältst dich so eigenartig. Ich verstehe dich nicht. Wieso hast du mir überhaupt von allem erzählt, wenn ich dann doch nicht auf dich zählen kann? Ich habe dich noch nie so erlebt. Was ist passiert seit unserem letzten Gespräch?"

Eren hält kurz inne und versucht zu erklären.

„Verstehe doch, Milos. Es ist für mich nicht so einfach, wie es für dich den Anschein macht. Ich habe auf einmal eine große Verantwortung und ich weiß nicht, ob ich dieser gerecht werde."

„Dann überleg dir das mal gut. Denn ohne deine Zustimmung geht gar nichts. Ich gebe dir einen Tag Zeit. Morgen besuche ich dich wieder. Dann brauche ich eine Entscheidung von dir. Ich muss wissen, wie es weitergeht. Entweder wir zusammen oder gar nicht."

Genervt und auch ziemlich enttäuscht von Erens Reaktion, verlasse ich sein Zimmer und stürme aus dem Kinderheim. Erst musste ich mir alles anhören, was er zu sagen hatte, und nun ist er sich plötzlich unsicher. Ich kann ihn nicht verstehen. Ich habe ja gesagt, dass ich von ihm keine Wunder erwarte. Aber wieso macht er sich dennoch einen solchen Druck?

Unterwegs nach Hause begegne ich ein paar Schülern aus der Klasse. Sie schauen mich an, doch deren Blicke ignoriere ich komplett. Ich bin aufgebracht und wütend. Ich laufe weiter die Straße entlang und habe Mühe, klar zu denken. Ich kam in der Erwartung hierher, dass Eren und ich uns zusammentun, und nun stehe ich wieder allein da. Ich habe keine Lust mehr. Auch nicht auf diese blöde Straße. Ich drehe mich nach rechts und renne in den Wald hinein.

Ich kicke mit meinen Füßen in ein paar herumliegende Äste und lasse meinem Frust freien Lauf. Nach etwa hundert Metern bleibe ich stehen und merke, wie mein Energieanfall seine Wirkung zeigt. Ich ziehe meine Jacke aus und genieße die Kälte. Ich atme ein paar Mal tief durch und bemerke beim Blick nach unten, dass meine Schnürsenkel offen sind.

Ich bücke mich und erkenne Fußspuren. Nicht meine, sondern die einer anderen Person. Ich überlege, wo diese wohl hinführen, und entscheide dann, den Spuren zu folgen. Rasch wird mir klar, dass mich diese tief in den Wald hineinführen. Ich mache nicht halt und laufe weiter. Plötzlich erblicke ich weitere Spuren, die von der entgegengesetzten Richtung herkommen und mit den Spuren der ersten Person zusammentreffen. Genau dort, wo ich mich gerade aufhalte. Also bleibe ich stehen.

Ich erkunde den Boden unter mir und erkenne weitere Abdrücke. Dabei fällt mir auf, dass die beiden Spuren, die von dem Standort wegführen, in zwei verschiedene Richtungen verlaufen. Daraus schließe ich, dass die zwei Personen, die sich hier getroffen haben, wieder getrennt voneinander weggegangen sind. Aber wieso genau hier? Wer trifft sich mitten im Wald? Was soll das?

Ich ziehe mir die Jacke wieder an und überlege, wen ich hier treffen würde. Wahrscheinlich nur jemanden, mit dem ich nicht gesehen werden dürfte. Seltsam. Ich schaue nochmals auf den Boden und suche nach Hinweisen. Vielleicht hat jemand etwas liegen gelassen. Gegenstände finde ich keine, aber mir fällt auf, dass die Fußabdrücke ziemlich groß sind. Diese gehören eindeutig zu einer erwachsenen Person, wohl eher zu einem Mann als einer Frau. Ich laufe zu den beiden nächstgelegenen Bäumen und bringe eine Markierung an. So kann ich den Ort wiederfinden.

Danach verlasse ich den Treffpunkt und folge den Spuren, die nach Norden führen. Im Vergleich zu den anderen Spuren führen hier die gleichen Spuren wieder den exakt gleichen Weg zurück. Die Person ist also wohl von irgendwo hergekommen und dann wieder dorthin zurückgelaufen. Ich muss herausfinden, wohin. Ich ziehe das Tempo an und laufe los. Mit dem Blick auf die Spuren gerichtet, vergesse ich, auf die Umgebung zu achten. Ich laufe mal links, mal rechts und schaue dabei nur nach unten. Meine Beine wollen eine Pause machen und ich gebe sie ihnen. Ich bleibe stehen und blicke umher. Ich bin mitten im Wald. Es ist ruhig. Nichts bewegt sich. Ich weiß nicht mehr, wo ich bin, aber ich sehe immer noch die Spuren vor mir.

Ich schüttle meine Füße einmal durch und setze den Weg fort. Ich laufe bestimmt noch weitere zehn Minuten nordwärts den Spuren entlang und merke dann, wie sich der Wald langsam lichtet. Ich atme auf. Geschafft. Bald habe ich mein Ziel erreicht. Ich mache die letzten Schritte aus dem Wald hinaus und stehe nun vor einem Weg. Er ist ziemlich breit und kann auch mit einem Auto befahren werden. Ich schaue nach links und sehe, wie der Weg wieder im Wald versinkt, also entscheide ich mich für rechts.

Auf dem Weg läuft es sich leichter, dafür sehe ich die Spuren nicht mehr. Ich vertraue meinem Instinkt. Ich laufe weiter und bleibe dann wie angewurzelt stehen.

„Komm ins Haus, Sohn. Das Essen ist fertig."

Ich höre die Stimme einer Frau. Sie kommt von weiter nördlich. Meine Anspannung löst sich und ich gehe geduckt auf allen vieren weiter. Ich bewege mich in Richtung der Stimme und arbeite mich mühsam Meter für Meter vorwärts. Dann höre ich die Stimme erneut. Diesmal lauter.

„Leon, wo bist du? Komm endlich rein."

Rechts von mir springt ein Junge aus dem Wald. Würde er sich drehen, würde er mich sehen. Er macht es aber nicht. Er blickt in die Richtung, aus der die Stimme kommt, und läuft geradewegs darauf zu. Mir bleibt das Herz stehen. Das ist Leon. Trotz der abendlichen Kälte bilden sich Schweißperlen auf meiner Stirn. Ich lege mich hin und versuche, ruhig zu bleiben. Ich höre, wie Leon durch den Schnee tappt und die Geräusche immer leiser werden. Um zu sehen, wo er hinläuft, schaue ich vorsichtig hoch.

Zwei weitere Personen sind erkennbar. Leon läuft diesen entgegen und dann mit ihnen zusammen aus meinem Blickwinkel. Die eine Person könnte Leons Mutter sein. Sie hat ihn wohl gerufen. Und da neben ihr? Ist das sein Vater? Schwierig zu erkennen. Auf dem Foto in der Zeitung war er mit Hemd und Krawatte abgebildet und hier sehe ich einen Mann in dicker Winterjacke, Kappe und Schal.

Ich kann nur mutmaßen und merke, dass mich das nicht weiterbringt. Ich sollte nun gehen. Es ist schon spät und für heute habe ich genügend neue Entdeckungen gemacht. Ich entscheide mich, den Weg, den ich genommen hatte, wieder zurück zu laufen. Es ist zwar weit, aber so kann ich sicher sein, dass ich bestimmt wieder nach Hause finde.

Der Weg zurück gestaltet sich mühsam. Die Temperatur sinkt weiter und die Dunkelheit macht mir ebenfalls zu schaffen. Angst habe ich keine. Dafür war ich viel zu oft draußen und habe nachts Spaziergänge rund um unser Haus gemacht.

Wieder im Wald, beginne ich zu überlegen, was das alles zu bedeuten hat. Jemand hat sich mit einer anderen Person mitten im Wald getroffen und so, wie es aussieht, lief die eine Person nach dem Treffen zurück zum Haus der Familie Stamm. Ob dies nun Leon, sein Vater oder sonst jemand war, weiß ich nicht. Klar ist aber, dass das Treffen vor nicht allzu langer Zeit stattgefunden hat. Dafür waren die Spuren noch zu frisch.

Schon seltsam, dass ich zuerst von Leon träume, dann einen Angriff auf ihn ausübe und nun auch noch Spuren finde, welche mich direkt zu seinem Haus führen. Plötzlich springe ich gedanklich zum Zeitungsbericht, den ich gestern gelesen habe. Aaron, Kerstin und Leon. Eine glückliche Familie. Aaron kaufte Immobilien und erst kürzlich gab es doch diese brutalen Überfälle in Ame, nördlich von hier. Irgendetwas stimmt hier nicht und ich will herausfinden, was.

Kapitel XII

Leon

Seit Leon denken kann, hat er immer alles, was er will. Als Kind hatte er stets die besten und neuesten Spielsachen und als er in die Schule kam, hatte er auf Anhieb viele Freunde. Leon war schon in jungen Jahren sehr gut aussehend und kam auch bei den Mädchen gut an. Die Lehrer behandelten ihn von Beginn an immer korrekt und zuvorkommend und bei den gleichaltrigen Jungs war Leon schon immer der, auf den alle hörten. Wohl auch deshalb, weil er durch seinen frühen Wachstumsschub größer und stärker als die anderen war.

Wie jedes Kind wollte Leon so viel Spaß haben wie möglich. Dies wurde ihm aber nie so richtig gegönnt. Bei allem, was Leon lernte, musste er immer der Beste sein. Als er beispielsweise in der Schule erstmals in Berührung mit dem Alphabet kam und danach versuchte, erste kleinere Texte zu lesen, musste er zu Hause Privatunterricht nehmen, nur damit er dadurch den anderen Schülern seiner Klasse einen Schritt voraus war.

Leons Eltern war es wichtig, was die Leute über ihren Sohn dachten. Alle sollten sehen, dass er der totale Überflieger ist. Vor allem für seinen Vater, Aaron, war dies von großer Bedeutung. Sein Sohn, sein einziges Kind, war immer schon sein Ein und Alles. Nichts war ihm wichtiger, als dass sein Sohn genauso erfolgreich wird wie er. Dies sollte jedem klar sein. Wenn nicht, wurde es ihm klargemacht. Jeder sollte Leon anschauen und sofort merken, dass dies sein Sohn ist. Der Sohn von Aaron Stamm, dem erfolgreichen Geschäftsmann, der durch großes Verhandlungsgeschick und gute Kontakte immer reicher und mächtiger wurde.

In früheren Jahren nutzte Aaron die Gunst der Stunde und machte schnell viel Geld an den Finanzmärkten. Er erbte ein bisschen was von seinen früh verstorbenen Eltern und hatte genügend Mut, dieses Geld entsprechend zu platzieren. Er setzte auf die richtigen Titel und legte seine Gewinne immer wieder goldrichtig an. Er hatte das richtige Gespür. Das steht außer Frage. So stieg sein Kapital in kurzer Zeit überproportional an. Nachdem er an den Finanzmärkten genügend Geld verdiente, machte er sich auf die Suche nach neuen Geschäftsfeldern. Sein Hunger nach Reichtum war noch nicht bedient und er wollte noch mehr Geld machen.

Schon bald trat er dann als Investor auf. Er suchte sich marode Firmen, an welche kaum jemand mehr glaubte, und investierte viel Geld für den Wiederaufbau. Die Firmen erholten sich und Aaron konnte seine Anteile mit hohem Gewinn verkaufen.

Es gab nicht wenige, die sich fragten, wie so etwas überhaupt möglich sei. Man munkelte, dass Aaron vielleicht ein Genie wäre, oder fragte sich, ob er einfach stets nur von einem unverschämten Glück begleitet würde. Aaron war das egal. Er ging seinen Weg weiter und wendete das bewährte Vorgehen bei diversen weiteren Firmen an. Die Erfolge wiederholten sich und die Gewinne stiegen. Bis er irgendwann so reich war, dass er sich alles kaufen konnte.

Aaron genoss seinen Reichtum, merkte aber auch, dass er niemals wieder ärmer sein wollte. So entschied er sich, seine Geschäfte auf mehrere Schultern zu verteilen. Er involvierte vertraute Personen und übertrug einen Teil der Gesamtverantwortung. Dadurch wollte er sein Risiko diversifizieren, aber auch sicherstellen, dass er sich selbst auf die wirklich wichtigen Geschäfte konzentrieren konnte.

Heute hat Aaron Stamm sein eigenes Imperium. Er operiert im Hintergrund, hat aber die Fäden immer noch fest in seinen

Händen. Es heißt, dass er vor allem in den beiden Städten Oro und Ame einen großen Einfluss hat und deshalb auch hierher nach Kono kam. Von hier aus hat er genügend Abstand, aber doch eine gewisse Nähe zu den Städten. Es steht außer Frage, dass er sich seinen Status über Jahre hinaus erarbeitet hat. Ob verdient oder nicht, kann nur schwer beurteilt werden.

Bevor Aaron nach Kono kam, wusste kaum jemand aus dem Dorf über ihn Bescheid. Trotz der immensen Erfolge war Aaron größtenteils ein unbeschriebenes Blatt. Dies ist darauf zurückzuführen, dass sich hier die meisten Einwohner nur auf ihre eigenen Geschäfte konzentrieren und wenig in den umliegenden Städten unterwegs sind. Es interessiert sie halt nicht besonders, was außerhalb des Dorfes passiert.

Doch dann erfuhren sie von seinen Bauplänen und es wurde viel gemunkelt. Die Aufregung war groß, doch die Pläne wurden umgesetzt. Aaron zog hierher, nach Kono. Wie nicht zu übersehen ist, hat er sich damals das größte Haus, besser bekannt als „die Villa", bauen lassen.

Nach seinem Einzug war er direkt im Vorstand der Schule und nahm Einfluss auf die politischen Geschehnisse. Ebenfalls ließ er sich immer öfter mit Werner Barsch, der regierenden Person des Dorfes und der Gemeinde, zeigen. Alles ging rasch voran. Wie immer, wenn Aaron etwas anpackte. Erst waren es gelegentliche Treffen zwischen Werner und ihm, dann Geschäftstermine und schlussendlich unterhielt man sich fast täglich über alles, was gerade wichtig erschien. Werner und Aaron wurden enge Vertraute und die beiden wichtigsten Männer im Dorf.

Die Stimmen, die sich damals negativ über seine Baupläne äußerten, überzeugte Aaron, indem er praktisch jedem im Dorf eine neue Aufgabe übertrug. Es gab viel zu tun und die Leute wurden großzügig bezahlt. Es wurde ja nicht nur ein Haus gebaut, sondern eine ganze Anlage. Aaron wollte einen privaten Zugangsweg, einen Tennisplatz, einen Swimmingpool, einen übergroßen Spielplatz und eine riesige Untergrundanlage. Und er erhielt, was er wollte. Zwar weiß bis heute keiner so genau, was die Familie dort unten treibt, doch der Untergrundbereich hatte von Anfang an hohe Priorität.

Durch den Einbezug in sein Bauvorhaben fühlte sich jeder im Dorf als Teil der Erfolgsgeschichte. Die Integration war also bereits erfolgreich abgeschlossen, bevor Aaron, seine Frau und sein Sohn ankamen. Als er dann auch noch sehr viel Geld in den Umbau und die Renovation der Schule investierte, verstummten auch die letzten Stimmen gegen ihn. Keiner hinterfragte mehr die Gründe für den ganzen Reichtum – und noch weniger die Gründe für seinen Umzug.

Wieso Aaron aus der Ferne in ein verschlafenes Dorf wie Kono kam, war plötzlich egal. Niemand wollte der sein, der den großzügigen Aaron Stamm infrage stellt. Denn durch seine Vorhaben schaffte Aaron es, dass jeder von ihm profitierte. Er machte alle abhängig, ohne dass diese es bemerkten. Sein Masterplan ging auf. Jeder befürwortete Aarons Dasein und alle machten, was nur möglich ist, damit Aaron und seine Familie das Dorf Kono nicht mehr verlassen werden.

Für Leon war das nicht immer ein Segen. Aaron war viel unterwegs und wenn er da war, war er sehr streng. Er wollte seinen Geschäftssinn und seinen Ehrgeiz früh an seinen Sohn übertragen. Leon war das aber oft zu viel. Er wollte einfach nur ein Kind sein, doch Aaron ließ nicht locker und übergab Leon bereits früh viele Pflichten. So hatte Leon strikte Wochenpläne, welche eingehalten werden mussten. Bei erfolgreicher Erfüllung gab es eine Belohnung. Bei Nichterfüllung wurde Leon bestraft. Er hatte zwar alles, aber oft kam ihm das wertlos vor. Die Mädchen in der Schule sahen ihn mit glänzenden Augen an, aber er sie nicht. Die Jungs schauten zu ihm hoch und wollten mit ihm spielen, aber er wollte das nicht. Er war beliebt und wurde von allen verehrt, aber er selbst verspürte nur wenig Freude.

Leon wurde von Aaron so getrieben, dass er die Last der Familiennachfolge bereits als Kind zu stark verinnerlichte. So intensiv, dass er irgendwann selber damit begonnen hatte, sich über den anderen Kindern zu sehen. Die Strahlkraft von Aaron zog über Leon her und Leon konnte nur kurz dagegenhalten. Schnell nutzte auch er seine Macht aus. So auch mit Dirk und Thomas.

Anfangs waren sie enge Freunde. Von Zeit zu Zeit wurde Leon zum Anführer und Dirk und Thomas machten, was Leon sagte. Sie wurden zu seinen Anhängern, die ohne Widerrede sämtliche seiner Befehle befolgten. Im Gegenzug wusste er, wie er sie an sich binden konnte. Mit Belohnungen. Leon konnte ihnen bieten, was kein anderer konnte. So waren sie bei ihm zu Hause stets willkommen und konnten vom ganzen Reichtum der Familie Gebrauch machen. Sie wurden von Leons Mutter, Kerstin, bekocht, konnten im Pool schwimmen und feierten so manche Geburtstagsparty auf dem Anwesen der Stamms. Da die Familien von Dirk und Thomas selber eher arm waren, fiel es Leon leicht, die beiden zu seinen Gefolgsleuten zu machen. Sie taten schon früh immer genau das, was Leon wollte, und folgten widerstandlos.

Immer mehr wurde Leon zum kleinen Aaron. Mit dem Übertritt in die Oberstufe, vor allem aber mit dem Beginn des letzten Schuljahres, wurde alles noch viel intensiver. Dirk und Thomas hatten keinen eigenen Willen mehr, sondern führten nur noch aus, was Leon in Auftrag gab. Wenn Leon etwas wollte, holte er es sich. Wenn ihm jemand in die Quere kam, zeigte er ihm, dass er hier der Chef ist. Und wenn ihn jemand auslachte, gab es Prügel. Erst von seinen Jungs, und wenn das Vergehen besonders schlimm war, auch noch von ihm selbst.

Zu Hause sprach er nie darüber. Und da seine Lehrer viel zu viel Respekt vor seinem Vater hatten, gelangte auch nie etwas an die Öffentlichkeit. Leon konnte tun und lassen, was er wollte, und keiner störte ihn dabei.

Nun ist er, wie Milos, sechzehn Jahre alt und kostet seine Rolle voll aus. Die einzige Person, vor der Leon immer noch einen großen Respekt hat, ist sein Vater. Er anerkennt Aaron und dessen Position, hat aber irgendwie auch Angst vor ihm. Schließlich war ihm Aaron nie der Vater, den er sich gewünscht hat. Trotzdem ermöglichte er ihm alles. Er zeigte ihm keine Liebe. Dafür brachte er ihm bei, wie er Mitschüler zu seiner Gefolgschaft machen konnte. Er lehrte ihn nicht, wie man mit Mädchen umgeht, aber er zeigte ihm, wie man sich im Zweikampf richtig positioniert. Aaron war vieles für Leon, aber, vor allem in jüngeren Jahren, auch sehr fremd.

Leons Mutter, Kerstin, ist genau wie Aaron. Sie passen zusammen wie Pech und Schwefel. Sie haben immer die gleiche Meinung, arbeiten an den gleichen Plänen und funktionieren zusammen wie ein Schweizer Uhrwerk. So war es für Leon auch nie möglich, dass er über seine Mutter etwas erreichte, was sein Vater nicht tolerierte. Früh begriff er, dass er alleine gegen seine Eltern keine Chance hatte. Deshalb war es für ihn auch gar nie möglich, über Proteste oder Jammern etwas zu erreichen.

Leon wurde bereits in jungen Jahren klar, dass es nur eine Richtung gibt, steil nach oben. Komme, was wolle. Nur so konnte er seinen Eltern gefallen.

Kapitel XIII

Geheimnis

Als sich Leon an diesem Abend seinem Zuhause nähert und sein Auge durch den Schlag von Milos noch immer rot und geschwollen ist, wagt er sich kaum, über die Türschwelle zu steigen und das Haus zu betreten. Noch nie ist ihm so etwas passiert. Es ist ein Zeichen von Schwäche, welches er nicht kaschieren kann. Also muss er sich verstecken. Er will direkt in sein Zimmer verschwinden, aber als er im oberen Stock ankommt, steht dort bereits sein Vater und wartet auf ihn. Aarons Blick ist ernst. Er mustert seinen Sohn und Leon versucht, mit seiner Hand das Auge zu verdecken. Keine Chance. Aaron schlägt Leons Hand aus seinem Gesicht, fasst ihn im Genick, zieht ihn zu sich heran und schaut sich das Auge und die Rötung genauer an.

„Was hast du da?", knurrt Aaron Leon an.

„Nichts. Bin gestürzt. Draußen ist es sehr eisig und ich habe auf dem Weg nach Hause die Kontrolle verloren. Ich bin auf der Straße ausgerutscht und gegen einen herumliegenden Ast gestoßen. Ich will mich ausruhen. Lässt du mich bitte in mein Zimmer?"

Diese Ausrede ist zu plump und macht Aaron nur noch wütender.

„Das soll ich dir glauben, Junge?! Herr Braun hat mich direkt nach der letzten Lektion angerufen und mir erzählt, was passiert ist. Also, Leon, nochmals, was hast du da? Wieso sieht dein Gesicht so aus, als hätte es von jemand anderem eine Abreibung erhalten?"

Überrascht darüber, dass sich sein Lehrer in solche Angelegenheiten einmischt, versucht Leon, den Blicken seines Vaters aus dem Weg zu gehen.

„Ich wurde von einem Jungen aus dem Nichts heraus ange-
pöbelt und er schlug mir seine Faust mit voller Wucht in mein
Auge. Ich habe ihn dann aber auf dem Heimweg gestellt und
werde mich bei einer guten Gelegenheit revanchieren."

Aaron lockert seinen Griff, zieht die Hand zurück und macht
einen Schritt rückwärts.

„Geht doch, auf einmal kann sich mein Sohn wieder an die
Wahrheit erinnern. Wieso kam es überhaupt zu diesem über-
raschenden Angriff? Hast du den Jungen provoziert? Welcher
Junge war es? Welche Eltern muss ich anrufen und ihnen klar-
machen, dass dies keine Dorfgeschichte werden soll?"

„Es war Milos. Der seltsame Junge, der vor circa einem Jahr
in unser Dorf gekommen ist. Wie ich dir das letzte Mal bereits
berichtet habe, hat er in Eren einen Freund gefunden. Wie du
mir damals in Auftrag gegeben hast, habe ich diesem Eren gesagt, dass er sich ab sofort von Milos fernhalten soll. Entgegen meinen Erwartungen wollte Eren aber nicht einlenken. Er
zeigte Widerstand und ich drohte ihm. Zuerst mit Worten und
dann mit meinen Händen. Durch einen Stoß von mir stürzte er gegen ein Büchergestell, von welchem sich dummerwei-
se ein Buch löste und ihn direkt am Kopf traf. Als Milos den
blutenden Kopf von Eren sah, drehte er völlig durch. Es war
seltsam. Dieser Milos war bis dahin immer so zurückhaltend
und auf einmal war er außer sich vor Wut und selbstbewusst
wie nie zuvor. Als würde er wissen, was passiert, wich er meinem Angriff aus und schlug mir mit voller Kraft ins Gesicht.
Ich konnte nichts machen. Er war einfach viel zu schnell für
mich."

Aarons Mimik verändert sich. Er wirkt plötzlich nachdenklich und braucht eine Weile, bis er die nächste Frage stellt.

„Gut, dass du die Drohung ausgesprochen hast. So wie es
aussieht, ist das Band zwischen Eren und Milos stärker, als wir
angenommen haben. Und dieser Milos hat dich direkt nieder-

gestreckt? Sehr seltsam. Wie ist es möglich, dass er im Kampf gegen dich gewinnt? Du bist ihm körperlich völlig überlegen."

„Ja, ich weiß, Vater. Wie gesagt, mir kam es so vor, als wüsste er genau, wie er vorgehen musste. Und ja, Eren und Milos scheinen wirklich viel Zeit miteinander zu verbringen. Eren wollte auf keinen Fall auf meine Drohung eingehen. Er hätte wohl noch viel größere Schmerzen auf sich genommen. Was soll ich als Nächstes tun?"

„Nichts, mein Sohn. Dies ist nun meine Sache. Halte dich zurück und benimm dich in der Schule so normal wie möglich. Weder Milos noch Eren sollen merken, dass du mir davon erzählt hast."

„In Ordnung, Vater. Eren wird in den nächsten Tagen sowieso nicht in der Schule sein. Es wird Zeit brauchen, bis seine Verletzung verheilt ist. Gegenüber Milos verhalte ich mich normal. Ich habe sowieso noch nie mehr als ein paar Worte mit ihm gewechselt. Darf ich nun in mein Zimmer?"

„Ja, mein Sohn. Und morgen hältst du den Kopf wieder oben. Verstanden?!"

Leon nickt und macht sich auf den Weg in sein Zimmer. Er verriegelt die Tür hinter sich und legt sich auf sein Bett.

Er ist froh, das Gespräch mit seinem Vater nun hinter sich gebracht zu haben. Gleichzeitig beschäftigt ihn aber die Tatsache, dass er durch nur einen Schlag von Milos direkt ausgeschaltet worden ist, noch sehr. Es ist ein Gefühl, das er bis dahin nicht kannte. Bis jetzt war immer er derjenige, der anderen Schmerzen zufügte.

Später am Abend läuft Leon in die Küche und holt sich etwas zu trinken aus dem Kühlschrank. Ebenso hat er doch noch Hunger gekriegt und schaut sich nach einem kleinen Snack um. Da Leon im Kühlschrank nicht das findet, wonach er sucht, geht er in das Untergeschoss und besucht dort das eigens für die Familie angelegte Vorratslager.

Als er dieses mit einer Packung Chips wieder verlässt und nach oben läuft, hört er die Stimme seines Vaters aus dem Nebenzimmer. Er kann die Worte nicht verstehen und nähert sich deshalb dem besagten Zimmer. Durch das Fenster in der Türe erkennt er den Umriss seines Vaters. Leon kann daneben keine weiteren Personen erkennen und schlussfolgert daraus, dass es sich um ein Telefonat handelt. Er geht noch näher an das Zimmer heran und bemerkt dabei, wie die Stimme seines Vaters plötzlich leiser wird. So leise, dass Leon nicht mitkriegt, was am Telefon besprochen wird. Er kniet sich hin und presst seinen Kopf an die Wand. Nun kann er etwas wahrnehmen. Zwar nicht alles, aber Teile davon.

Auf längere Passagen, in denen die zweite Person am Sprechen sein muss, folgen kurze Phasen, in denen sein Vater spricht. Leon vermutet, dass die beiden über die Schule sprechen. Dies wird ihm durch Namen von Lehrpersonen, welchen er jeweils ein passendes Gesicht zuordnen kann, bestätigt.

Als Leon dann plötzlich seinen Namen hört, wird er noch hellhöriger. Er versucht aufzustehen, um so noch mehr Wortfetzen erhaschen zu können, und vergisst dabei die Chips-Packung, welche er beim Hinknien neben sich platzierte. Er kann nicht mehr ausweichen und tritt mit seinem rechten Fuß voll auf die Packung. Es knallt und die Chips verteilen sich in alle Richtungen. Leon bleibt wie versteinert stehen und innert Sekunden stürmt sein Vater aus dem Zimmer. Leon schaut in seine großen, feurigen Augen.

„Was machst du hier, Leon. Hast du mir gelauscht?"

Leon spürt die Autorität seines Vaters. Aaron steht vor ihm und macht ihn nervös und ängstlich.

„Nein, Vater. Ich bekam Hunger und holte mir eine Packung Chips. Auf dem Weg zurück in mein Zimmer habe ich deine Stimme gehört. Ich wollte sehen, wo du bist, und bin hierhin gekommen. Als ich merkte, dass du am Telefonieren bist, wollte ich direkt wieder gehen."

„Aber das hast du nicht gemacht. Es gibt Dinge, die dich nichts angehen. Sag mir, was du gehört hast."

„Nichts", lügt Leon, immer noch voller Angst, dass sein Vater seine Wut an ihm auslasen könnte.

„Nochmals, was hast du gehört, mein Sohn?" Leon merkt, dass es nicht der richtige Zeitpunkt ist, etwas zu verheimlichen, und er erzählt von den wenigen Worten, die er während des Gesprächs identifizieren konnte.

Sein Vater reagiert erleichtert. Ihm wird klar, dass Leon die Wahrheit sagt und dass sein Sohn anhand dieser wenigen Stichworte nichts herausfinden kann.

„Leon, ich will nicht, dass du mir lauschst. Entweder du fragst mich direkt oder du lässt solche Dinge sein. Verstanden? Ich bin dein Vater und ich erzähle dir alles, was du wissen musst. Jedoch ist es für manches aktuell noch zu früh. Ich will, dass du niemandem, auch nicht deiner Mutter, von diesem Gespräch erzählst. Dies bleibt unser Geheimnis."

Leon verwundert diese Aussage, doch er lässt sich nichts anmerken.

„Ja, Vater, ich habe verstanden und werde niemandem davon erzählen."

„Gut, nun räum dieses Durcheinander hier zusammen und leg dich schlafen."

Leon greift nach der Packung und sucht die herumliegenden Chips zusammen. Danach macht er sich auf den Weg nach oben. Er ist erleichtert, dass er nicht bestraft wurde, und irgendwie auch stolz darauf, dass er nun ein Geheimnis mit seinem Vater teilen kann. Doch zugleich ist er auch verwirrt und beunruhigt, da ihm nun sein Vater noch fremder geworden ist.

Kapitel XIV

Mission

Auf dem nach Weg nach Hause denke ich immer noch weiter an Eren und an seine Worte. Wieso war er heute so komisch? Erst erzählt er mir seine ganze Geschichte und dann, als ich ihn bitte, mir zu helfen, ist es auf einmal nicht mehr so wichtig. Ich verstehe das nicht. Er kann mich doch jetzt nicht alleine lassen. Erschöpft vom langen Marsch, erreiche ich mein Zuhause. Ich öffne die Tür und als ich eintrete, bemerke ich, dass ich immer noch völlig in meinen Gedanken verloren bin. Ich versuche, klar zu denken, und suche eine Ausrede für das späte Erscheinen. Es stellt sich dann aber heraus, dass niemand da ist und ich meine Ausrede für ein anderes Mal zurücklegen kann. Meine Eltern sind wohl beide noch am Arbeiten. Keine Seltenheit, aber trotzdem ungewöhnlich für diese Uhrzeit.

Ich hole mir etwas Brot aus dem Schrank und mache mir einen Tee. Ich will zur Ruhe kommen, kann es aber nicht. Immer wieder denke ich an Eren. Ich will an meinen Träumen arbeiten, weiß aber, dass ich dies nicht alleine machen kann. Ich brauche Eren. Solange er sich jedoch querstellt, muss ich die Dinge selbst in die Hand nehmen. Nichts machen, geht nicht. Dafür ist alles viel zu aufregend.

Mit vollem Magen mache ich es mir in meinem Zimmer bequem. Ich bin heute mehr gelaufen als in den beiden vorherigen Tagen zusammen. Erschöpft lege ich mich hin, schließe die Augen und versuche, mich zu entspannen. Es vergehen keine zehn Sekunden und ich finde mich in meiner Traumwelt wieder.

Alles ist dunkel und düster. Ich laufe durch den Wald. Ich habe ein fixes Ziel vor Augen und wirke sehr konzentriert. Ich habe eine schwarze Jacke an und trage eine Mütze, welche ich tief ins Gesicht ziehe. Im Wald ist es ruhig. Es muss Abend oder bereits Nacht sein. Ich kann es nicht genau sagen. Ich weiß nicht, wohin ich laufe. Nichts kommt mir bekannt vor. Ich muss mich mitten im Wald befinden. Ich suche den Grund für mein Vorhaben und fange dann plötzlich an zu rennen. Also muss ich es eilig haben. Ich springe über die herumliegenden Äste. Ich bewege mich geschickt und komme schnellstmöglich voran. Jetzt lichtet sich der Wald. Die Bäume werden weniger. Ich verlangsame meine Schritte. Ich beobachte die Lage und setze meinen Weg in die gleiche Richtung fort. Das Ende des Waldes bahnt sich an. Ich erreiche es und begebe mich auf die Straße.

Ich schaue vorsichtig, dass mich niemand sieht, und laufe weiter. Ich folge der Straße und kann nun erkennen, wo ich bin. Ich gehe weitere hundert Meter vorwärts. Dann bleibe ich stehen und ducke mich. Vor mir sehe ich das Kinderheim. Alles ist dunkel. Keine Fenster zeigen Licht im Inneren. Gut, denke ich mir und mache mich auf den Weg zur westlichen Seite des Gebäudes. Dort knacke ich das Schloss, welches die Materialen des Hauswartes in einem großen Schrank verschließt, und hole ein Seil hervor. Ich werfe es gezielt nach oben und klettere daran ins dritte Obergeschoss. Dabei kann ich mich an der Hausmauer mühelos festhalten und hochziehen.

Angelangt im dritten Stock, öffne ich ein weiteres Schloss. Danach ziehe ich das Fenster hoch und steige ein. Drinnen ist ebenfalls alles dunkel. Ich sehe links von mir die grüne Tür und öffne diese geräuschlos. Ich trete ein und sehe Eren. Er schläft tief. Es scheint, als habe er mein Einsteigen nicht bemerkt. Ich lausche seinem Atem und komme ihm langsam näher. Ich strecke die eine Hand nach ihm aus und fasse mir mit der anderen hinter meinen Rücken. Dort greife ich nach dem Küchenmesser meiner Mutter und ziehe es aus der Halterung hervor. Ich nehme es, drehe es in der Hand und mache einen weiteren Schritt auf Eren zu.

Ich stehe vor ihm, beuge mich über ihn und platziere das Messer so, dass ich ihn mit einem Stich töten kann. Ich fixiere mit der linken Hand seinen Kopf, hole mit der rechten Hand aus und ...

„Milos, was machst du da?"

Eren öffnet die Augen und ich erschrecke so sehr, dass ich rückwärts nach hinten falle. Ich kann es nicht glauben. Wieso hat Eren mich gehört. Ich war leise wie eine Katze und habe keine Geräusche gemacht. Er muss etwas gefühlt haben.

„Was machst du da, Milos? Wieso hast du ein Messer in der Hand? Willst du mich etwa töten? Wieso? Nur weil ich dir nicht helfen wollte? Du hast da etwas völlig falsch verstanden."

Es kümmert mich nicht, was Eren sagt. Ich gehe nicht auf seine Fragen ein. Ich richte mich auf, packe den Griff des Messers wieder fester und laufe in Erens Richtung.

„Milos, hör auf damit. Ich erkenne dich nicht wieder. Was ist bloß los? Ich habe dir doch nie etwas getan. Ich konnte dir nur nicht helfen, weil du dann in Gefahr geraten wärst. Mir wurde gedroht und ich wollte dich beschützen. Verstehst du das denn nicht?"

Die Worte von Eren gehen wie Wind an mir vorbei. Ich stehe nun wieder am Bettrand. Eren scheint zu merken, dass Worte nichts bringen. Er steht auf und wirft sein Kissen nach mir. Ich wehre es ab. Der Decke kann ich dann nicht mehr ausweichen. Sie versperrt mir die Sicht. Ich fuchtele um mich und brauche etwas, bis ich wieder eine klare Sicht habe. Eren nutzt diese Gelegenheit aus und arbeitet sich zur Tür vor. Er schaut mich an.

„Das bist nicht du, Milos. Du würdest so etwas nie machen."

Eren öffnet die Türe und sprintet den Gang entlang. Ich trete gegen das am Boden liegende Kissen und steige über die Decke. Danach schmettere ich die Tür gegen die Wand und renne aus dem Zimmer. Ich sehe Eren vor mir. Er hat ein paar Meter Vorsprung. Ich drehe das Messer in meiner Hand, bleibe stehen, fixiere seinen Rücken und setze zum Wurf an. Ich verfolge Flug. Das Messer dreht sich in der Luft und trifft Eren direkt von hinten in seinen Rücken. Er stürzt und kracht gegen den Boden. Es knallt und er bleibt liegen.

Die Wucht des Wurfes scheint ihn hart erwischt zu haben. Ich laufe zu ihm hin, ziehe das Messer aus seinem Rücken und drehe ihn um. Er reagiert nicht. Sein Gesicht blutet. Dann öffnet er die Augen und schaut mich an.

„Milos, was hast du getan? Was ist bloß los mit dir? Ich hätte alles für dich gemacht. Warum nur? Ich will nicht glauben, dass du das bist. Bitte hilf mir. Es ist noch nicht zu spät."

Ich behalte den Fokus und setze meinen Plan unbeirrt fort. Ich setze mein Messer mit der linken Hand auf sein Herz und stoße mit beiden Händen zu. Eren wehrt sich nicht. Er senkt den Kopf zur Seite und bleibt regungslos liegen. Ich lege seine Arme auf seinen Körper und hebe ihn hoch. Wichtigste Regel. Keine Spuren hinterlassen. Ich höre Schritte und merke, wie sich die Türen der Zimmer auf dem Stockwerk öffnen. Der Sturz von Eren war wohl so laut, dass die Kinder aufgewacht sind. Ich war unvorsichtig. Scheiße. Ich realisiere, dass ich mit Eren auf meinem Rücken zu langsam bin, und lasse ihn fallen.

Er fällt wie ein Mehlsack zu Boden. Ich schaffe es nicht mehr zum Fenster. Vor mir öffnet sich eine Tür und ich ändere die Richtung. Ich sprinte zur Treppe und eile nach unten. Dort angekommen, überrenne ich zwei Mädchen, die gerade aus ihren Zimmern kommen. Egal, nur noch raus. Ich renne weiter und merke, wie mehrere Kinder mich ansehen. Ich springe direkt durch das Fenster im Erdgeschoss und renne dann so schnell es geht in den Wald hinein. Geschafft. Mission erledigt.

Kapitel XV

Schock

Ich wache auf. Was für ein Traum! Wahnsinn! Wie kalt ich war. Ich habe Eren umgebracht. So etwas würde ich doch nie machen. Es schockiert mich, dass ich so etwas geträumt habe. Im Vergleich zum Traum mit Leon war dies ein ganz anderes Level. Ich war so kaltblütig und brutal. Ich hoffe, dass ich dies nun nicht auch in die Tat umsetze. So wie bei der Schlägerei mit Leon. Nein, ausgeschlossen. Ich bringe doch nicht meinen besten Freund um. So etwas würde ich nie machen. Den Polizisten mit der Narbe habe ich ja im echten Leben auch nie getötet.

Mir ist heiß. Ich stehe auf und streiche mir die Haare aus dem Gesicht. Ich schaue in den Spiegel und erschrecke. Meine Haare und meine Stirn sind rot. Ich schaue genauer hin und merke, dass das Blut ist. Ich mache das Licht an und werde nervös. Überall, wo ich hinschaue, sehe ich Blut. Auf den Händen, der Hose, den Schuhen. Ich ziehe mein T-Shirt aus und schaue, ob das mein Blut ist. Ich verspüre keine Schmerzen und finde auch keine Wunde. Ich atme kurz auf und überlege, wessen Blut das sein kann. Ich schaue im Zimmer umher und finde die Jacke, die ich im Traum getragen habe. Auch sie ist mit Blut bespritzt. Wenn das nicht mein Blut ist, wessen Blut ist es dann? Was ist bloß passiert? Habe ich etwa gar nicht geträumt? Habe ich Eren getötet? Das kann nicht sein, ich töte doch nicht meinen besten Freund.

Ich ziehe auch die restlichen Klamotten aus und suche mir saubere Kleider aus dem Schrank. Ich laufe ins Bad und wasche meine Hände und mein Gesicht. Danach gehe ich noch mal zurück in mein Zimmer. Ich suche nach weiteren Hinweisen und erschrecke, als ich auf meinem Schreibtisch das Küchenmesser entdecke. Damit habe ich im Traum zugestochen. Deshalb ist es nun voll mit Blut. Ich beginne zu zittern. Ich versuche, das Messer festzuhalten, lasse es aber direkt wieder fallen. Das kann nicht die Wahrheit sein. Milos, wach auf. Ich schlag mir mehrmals auf den Kopf, aber die Bilder bleiben. Es ist etwas Schreckliches passiert. So viel ist klar. Aber, dass ich das wirklich gemacht habe, kann ich mir nicht vorstellen. Ich packe alle Kleider zusammen, welche Blutspuren enthalten, und werfe sie zusammengeknüllt in einen Sack. Ebenso ziehe ich das blutverschmierte Leintuch ab und füge es dem Sack hinzu. Diesen verstaue ich in meinem Schrank. Um den Rest kümmere ich mich später. Ich muss jetzt herausfinden, was da passiert ist.

Ich packe das Küchenmesser und gehe nach unten. In der Küche reinige ich das Messer und lege es dorthin zurück, wo es hingehört. Mehr kann ich aktuell nicht tun. Ich schleiche aus dem Haus und mache mich auf den Weg zum Kinderheim. Es ist immer noch mitten in der Nacht. Vor lauter Aufregung habe ich gar nicht auf die Uhr geschaut. Es ist aber stockdunkel. Genau wie im Traum. Damit ich schneller vorankomme, folge ich der Straße und schon bald erreiche ich mein Ziel.

Vor dem Kinderheim steht ein Krankenwagen. Die Polizei ist auch da. Ich gehe gebückt und verhalte mich ruhig. So ruhig wie möglich. Ich laufe die Straße entlang und sehe die Angestellten des Kinderheimes, wie sie draußen vor dem Haus stehen und sich unterhalten. Kinder sehe ich keine. Ebenso wenig kann ich Eren entdecken. Er muss hier sein. Ich will nicht glauben, was immer wahrscheinlicher wird. Ich muss es mit eigenen Augen sehen. Auf eine andere Weise kann ich mich nicht überzeugen. Ich kann das nicht gemacht haben. Unmöglich. Es muss sich um einen Irrtum handeln.

Ich verlasse die Straße und laufe die letzten Meter am Waldrand entlang. Ich achte darauf, dass niemand in meine Richtung schaut, und wage mich heraus in die Gefahrenzone. Ich renne so schnell ich kann und verstecke mich hinter den Entsorgungsanlagen. Diese stehen seitlich zum Haus und verschaffen mir dadurch zweierlei Dinge. Ich habe einen guten Blick auf das Geschehen und genieße zudem den Schutz der Dunkelheit. Da die Beleuchtungsanlagen des Kinderheimes nicht so weit strahlen, kann man mich hier nicht erkennen. Ich bin in Sicherheit. Immerhin für den Moment. Ich knie nieder und gucke zwischen den zwei Containern hindurch.

Die Angestellten wirken alle sehr aufgeregt. Einzelne gehen ziellos herum. Andere hören nicht mehr auf zu reden. Es sind zu viele Geräusche und ich kann nichts heraushören. Leider scheint es aber immer klarer zu werden, dass ich nicht nur geträumt habe, sondern dass sich hier wirklich etwas derart Schreckliches abgespielt hat. Von Eren ist weiterhin nichts zu sehen. Doch dann tut sich etwas. Die Dame vom Empfang kommt aus dem Haus. Sie schreit. Alle sollen Platz machen. Ihr folgen vier Personen mit weißen Mänteln. Dies könnten Leute aus dem Krankenhaus sein. Vielleicht hat es Eren überlebt. Die Hoffnung währt kurz. Denn dann sehe ich es. Auf der Bahre, die aus dem Haus getragen wird, liegt ein Junge. Es ist Eren. Sein Gesicht ist nicht sichtbar, trotzdem weiß ich, dass er es ist.

Dann erscheint ein älterer Mann. Er steigt die Treppe vor dem Hauseingang hoch und beginnt zu sprechen. Er hält sich kurz und redet nicht genügend laut, als dass ich es verstehen könnte. Danach verlässt er die Treppe und läuft in meine Richtung. Ich bleibe ruhig. Er kann mich nicht gesehen haben. Er schaut direkt zu mir und hält weiter auf mich zu. Er öffnet den Mund und ich merke, dass er etwas sagen will. Ich bin kurz davor, davonzurennen, sehe dann aber, dass sich ihm ein Polizist nähert. Der ältere Mann streckt ihm die Hand hin und die beiden tauschen ein paar Worte miteinander aus. Ich atme auf. Dann arbeite ich mich noch etwas nach vorne und spitze meine Ohren. Die beiden sind unweit von mir entfernt und ich kann dem Gespräch problemlos folgen. „Ich bin schockiert über das, was passiert ist. Es ist furchtbar. Mehrere Kinder haben mir erzählt, dass Eren, eines unserer Kinder, angegriffen wurde. Kurz darauf ist er an seinen Verletzungen gestorben. Er hatte keine Chance. Der Angriff war wohl gezielt auf ihn ausgeübt worden. Sein Zimmer gibt Hinweise, dass dort ein Kampf stattgefunden hat. So wie es aussieht, konnte Eren fliehen und wurde dann im Gang im obersten Stock niedergestochen. Ein paar Kinder sind durch den Lärm aufgewacht und haben mir erzählt, dass der Anschlag von einem Freund von Eren ausgeübt worden ist. Milos war in der letzten Zeit öfter hier. Dabei ist er uns nie negativ aufgefallen. Wir haben ein Foto am Empfang ausgehängt und werden morgen die Kinder informieren. Diese befinden sich aktuell alle im Sammelraum im ersten Stock. Wir werden sie heute dort übernachten lassen. Brauchen Sie noch weitere Informationen?"

„Vielen Dank. Das ist ja schrecklich. Ich gehe gleich zu meinem Kollegen rauf und werde mir den Tatort gründlich anschauen. Für unsere Ermittlungen ist es äußerst wichtig, dass sich niemand im obersten Stock aufhält. Wenn dies trotzdem sein muss, soll bitte darauf geachtet werden, dass alles an seinem Platz bleibt. Können Sie das bitte veranlassen?"

„Klar, ich werde dies so weiterleiten. Vor allem bin ich aber besorgt um die Kinder. Sie werden schockiert sein, wenn sie morgen erfahren, was passiert ist."

„Ja, das wird bestimmt nicht einfach. Wir können Sie dabei ebenfalls unterstützen. Wir haben ausgebildetes Personal, welches sich um die Kinder kümmern kann."

„Danke. Wir hören und sehen uns."

Der ältere Mann läuft zurück zum Hauseingang. Dort fasst er sich in den Jackensack und greift nach einer Kerze. Diese stellt er auf die Treppe und zündet sie an. Ein paar der Erwachsenen machen es ihm nach. Es tritt Ruhe ein. Ich höre keine Stimmen mehr, nur noch mein Herz, das wie wild pocht. Ich habe Eren getötet. Dafür komme ich ins Gefängnis. Lebenslang. Niemand wird wissen wollen, dass ich das nicht gemacht habe. Wie soll ich das bloß erklären? Niemand wird mir glauben. Ich weiß nicht, was ich tun soll. Ich weiß nur, dass ich das nicht gemacht habe und ich nicht schuldig bin. Ich war nicht der Täter, sondern mein anderes ,Ich'.

Ich spüre, dass ich von hier verschwinden muss, und verlasse mein Versteck. Ich schleiche hinter das Haus und renne dann so weit in den Wald, bis ich nichts und niemanden mehr erkennen kann. Dann mache ich einen kurzen Stopp und nehme den schnellsten Weg nach Hause. Ich muss zu meinen Eltern und ihnen alles erzählen. Sie werden mir helfen und dann können wir von hier fliehen. Dies haben wir ja schon einmal gemacht, und es wird wieder klappen. Bald habe ich es geschafft. Bald bin ich zu Hause.

Doch was ist das? Als ich den Wald verlasse und mich unserem Haus nähere, sehe ich ein Polizeiauto. Die suchen mich. Verdammt. Ich kann nicht nach Hause. Meine Eltern waren meine letzte Hoffnung. Es gibt sonst niemanden.

Damit ich mir ein besseres Bild von der Situation machen kann, laufe ich vorsichtig hinüber zur Straße und erblicke dort ein weiteres Polizeiauto. Ich gehe in Deckung und schaue hinauf zum Haus. Dort sehe ich meine Eltern. Sie sprechen mit jemandem. Ich kann nicht rein. Die würden mich sofort festnehmen. Ich muss weg.

Wieder kehre ich um und laufe zurück ich in den Wald. Ich brauche dringend einen Ort, wo ich nun hingehen kann. Wenn die Polizei bereits bei mir zu Hause ist, werden sie auch in der Schule nach mir suchen. Somit gibt es nur die eine Möglichkeit, den Platz von Eren und mir. Unsere Hütte. Zwar kennt auch

Herr Braun diesen Ort, doch dieses Risiko nehme ich in Kauf. Sicherlich wurde auch er bereits informiert. Ich muss ihm aber vertrauen. Ich habe keine andere Möglichkeit. Er war immer nett zu mir und er weiß, wie eng die Freundschaft von Eren und mir war. Ich muss hoffen, dass er nicht alles glaubt, was er hört, und der Polizei nichts von der Hütte erzählt. Das ist mein Plan und den setze ich nun um. Ich mobilisiere meine letzten Kräfte und nehme den Weg zur Hütte in Angriff.

Dort angekommen, prüfe ich die Lage. Es ist alles ruhig. Hier war noch niemand. Ich öffne die Türe und trete ein. Zum Glück waren Eren und ich oft hier und haben die Hütte so gut wie möglich eingerichtet. Ich schließe die Türe, packe mir eine Decke und kuschle mich ein. Ich mache es mir auf der Holzbank so gemütlich wie möglich. Es ist kalt, aber das stört mich nicht. Ich bin immer noch voller Adrenalin. Merke nun aber, wie es nachlässt. Ich werde müde und denke noch ein letztes Mal an das, was ich heute alles erlebt habe. Ein Film läuft vor meinen Augen ab und ich schlafe ein.

Am nächsten Morgen wache ich verwirrt und mit Rückenschmerzen auf. Die Holzbank ist kein Vergleich zu meinem Bett. Egal. Mir geht es sowieso nicht gut. Ich fühle mich elend und begreife erst nach ein paar Minuten, wo ich eigentlich bin. Ich fasse mir an den Rücken und schaue mich um. Die Hütte war meine letzte Rettung. Ausgerechnet der Ort, in den Eren und ich so viel Arbeit investiert haben. Alles, was ich anschaue, erinnert mich an ihn, doch er wird nie mehr hier sein. Ich vermisse ihn. Ich war noch nie alleine hier. Immer war er an meiner Seite. Hier ist unsere Freundschaft gereift und hier haben wir uns besser kennengelernt. Ich kann es immer noch nicht verstehen, wie das passieren konnte. Ich werde das wohl nie verkraften. Wie auch. Es ist der absolute Horror.

Ich bringe die Bilder nicht aus meinem Kopf. Wie er mich anschaut und nicht verstehen kann, was da gerade passiert. Wie er hilflos daliegt. Und wie ich ihm dann mit meinem Messer ins Herz steche. Warum nur muss das passieren? Warum gerade jetzt? Gerade als ich das Gefühl hatte, dass alles einen Sinn ergibt und ich vorwärtsgehen kann. Ich brauche Hilfe. Dringend. Aber wer soll mir jetzt noch helfen?

Ich schaue aus dem einzigen Fenster der Hütte und überlege, was ich tun kann. Eren hätte meine Träume verschwinden lassen können. Nun ist ein neuer Traum dazugekommen und hat alles noch viel schlimmer gemacht. Ich habe etwas unvorstellbar Brutales gemacht, was ich auf keinen Fall der Polizei erzählen kann. Ich muss erst mal hierbleiben und die Sache etwas ruhen lassen. Hätte Herr Braun etwas verraten, wäre die Polizei bereits hier. Somit bin ich sicher, zumindest für den Moment.

Ich denke an das Projekt und plötzlich fällt mir ein, dass ich etwas Wichtiges vergessen habe. Das Tagebuch. Es liegt zu Hause in meinem Zimmer. Wenn dies jemand liest, findet er mich. Ganz bestimmt. Eren und ich haben unser Projekt so seriös geführt, dass wir sogar einen Lageplan in das Buch gezeichnet haben. Wir waren so stolz, dass wir alles dokumentierten. Jeden Fortschritt. Eben genauso wie es Herr Braun von uns sehen wollte.

Meine Hände werden feucht. Ich schwitze. Ich werde nervös und merke, dass mich mein Fehler teuer zu stehen kommen könnte. Es ist nur eine Frage der Zeit, bis jemand das Tagebuch findet. Ich muss handeln. Sofort.

Zwar wird überall nach mir gesucht, aber wenn ich nichts unternehme, erwischen sie mich sowieso. Ich kann entweder hier warten, bis die Polizei kommt, oder das Risiko auf mich nehmen und das Buch holen. Eine andere Möglichkeit sehe ich nicht. Ich weiß nicht, wohin ich sonst gehen soll. Die Hütte ist definitiv der einzige Ort, an dem ich eine Weile bleiben kann. Der Proviant reicht zwar nicht lange, aber ich kann sparsam damit umgehen. Zudem gelingt es mir mit einem bisschen Glück, noch das eine oder andere aus meinem Zimmer mitzunehmen. Nun muss ich aber los. Ich gehe nach Hause, hole das Tagebuch und verschwinde schnellstmöglich wieder. Das schaffe ich. Los geht's.

Unterwegs bin ich vorsichtig und achtsam. Ich stelle mich jeweils hinter einen Baum, schaue möglichst weit vorwärts und laufe dann zum nächsten Baum. Ich wähle bewusst einen Umweg, um so das Haus von der hinteren Seite her zu erreichen. Es scheint niemand hier zu sein. Trotzdem muss ich vorsichtig sein. Ich darf die Lage nicht unterschätzen. Immerhin gab es einen Mord. Ich kann mir nicht vorstellen, dass es hier jemals ein vergleichbares Ereignis gegeben hat. Zumindest sicher nicht in den letzten Jahren.

Jetzt habe ich einen guten Blick auf unser Haus. Der Schnee liegt noch auf der Wiese, aber durch den Regen, der heute Morgen überraschenderweise eingesetzt hat, wird sich dieser nicht mehr lange halten können. Ich blicke zum Himmel. Die Tropfen fallen mir ins Gesicht. Ein grauer Tag. In vielerlei Hinsicht.

KAPITEL XVI

Erkenntnisse

Ob die Polizeiautos noch da sind, weiß ich nicht. Ich verlasse den Waldrand und gehe in der Hocke in Richtung des Hauses. Es läuft weiterhin alles nach Plan. Die ersten Meter habe ich geschafft. Nun gibt es kein Zurück mehr. Ich stehe auf und renne los. Ich verliere den Halt am Boden, falle aber nicht. Ich ziehe das Tempo an und erreiche die Rückseite des Hauses. Ich stütze mich an der Hauswand ab und feiere innerlich meinen Teilerfolg. Ich halte inne und lausche. Nichts. Weiterhin keine ungewöhnlichen Geräusche. Die Stille gibt mir Sicherheit. Ich gehe zuerst nach links und dann nach rechts, jeweils bis zum Ende der Hausseite, und blicke ums Eck. Auch so kann ich niemanden erkennen. Ich schaue nach oben und sehe das Fenster meines Zimmers. Ich gehe zum Rohr, das von der Dachrinne nach unten führt, und ziehe mich daran hoch. Da ich das auch bereits früher mal gemacht habe, bereitet mir die Kletterei keine Probleme. Anfangs, als ich nachts meine Spaziergänge gemacht habe, war dies mein sicherer Rückweg in mein Zimmer. Später ging ich dann durch die Haustür ein und aus. Meine Eltern sollten ruhig wissen, dass ich nicht schlafen kann. Aber es war ihnen ja eh egal und erfahren haben sie es trotzdem nicht.

Ich ziehe mich so geräuschlos wie möglich hoch und blicke in mein Zimmer. Auch hier ist die Lage ruhig. Alles wie immer. Die Unordnung fällt mir aus diesem Blickwinkel zwar besonders stark auf, aber dies sollte mich nicht beunruhigen. Ich lasse meinen Blick durchs Zimmer schweifen und bemerke, dass der Schrank, in dem ich meine blutverschmierten Kleider verstaut habe, offen steht. Hier war jemand, doch dies beunruhigt mich nicht. Es ist sowieso allen klar, dass ich es war.

Ich ziehe von außen das Fenster hoch und warte auf eine Reaktion. Diese bleibt aus. Ich halte mich am Fenstersims fest und ziehe mich daran hoch. Dann steige ich vorsichtig hinein in mein Zimmer.

Ich gehe zum offen stehenden Schrank und schnappe mir als Erstes meinen Rucksack. Dabei nehme ich extra nicht den, mit dem ich jeweils zur Schule gehe, sondern einen älteren, der von mir ganz unten im Schrank verstaut wurde. Danach gehe ich zum Schreibtisch. Ich knie mich nieder und öffne die Schublade. Während des Herausziehens werde ich ganz aufgeregt. Ich schließe die Augen und öffne diese erst wieder, als die Schublade den Anschlag erreicht. Ich blinzle vorsichtig und sehe die Schriftzeichen von Eren und mir. Dann öffne ich meine Augen komplett und ziehe das Tagebuch aus der Schublade heraus. Es ist hier. Glück gehabt.

Schnell verstaue ich das Buch im Rucksack und überlege, was ich sonst noch Nützliches mitnehmen könnte. Ich packe alles ein, was noch in den Rucksack passt, und sorge dabei dafür, dass mein Zimmer weiterhin einen unordentlichen Eindruck aufweist. Es soll in etwa so aussehen, wie ich es vorgefunden habe. Besser kriege ich es nicht hin. Das muss reichen. Ich schaue mich ein letztes Mal um und steige dann wieder aus dem Fenster.

Ich habe es fast geschafft. Nur noch zurück zur Hütte. Doch was ist das? Plötzlich höre ich Schritte. Ich erschrecke. Ich falle. Nein. Ich kann mich festhalten. Gerade noch. Ich wanke und versuche, den Fuß, mit welchem ich bereits aus dem Fenster gestiegen bin, an dem Rohr, das hoch zur Dachrinne führt, zu fixieren. Es klappt. Ich finde Halt, merke aber, dass ich beinahe einen Spagat mache. Ich ziehe den anderen Fuß vom Fenstersims nach und greife mit der linken Hand nach dem Rohr. Dieses halte ich fest und schließe mit der rechten Hand das Fenster.

Die Schritte kommen näher. Ich höre, wie sich die Zimmertüre öffnet. Jemand kommt herein. Er bleibt stehen und dann kommt noch jemand. Ich habe Angst, entdeckt zu werden. Kann aber auch nicht weg von hier. Also verhalte ich mich so ruhig wie möglich.

„Was ist denn los? Hast du etwas gehört?", fragt die eine Person die andere.

„Ich habe ein Geräusch aus dem Zimmer gehört, aber so wie es scheint, war dies eine falsche Wahrnehmung. Hier ist alles ruhig. Ein Durcheinander wie immer. Das kenne ich aber nicht anders von meinem Sohn."

Die Stimme kenne ich. Das ist meine Mutter. Sie ist entgegen meinen Erwartungen trotzdem zu Hause geblieben. Aber wer ist die zweite Person? Sie spricht mit ungewohnter Stimme und ich kann nicht sagen, wer das ist. Jedoch definitiv nicht mein Vater. Seltsam, wer gibt sich sonst noch mit meiner Mutter ab?

„Es scheint, als hättest du dich geirrt. Hier sieht alles so aus wie gestern Abend. Nichts Auffälliges. Ich will dich trotzdem nochmals darauf hinweisen, Sera. Spiel keine Spiele mit mir. Sobald du erfährst, wo Milos ist, melde mir das. Ich hoffe, dir ist klar, was passiert, wenn du dich gegen mich stellst. Du weißt ja noch, wie es damals deinem Mann ergangen ist, als er nicht von der Stadt wegziehen wollte. Also machst du nun, was ich sage, oder muss ich wiederholen, was sonst passiert?"

„Nein, es ist mir bewusst und ich mache alles, was du von mir verlangst. Ich weiß wirklich nichts. Versprochen. Zudem habe ich dir ja erst kürzlich bewiesen, dass ich mache, was du willst. Wie von dir verlangt, habe ich darauf geachtet, dass Milos möglichst nicht zur Schule geht. Ganze zwei Tage. Das war doch gut so, oder?"

„Ja, das war gut so. Ich vertraue dir. Du hast mich bis jetzt nie enttäuscht und hast immer alles genau so gemacht, wie ich es wollte. Trotzdem habe ich weiterhin ein Auge auf dich. Vergiss das nicht."

Ich höre, wie die zwei Personen mein Zimmer verlassen. Wer war das und wieso hat er meiner Mutter gedroht? Was meint er mit meinem Vater? Was hat er ihm bloß angetan? So viele neue Fragen.

Ich klettere aufs Dach und beobachte den Platz vor unserem Haus. Ich versuche herauszufinden, wer neben meiner Mutter noch in meinem Zimmer war. Erst sehe ich nur meine Mutter, dann erscheint ein Mann. Er bleibt neben meiner Mutter stehen. Der Mann trägt einen grauen Mantel und einen Hut. Ich habe keine Möglichkeit zu erkennen, wer das ist. Sie sprechen ein paar Takte miteinander. Dann läuft der Mann so nahe ans Haus, dass ich nichts mehr erkennen kann. Ich sehe nur noch meine Mutter. Doch dann wird es auf einmal laut. Ich höre Motorgeräusche und ein paar Augenblicke später erblicke ich, wie der mir unbekannte Mann mit seinem Motorrad davonfährt. Er hat jetzt zwar keinen Hut mehr auf, aber dafür verdeckt nun sein Helm sein Gesicht. Der Mantel flattert im Wind und ich schaue dem Motorrad so lange nach, bis ich es nicht mehr sehen kann.

Meine Mutter steht immer noch vor dem Haus. Sie wirkt etwas ratlos, doch das ist schwierig zu erkennen von hier oben. Sie geht einmal kurz in die Knie, steht dann wieder auf und läuft zur Eingangstür. Doch gerade als sie in Bewegung kommt, wird es wieder laut. Ich schaue die Straße hinunter und erkenne ein Auto. Die Polizei nähert sich dem Haus. Meine Mutter nimmt das Geräusch ebenfalls wahr und dreht sich wieder um. Sie schaut die Straße hinunter und beobachtet, wie das Auto direkt vor ihr hält und wie zwei Polizisten aussteigen.

Die beiden begrüßen meine Mutter und sie reicht ihnen die Hand. Danach unterhalten sich die drei. Es geht nicht lange und der eine Polizist bittet meine Mutter, einzusteigen. Sie nimmt auf der Rückbank des Autos Platz und ich sehe, wie das Auto davonfährt. Danach tritt Ruhe ein.

Ich weiß nicht, wie lange es so ruhig bleibt, und entscheide, den Abstieg vom Dach in Angriff zu nehmen. Schnell weg, bevor wieder jemand auftaucht. Unten angekommen, schaue ich nochmals bei beiden Hausseiten ums Eck und sprinte dann über die Wiese in den Wald hinein. Im Wald ist alles ruhig. Die Polizei hat hier entweder bereits gesucht oder noch gar nicht damit angefangen. Ich weiß es nicht. Ich nehme den gleichen Weg zurück, wie ich gekommen bin, und erreiche in etwa einer Stunde die Hütte. Ich gehe rein und bleibe überrascht stehen. Auf dem Tisch steht ein Korb voller Nahrungsmittel. Brot, Fleisch, Käse, Gemüse und vieles Weitere. Dazu finde ich einen großen Eimer mit Wasser und eine Trinkflasche mit frischem Tee. Jemand ist hier gewesen, aber wer nur? Ich gehe sofort wieder nach draußen. Doch hier ist niemand.

Zurück in der Hütte, schaue ich mir den Korb etwas genauer an. Ich könnte direkt über ihn herfallen und alles in mich hineinstopfen, doch ich widme meine Aufmerksamkeit zuerst dem Brief, den ich inmitten der Esswaren entdecke. Ich öffne den Umschlag und ziehe die Karte hervor.

Lieber Milos,

Eren war nicht dein letzter Vertrauter. Ich bin von deiner Unschuld überzeugt. Halte durch.

Gruß Herr Braun

PS: Versuche nicht, mich zu kontaktieren. Es ist zu gefährlich.

Ich kann nicht glauben, was ich gerade gelesen habe, also lese ich die Worte nochmals durch. Erst leise, dann laut. Nun merke ich, was dies bedeutet. Ich bin nicht alleine. Herr Braun hält zu mir. Mein Glauben kehrt zurück, immerhin teilweise. Heute war ein guter Tag. Ich habe das Tagebuch, draußen ist es etwas wärmer geworden und ich habe genügend Nahrung für die kommenden Tage. Meine dringendsten Probleme sind gelöst.

Trotzdem muss ich mir überlegen, was ich machen soll. Aber zuerst esse ich etwas. Ich sterbe vor Hunger. Ich hole mir das Brot aus dem Korb, reiße ein Stück ab und stecke es mir in den Mund. Dazu esse ich etwas Käse und einige Scheiben Schinken. Es tut gut und ich fühle mich Biss für Biss besser. Das Sättigungsgefühl kehrt ein und ich greife nach dem Tee. Davon nehme ich einen großen Schluck. Er schmeckt köstlich. Ich schaue mir die Flasche an und schlussfolgere, dass Herr Braun den Tee extra für mich abgefüllt hat. Ich denke an meinen Klassenlehrer und lege mich zur Verdauung auf die Bank. Danke, Herr Braun.

Ich bin müde. Es ist zwar erst Mittag, aber bis hierhin habe ich heute bereits vieles erlebt. Es war anstrengend, ohne Frage. Ich habe vieles erreicht und viele neue Informationen erhalten. Ich denke an den Mann, der sich mit meiner Mutter unterhalten hat, und ich überlege, was er für einen Einfluss auf meine Eltern ausübt. Vor allem interessiert mich aber, was er meinem Vater angetan hat. Ich richte mich wieder auf, suche nach einem Blatt Papier und greife dann, mangels Alternativen, nach dem Tagebuch. Dort schlage ich eine leere Seite auf und notiere alles, was ich bisher in Erfahrung bringen konnte.

Als Erstes war da der Treffpunkt im Wald, der mich zum Haus der Familie Stamm geführt hat. Danach habe ich von Eren erfahren, dass ihm jemand gedroht hat. Schlussendlich bin ich nun auf einen Mann mit grauem Mantel und Hut gestoßen, der meine Mutter so weit beeinflusst, dass sie Aufträge für ihn erledigt. Ich suche nach Zusammenhängen. Merke, dass dies nicht aufgeht, und starte einen neuen Versuch. Ich versuche, logische Schlussfolgerungen zu ziehen, und komme auch hierbei nicht weiter. Ich fühle, dass ich nicht vorwärtskomme. Das alles bringt nichts. Ich bin frustriert und habe keine Energie mehr. Ich lasse das Buch aus meinen Händen gleiten und mache es mir auf der Bank so bequem wie möglich. Dann richte ich meinen Blick zur Decke und denke ganz fest an Eren. Ich spüre, wie ich die zuvor dazugewonnenen Glücksgefühle wieder verliere und wie die Trauer Einzug nimmt. Eren, komm zurück zu mir. Ich brauche dich. Ich schließe die Augen und weine mich in den Schlaf.

Als ich wieder aufwache, schaue ich durch das Fenster nach draußen. Dabei realisiere ich, dass ich wohl nicht nur ein Nickerchen gemacht, sondern wirklich für eine ganze Weile geschlafen habe. Ich öffne den Rucksack, den ich aus meinem Zimmer mitgenommen habe, und hole meine Armbanduhr hervor. Ich schaue auf den Zeiger und bemerke, dass ich mehr als fünf Stunden geschlafen habe. Nun ja, das war nun wohl nötig. Ich denke erneut an Eren und mir wird bewusst, dass ich so viele andere Dinge im Kopf habe, dass ich nun nicht trauern kann. Vielleicht ist das gar nicht so schlecht. In der Lage, in der ich mich aktuell befinde, muss ich funktionieren. Dies kann mir helfen, meine Trauer zu bewältigen. Ich darf nicht aufgeben. Ich muss versuchen, stark zu sein. Für Eren.

Ich hole die restlichen Esswaren aus dem Korb und teile mir alles in Tagesrationen auf. Zusammen mit den Vorräten von Eren und mir sollte es bestimmt für eine Woche reichen. Vielleicht sogar für eine etwas längere Zeit. Dies stimmt mich positiv, doch direkt denke ich wieder an meine Träume. Ich habe noch immer keine Kontrolle darüber und bin deshalb ständig dem Risiko von neuen Träumen ausgesetzt. Jederzeit kann es so weit sein. Ich bin unberechenbar und kann nichts dagegen machen. Mir bleibt nur die Hoffnung, dass ich in den nächsten Tagen von neuen Träumen verschont bleibe. Doch das Warten auf meine nächste Tat ist keine Lösung. Ich muss aktiv werden, und zwar jetzt.

Es gibt nur eines, was ich tun kann. Ich muss an so viele neue Informationen gelangen, dass ich den nächsten Traum verhindern kann. So lautet mein Ziel. Also suche ich auf dem Boden nach meinem Tagebuch und lege es auf den Tisch. Ich schlage die letzte Seite auf und sammle erneut die Fakten, die ich bis dahin habe. Diesmal muss ein Plan her.

Treffpunkt im Wald, Familie Stamm, Drohung an Eren, Mann mit Hut, Gespräch mit meiner Mutter. Das ist alles, was ich habe. Nun, wo setze ich an? Welche Spur bringt mich weiter? Zurück nach Hause zu gehen, ist zu gefährlich. Die Polizei könnte dort sein, der Mann mit Hut ebenfalls. Zudem weiß ich nicht, wie meine Mutter auf mich reagiert. Gemäß dem Gespräch steht sie bei dem Mann mit Hut in der Pflicht. Das macht sie unberechenbar. Ich denke an den Brief und richte meine Gedanken an Herrn Braun. Er hat mir geholfen und würde es sicherlich wieder tun. Doch zu ihm kann ich nicht. Er hat es ausdrücklich erwähnt.

Die einzige Spur, die ich weiterverfolgen kann, ist die von der Familie Stamm. Mit der Schlägerei mit Leon kam alles ins Rollen. Zudem fand ich vor dem Tod von Eren Spuren, die zum Haus der Familie führten. Irgendetwas stimmt dort nicht, aber ich muss vorsichtig sein. Oberste Priorität hat, dass mich niemand sieht. Ich sollte also im Dunkeln agieren. Das liegt mir und ich bin gut darin.

Als Erstes werde ich nochmals den Ort im Wald aufsuchen, wo ich die Spuren gefunden habe. Diese haben mich zum Haus von der Familie Stamm geführt. Mal sehen, was ich dort noch alles herausfinden kann. Ich werde zwar etwas suchen müssen, aber ungefähr weiß ich noch, wo der Treffpunkt ist. Zudem werde ich die Bäume aufgrund meiner hinterlassenen Markierung wieder auffinden können. Wenn es dort schon mal ein Treffen gegeben hat, wird es wohl auch wieder mal eines geben. Gerade jetzt, wo so viel Aufregung da ist.

Voller Zuversicht ziehe ich mir die frischen Socken an, die ich von zu Hause mitgenommen habe, und streife mir einen wärmeren Pullover über. Danach mache ich mich auf den Weg. Da ich den Wald bereits sehr gut kenne und von hier aus mehrmals in Richtung des Kinderheimes gelaufen bin, kann ich ziemlich genau sagen, wo ich hin muss.

So geht es dann auch nicht allzu lange, bis ich die markierten Bäume gefunden habe. Hier durchsuche ich nochmals den Waldboden nach Hinweisen. Leider finde ich nichts. Ich schaue nach oben und überlege mir, wo ich mich hier am besten verstecken kann. Ich muss einen Ort finden, von wo ich unbemerkt und ohne allzu großes Risiko alles beobachten kann. Ich schaue mir die umliegenden Bäume etwas genauer an. Danach kremple ich meine Ärmel hoch, hole Schwung und springe an dem Baum hinauf, der mir durch seine Äste den besten Schutz bietet. Je weiter ich komme, desto einfacher ist es. Die Äste sind immer näher zusammen und ich steige immer höher hinauf. Nun suche ich mir einen der dickeren Äste aus und versuche, darauf so weit wie möglich nach außen zu kriechen. Ich brauche eine gute Sicht. Sonst nützt mir das Ganze nichts. Bei den ersten beiden Ästen muss ich meinen Versuch abbrechen, aber beim dritten und dicksten Ast klappt es. Ich habe meinen Beobachtungspunkt gefunden.

Hier oben kann man mich von unten nur schwer erkennen und trotzdem bin ich tief genug unten, um alles zu beobachten. Das ist genau das, was ich wollte. Ich ziehe meine Decke aus dem Rucksack und lege sie auf den Ast. Ich fühle mich wohl und in Sicherheit. Ich schaue umher und bemerke, wie schön es hier ist. Ich höre von Weitem einen Specht hämmern und genieße die Stille, die herrscht, sobald der Vogel eine Pause macht.

Ich bleibe für etwas mehr als zwei Stunden auf meinem Beobachtungspunkt sitzen und mache mich dann auf den Abstieg. Vorsichtig halte ich immer wieder inne und schaue nach unten. Es kann schließlich jederzeit etwa passieren. Auf dem untersten Ast angekommen, blicke ich nochmals in alle Himmelsrichtungen und nehme dann den Rückweg in Angriff. Heute wird es wohl nichts mehr. Ich laufe zurück zur Hütte, notiere meine Beobachtungen vom heutigen Tag auf eine leere Seite im Tagebuch und beginne dann, das Buch nochmals von vorne zu lesen.

So kann ich etwas mit Eren teilen, obwohl er nicht hier ist. Ich konzentriere mich auf seine Einträge und lese diese ausführlich durch. Ich stelle mir vor, wie er in meinem Zimmer am Tisch sitzt und das Buch mit Wörtern füllt. Ich erinnere mich daran, dass er bei den schwierigen Wörtern immer verunsichert in meine Richtung schaute. Er wusste stets, dass das so nicht stimmen konnte, und nahm dann meine Korrekturen dankend an. Ich habe ihm immer gerne geholfen. Er war ein so liebenswürdiger Mensch und immer überaus zuvorkommend.

Am nächsten und am übernächsten Tag passiert nichts Außergewöhnliches. Ich überlege zwar ständig, was ich zusätzlich noch machen kann, komme dann aber immer wieder zum Entschluss, dass mir die Hände gebunden sind. Immerhin wurde ich weder von neuen Träumen heimgesucht noch hat jemand meine Hütte gefunden.

Täglich, jeweils am späteren Nachmittag, mache ich mich auf den Weg zu meinem Beobachtungspunkt auf dem Baum. Dort mache ich es mir so gemütlich wie möglich und verweile für mindestens zwei Stunden. Ich fühle mich nun auch in der Hütte sehr sicher, sodass ich dieses Gefühl, welches mir am ersten Tag oben auf dem Ast so viel Halt gab, nicht mehr derart wertschätze wie am Anfang. Leider habe ich bis jetzt auch nichts beobachtet, was mich entscheidend weiterbringt.

Heute starte ich den nächsten Versuch. Ich habe ein gutes Gefühl. Gerade als ich aufgrund der zunehmenden Dunkelheit den Sitzplatz oben auf dem Baum verlassen will, beobachte ich, wie sich eine Person von Süden her nähert. Sie läuft in Richtung des Baumes, auf welchem ich sitze, und bleibt ziemlich genau unter mir stehen. Ich kenne diese Person. Es ist der gleiche Mann, der bereits bei meiner Mutter war. Wieder trägt er den gleichen Hut und den gleichen grauen Mantel. Dabei ist der Hut so weit ins Gesicht gezogen, dass ich nichts erkennen kann. Der Mann hebt die Hand und ich sehe, wie sich eine zweite Person dem Treffpunkt nähert. Sie kommt von Norden und trägt die exakt gleichen Kleider wie die erste Person. Neben dem gleichen Hut und dem Mantel sind auch die Hosen, die Schuhe und sogar die ledrigen, schwarzen Handschuhe identisch.

Endlich passiert etwas und ich erfahre trotzdem nicht mehr. Das darf doch nicht wahr sein. Von hier oben sieht es so aus, als würde unter mir zweimal der gleiche Mann stehen. Dennoch gehe ich davon aus, dass der eine Mann die gleiche Person ist, die auch meine Mutter besucht hat. Wer ist aber der andere?

Ich darf mich nicht bewegen. Ruhig Blut, Milos. Die Stille ist zwar gut, aber auch gefährlich. Ich verrate mich selbst, wenn ich ein Geräusch verursache. Also konzentriere ich mich darauf, das nicht zu tun. Ich richte meinen Blick nach unten und versuche zu verstehen, was die beiden Männer zu einander sagen. Ich spitze meine Ohren, doch ich höre nichts. Die beiden Männer stehen nur da und machen keinen Wank. Dann holt der Mann, der als Erster am Treffpunkt eingetroffen ist, einen Brief hervor und reicht ihn dem anderen. Es dauert etwas, dann macht der Empfänger den Brief auf und liest ihn durch. Danach greift er zu seinem Feuerzeug, zündet damit den Brief an und wartet, bis er größtenteils verbrannt ist. Dann wirft er ihn zu Boden. Die beiden Männer blicken sich gegenseitig an.

Der eine nickt und beobachtet, wie der Mann, der aus südlicher Richtung kam, den Treffpunkt wieder verlässt. Danach geht auch der andere Mann den gleichen Weg zurück, der ihn hierher geführt hat.

Ich warte eine Weile und steige dann vom Baum hinunter. Die Gefahr liegt in der Luft, aber ich will wissen, was im Brief stand. Es muss irgendein Auftrag gewesen sein. Vielleicht wird dieser nun direkt ausgeführt. Ich habe nur diese eine Spur. Ich darf den Mann nicht aus den Augen verlieren. Ich komme ihm näher, halte mich aber vorsichtig zurück. Er läuft in die exakt gleiche Richtung, in welche mich damals die Spur hingeführt hat. Ich kenne die Umgebung und weiß, was auf mich zukommt. Bald folgt der etwas breitere Weg und dann geht es weiter nach rechts. Genauso ist es. Ich bleibe mit sicherem Abstand hinter dem Verfolgten und beobachte dann, wie er genau dort verschwindet, wo ich das letzte Mal Leons Eltern gesehen habe.

Ich verfolge die Person weiter. Nach wenigen Metern entdecke ich das Haus der Familie Stamm. Es ist riesig und sieht genauso aus wie auf dem Foto in der Zeitung. Ich bleibe hinter einem Baum stehen und schaue gespannt, was der Mann macht. Er geht weiter zielgerichtet geradeaus. Als er das Haus erreicht, wartet er einen Moment, holt etwas aus seiner Manteltasche hervor und öffnet die Tür damit.

Das muss Aaron gewesen sein, geht es mir durch den Kopf. Aber wieso trifft er im Wald irgendeine Person, lässt sich eine Nachricht übergeben und geht dann wieder nach Hause? Was stand wohl im Brief? Ein Auftrag? Keine Ahnung. Ich habe so viele Fragezeichen im Kopf, dass ich gar nicht mehr klar denken kann. Wenn ich heute Aaron gesehen habe, hat er wohl auch am ersten Treffen teilgenommen. Kurz darauf ist Eren gestorben. Was hat das nun zu bedeuten? Muss ich damit rechnen, dass nun erneut etwas Schreckliches passiert? Ich kann die

Situation nicht einordnen. Zu vieles ist unklar. Dabei war ich doch eigentlich auf der Suche nach Antworten.

Es ist still geworden und ich kann keine neuen Beobachtungen mehr machen. Ich bleibe an Ort und Stelle stehen und warte gespannt auf die nächsten Schritte. Aber diese bleiben aus. Es scheint wohl nichts mehr zu passieren. Ich entscheide mich, noch hierzubleiben, bis ich bis hundert gezählt habe. Danach werde ich mich auf den Rückweg machen. Es hat keinen Zweck mehr, noch länger zu warten. Also beginne ich, leise zu zählen.

Eins, zwei, drei, …

Kapitel XVII

Nuri

Immer noch schockiert über den Vorfall, der gestern Nacht stattgefunden hat, wacht Nuri auf. Sein Kopf brummt. Die Bilder des toten Jungen haben ihn im Traum verfolgt. Schrecklich. Nuri steigt mit einem Bein aus dem Bett und zieht direkt das andere nach. Danach steht er auf, läuft zur Tür und springt hoch. Er greift mit seinen Händen nach dem Türrahmen und macht einen Klimmzug nach dem anderen. Bei etwas mehr als zwanzig hört er auf und läuft zum Fenster. Es folgen fünfzig Rumpfbeugen und dann nochmals so viele Liegestütze.

Nuri macht dieses Training jeden Morgen. Es ist für ihn von großer Bedeutung. Nur so kann er mit jedem seiner Kontrahenten mithalten. Er investiert viel. Nicht nur in seinen Körper. Seine Stirn ist voller Schweißperlen. Nuri wischt sich diese mit dem Handrücken ab und begibt sich ins Badezimmer. Dort steigt er unter die Dusche und versucht, die Bilder aus dem Kopf zu kriegen. Es gelingt nur teilweise.

Mit Blick in den Spiegel streicht sich Nuri etwas Wachs in seine schwarzen mittellangen Haare. Daraufhin holt er den Rasierer hervor, schäumt sich ein und rasiert sich glatt. Nur den Schnauzbart lässt er stehen. Diesen hat er zu den Prüfungen an der Polizeiakademie getragen und er hat ihm Glück gebracht. Seither ist er sein ständiger Begleiter.

Nuri hatte oft Zweifel, ob das wirklich der richtige Beruf für ihn sei. Er wollte immer nur den Leuten helfen, merkte aber rasch, dass die Polizeiakademie ihm einiges abverlangte. Mit dem Bestehen der Prüfung, für welche er mit einem Abzeichen belohnt wurde, sind diese Zweifel dann aber verflogen. Er weiß nun, dass dies sein Weg ist, und den geht er konsequent. Nichtsdestotrotz hat das, was er gestern gesehen hat, viel mehr auf ihn gewirkt als alle seine bisherigen Fälle.

Nuri zieht sich seine Uniform an, kontrolliert im Spiegel, ob alles sitzt, und läuft nach unten. Hier im Gasthaus zur goldenen Krone hat er nun zum ersten Mal übernachtet. Überhaupt ist es sein erster Besuch in Kono. Das Gasthaus ist zentral gelegen und steht direkt neben der Dorfkirche. Nuri betritt das Restaurant und bemerkt, dass er der einzige Gast ist. Er schaut in die Karte und bestellt sich das klassische Frühstück mit Kaffee. Während er wartet, gehen ihm diverse Gedanken durch den Kopf. Er hat das erste Mal die Hauptverantwortung und will den Fall unbedingt lösen. Jedoch beschlich ihn bereits gestern im Kinderheim so ein komisches Gefühl. Er fragt sich, wieso, und wird dann durch die Service-Angestellte unterbrochen.

Das Frühstück sieht toll aus. Nach einem Bissen merkt Nuri aber, dass es dafür wohl noch zu früh ist. Er trinkt seinen Kaffee, bleibt noch etwas sitzen, entschuldigt sich für den fehlenden Appetit und geht dann zurück auf sein Zimmer.

Für diesen Fall wurde ihm ein älterer, sehr erfahrener Polizist aus dem Dorf Kono zugeteilt. Er selber kommt von außerhalb. Er wohnt in Iwa, dem Dorf südlich von Kono. In den früheren Fällen hat er auch immer mit Kollegen zusammengearbeitet, die er nicht oder nur flüchtig kannte. Aufgrund der fehlenden Größe der Polizei in den fünf nah beisammen liegenden Dörfern ist das eher die Regel als eine Ausnahme.

Nun also arbeitet er mit Urs zusammen, den er gestern kennengelernt hat. Nuri hatte Spätdienst und war auf Streife. Dadurch war er der Erste, der von dem toten Jungen hörte. Er machte sich sofort auf den Weg zum Kinderheim und kam als Erster dort an. Wenige Augenblicke später lernte er Urs kennen. Mit ihm zusammen nahm er den Tatort unter die Lupe und stellte dabei fest, dass der Täter sehr vorsichtig agiert und keine Spuren hinterlassen hat. Doch irgendetwas findet man immer. Das weiß auch Nuri, trotz seiner überschaubaren Erfahrung. Nach einem Austausch mit dem Leiter des Kinderheimes unterhielten sich Urs und Nuri noch kurz über das weitere Vorgehen. Dann machte er sich auf den Weg ins Gasthaus zur goldenen Krone.

Für Nuri ist es heute kein einfacher Tag. Er weiß, dass sich sein Chef für ihn eingesetzt hat, und will ihn nicht enttäuschen. Er bekam das Kommando und somit den Vorzug vor Urs, der als Polizist von Kono eigentlich für den Fall vorgesehen war. Nuri geht im Kopf nochmals die wichtigsten Punkte durch, verlässt dann sein Zimmer und betritt erneut die Gaststube. Dort läuft er zum runden Tisch ganz hinten am Fenster, an welchem sein Partner bereits Platz genommen hat. Zusammen besprechen sie erneut das gestern definierte Vorgehen und machen sich dann auf den Weg zum Kinderheim.

Vor Ort suchen die beiden Polizisten das Gespräch mit der leitenden Person. Sie erkundigen sich danach, ob seit ihrem letzten Besuch etwas Nennenswertes vorgefallen ist, erfahren aber nichts Neues. Der Leiter des Kinderheimes erzählt, dass die Kinder weiterhin sehr aufgeregt sind und nicht verstehen können, was passiert ist. Sie haben Angst, dass sich der Vorfall wiederholt. Nuri zeigt Verständnis und erklärt dem Leiter, dass sie nun nochmals ein paar Untersuchungen machen.

Nuri und Urs gehen in das Zimmer von Eren. Sie durchsuchen die wenigen Kleider im Schrank und das Schulmaterial. Hierbei fällt ihnen nichts Besonderes auf. Weitere Gegenstände gibt es nicht. Das war's. Keine Hinweise. Die beiden Polizisten gehen nach unten und führen Gespräche mit den Kindern, die gestern gesehen haben, wie Milos vom Tatort flüchtete. Sie wirken immer noch schockiert und können Nuri nicht weiterhelfen. Zu wenig detailliert sind ihre Berichte. Nuri geht nach draußen und merkt, dass sie hier nicht weiterkommen.

Abschließend sitzen Nuri und Urs nochmals mit dem Leiter des Kinderheimes zusammen. In seinen Erzählungen macht er deutlich, dass Eren ein Einzelgänger war, selbst hier unter all den anderen Einzelgängern. Milos war die einzige Person, mit der er sich regelmäßig traf. Er kam oft her und Eren wirkte stets glücklich, vor und nach den Treffen. Dann spricht der Leiter des Kinderheims von Nils und erwähnt, dass dieser das Zimmer früher direkt neben Eren hatte. Nuri bedankt sich für die Offenheit und läuft zum Zimmer von Nils. Dieser ist nicht da und es kann ihm auch niemand sagen, wo er ihn findet. Dann ein anderes Mal, denkt sich Nuri und macht sich zusammen mit Urs auf zu Milos' Eltern.

Auf dem Weg dahin fährt ihnen ein Motorrad in ziemlich hohem Tempo entgegen. Nuri will erst anhalten, entscheidet sich dann aber anders. Er hat nun einen wichtigeren Auftrag. Am Zielort angelangt, erblickt er Milos' Mutter, wie sie gerade ins Haus hineingehen will. Nuri parkiert seinen Wagen und überlegt sich, was sie wohl hier draußen gemacht hat. Er und Urs steigen aus und gehen auf das Haus zu. Im Vergleich zu gestern verzichtet Milos' Mutter auf die Förmlichkeiten und stellt sich ihnen als Sera vor.

Nuri spürt, dass es Sera nicht gut geht, und versucht, sein Verhalten entsprechend anzupassen. Er stellt ein paar allgemeine Fragen und sagt dann zu Sera, dass er sie gerne nochmals befragen würde. Sera erwähnt, dass sie am Nachmittag einen wichtigen Termin in der Kanzlei habe, jedoch aktuell Zeit hätte für ein Gespräch. Nuri und Urs stimmen dem Vorschlag zu und Urs lädt Sera mit einer Handbewegung dazu ein, ins Auto zu steigen. Sera setzt sich auf den Rücksitz und dann steigen die beiden Polizisten ein. Für das Gespräch fahren sie zusammen auf die Polizeizentrale von Kono.

Während der Fahrt sagt Sera kein Wort. Ihre Stimmung ist weiterhin unverändert. Nuri versucht mitzufühlen und denkt daran, was ihr alles widerfahren ist. Er will sich nicht beeinflussen lassen, merkt aber, wie dies mit zunehmender Zeit trotzdem passiert. Irgendwas an Seras Verhalten stört ihn. Er kann nicht exakt beschreiben, was, aber es wirkt auf ihn so, als wäre sie nicht sie selbst. Zusätzlich zum Verschwinden ihres Sohnes ist da noch etwas, was sie beschäftigt. Bei Nuri kam dieses Gefühl bereits gestern auf. Nun fühlt er sich bestätigt. Er beobachtet Sera möglichst unauffällig und bleibt weiter aufmerksam.

Nach einer nicht allzu langen Fahrt kommen die drei in der Zentrale an. Nuri serviert Sera einen Kaffee und startet dann mit der Befragung. Urs setzt sich mit einem Notizblock in der Hand auf einen alten Holzstuhl und nimmt eine beobachtende Rolle ein. Nuri fragt und Sera liefert. Doch Seras Worte wirken emotionslos, überdacht und gut gewählt. Sie wiederholt vieles, was sie schon gestern gesagt hat, und Nuri erfährt nichts Neues. Also wechselt er das Thema und stellt diverse Fragen zu Milos. Er ist neugierig, wer Milos ist und wieso das alles überhaupt passiert ist. Sera erzählt über ihren Sohn. Sie berichtet von früher, als sie noch in der Stadt gewohnt haben, und gibt Informationen zum Umzug nach Kono. Nuri erfährt, dass der Weggang von der Stadt Milos schwer belastet und grundlegend verändert hat. Dementsprechend hatte er auch einen schwierigen Start in der örtlichen Schule.

Nuri hört Sera aufmerksam zu. Sie redet viel, weiß aber eigentlich nichts über ihren Sohn. Immer, wenn Nuri zu einem Thema vertiefte Auskünfte haben will, wiederholt sich Sera, ohne dabei etwas Zusätzliches zu sagen. So erhält Nuri zwar reichlich Informationen, aber leider nicht allzu viel, was ihn entscheidend weiterbringt.

Nuri macht eine Pause und geht erneut auf ein anderes Thema ein. Er will nun wissen, was Sera über Eren weiß. Dabei wird ihm verdeutlicht, dass Sera in letzter Zeit wohl sehr wenig mit ihrem Sohn geredet hat. Gemäß dem Leiter des Kinderheimes waren Eren und Milos befreundet. Sera wiederum kennt Eren nicht und kann nichts über ihn sagen. Sie hat ihn nie persönlich getroffen. Sie weiß nur, dass ihr Sohn mit Eren zusammen an einem Schulprojekt arbeitete. Mehr nicht. Sie kann nicht sagen, was sie dabei machen mussten, und auch nicht, wie sie zusammengearbeitet haben. Nuri beendet auch dieses Thema und stellt Sera nun noch ein paar abschließende Fragen. Er informiert sie darüber, dass er sich wieder bei ihr melden wird, und beendet dann das Gespräch. Urs steht auf, blättert in seinen Notizen und lässt sich von Sera zwei von ihm notierte Annahmen bestätigen. Dann stehen die beiden Polizisten auf und verabschieden sich von Milos' Mutter.

Nuri fragt Urs nach seiner Meinung und bemerkt dabei, dass sich dieser bereits ein klares Bild gemacht hat. Für ihn ist die Sache erledigt und keine weiteren Abklärungen sind mehr nötig. Es gehe nun nur noch darum, Milos baldmöglichst zu schnappen und ihn zu verhaften.

Für Nuri jedoch scheint die Sache alles andere als geklärt. Er findet es seltsam, dass Milos seinen besten und einzigen Freund ermordet hat, und ebenso rätselhaft erscheint ihm die Art des Mordes. Es ergibt keinen Sinn, dass Milos extra in der Nacht ins Kinderheim einbricht, wenn er Eren auch bei einer ihrer regelmäßig stattfindenden Treffen hätte ermorden können. Irgendetwas muss in dieser Nacht passiert sein. Aber was? Nuri schlägt sich auf den Kopf. Denk nach. Er sucht, aber findet keine Lösung. Der Fall verwirrt ihn komplett und ist überhaupt kein Vergleich zu den Fällen, die er bisher gelöst hat. Nuri ist gefordert. Er holt sein schwarzes, in Leder gebundenes Büchlein hervor, setzt sich an den Tisch und erweitert seine gestern gemachten Notizen.

Nuri merkt, dass er weitere Informationen braucht und somit noch mehr Leute, die er befragen kann. Er verlässt das Besprechungszimmer und beobachtet Urs, wie er sich mit einem Kollegen unterhält. Ihn scheint es nicht zu kümmern, was hier abgeht. Er wirkt locker wie immer.

Genervt über das Arbeitsverhalten von Urs, entscheidet Nuri, nochmals zurück ins Gasthaus zu gehen. Es war zwar anders abgemacht, aber Urs wird dies sowieso nicht stören. Er sagt ihm, dass er noch etwas erledigen muss, und macht sich auf den Weg.

In seinem Zimmer im Hotel entfernt Nuri das eine große Bild von der Wand und legt es unter das Bett. Dann holt er je ein Foto von Eren, von Milos, von Sera und dem Leiter des Kinderheimes hervor und befestigt diese dort, wo vorhin noch das Bild gehangen hat. Danach öffnet er sein Notizbuch und schreibt die wichtigsten Stichworte auf kleine Papierzettel. Diese ordnet er den Personen zu. Das Bild wächst, aber die Übersichtlichkeit schwindet. Nuri geht ein paar Schritte zurück und betrachtet sein Werk mit etwas Abstand. Er sucht nach Beweggründen für Milos' Verhalten und nach einer Lösung für den Fall. Dabei fällt ihm auf, wie verbissen er ist und wie sehr ihn die Ermittlungen bereits eingenommen haben. Dennoch kann er nicht loslassen.

Das Gefühl, dass alles viel komplizierter ist, als es anfangs den Anschein machte, hat sich in Nuri verankert. Zudem hat das Gespräch mit Sera weitere Verwirrung in ihm ausgelöst. Er weiß, dass er sich nicht zu sehr von seinen Gefühlen leiten lassen darf, doch diese komplett missachten kann er auch nicht. Er denkt an Eren und merkt, wie ihn dessen Schicksal belastet. Er ist sich bewusst darüber, dass er kein Mitleid zeigen darf. Doch die Tatsache, dass ein Junge, der einsam und alleine ist, von seinem einzigen Freund abgestochen wird, lässt ihn nun mal nicht kalt. Vielleicht auch gerade deshalb, weil er in seiner Jugend auch oft alleine und einsam war.

Nuri merkt, dass es im Moment nicht weitergeht. Er geht einen weiteren Schritt nach hinten, spürt die Bettkante und

lässt sich fallen. Er landet weich und merkt, wie gut es sich anfühlt. Nuri streckt die Arme aus und versucht, sich etwas zu
entspannen.

Der kurze Schlaf hat Nuri gutgetan. Mit neuer Kraft macht
er sich auf den Weg ins Restaurant. Dort bestellt er sich das
Tagesmenü und macht sich dann auf den Weg zur Schule. Im
Auto beginnen die Gedanken in seinem Kopf wieder zu kreisen.
Er wehrt sich dagegen und fokussiert sich auf die Straße. Bald
erreicht Nuri den Zielort und stellt fest, dass sich sein Partner
an die Planänderung gehalten hat. Urs steht vor seinem Wagen und macht einen genervten Eindruck. Er halte es für unnötig, noch weitere Abklärungen durchzuführen. Doch Nuri
ist das egal. Er macht Urs klar, dass er dies, wenn nötig, auch
allein durchziehe. Dadurch nimmt Urs' Ärger zu, genauso wie
die rote Farbe in seinem Gesicht. Nuri schmunzelt und läuft
zum Schulhaus. Er will mit dem Klassenlehrer von Eren und
Milos und ein paar Mitschülern sprechen. Urs wartet ein paar
Augenblicke und folgt ihm dann widerwillig.

Nuri erkundigt sich nach der Klasse 3c und beauftragt die
Dame im Sekretariat damit, Herrn Braun doch bitte für eine
halbe Stunde aus dem Klassenzimmer zu holen. Nuri und Urs
warten nicht lange, dann erscheint der Klassenlehrer. Er wirkt
aufgestellt und freundlich. Der erste Eindruck stimmt. Nuri
findet ihn sympathisch. Da die anderen Lehrer alle am Unterrichten sind, gehen die drei ins Lehrerzimmer. Nuri gibt Herrn
Braun einen Überblick über den Stand der Ermittlungen und
beginnt dann mit der Befragung.

Herr Braun ist offen und gibt auf jede Frage rasch eine aus-
führliche Antwort. Nuri merkt, dass er nichts zu verheimlichen
hat. Das Gespräch ist angenehm und zielführend. Entsprechend
reibungslos kann Nuri durch die Befragung führen. Er erfährt
viel über die Rolle von Milos in der Klasse und ihm wird nochmals bestätigt, wie einsam dieser Junge war, bevor Eren kam.

Herr Braun erzählt munter weiter, doch plötzlich verändert sich seine Mimik. Er macht eine Pause und hat auf einmal Mühe, weiter über Milos zu sprechen. Nuri merkt, wie sehr der Klassenlehrer mit seinem Schüler mitleidet, und erlöst ihn dann mit einem Themenwechsel.

Nun geht es um Eren. Herr Braun erzählt vom ersten Schultag und berichtet von einer Projektarbeit, die die beiden Schüler immer mehr zu echten Freunden machte. Die Freude kehrt in sein Gesicht zurück. Er schmunzelt und erzählt davon, wie er die beiden zusammengebracht hat. Aus zwei Einzelgängern ist ein Team entstanden. Dies macht ihn heute noch glücklich. Umso schwieriger ist für ihn deshalb die Vorstellung, dass Milos diese Tat wirklich begangen haben soll. Er lässt keine Möglichkeit offen, um dies immer wieder zu betonen. Er fügt an, dass sich die Polizei den Fall ganz genau anschauen solle. Er selber habe die zwei Jungs nie streiten sehen. Sie ergänzten sich perfekt. Für ihn als Klassenlehrer waren sie das Musterbeispiel einer erfolgreichen Arbeitsgruppe.

In Herrn Braun hat Nuri jemanden gefunden, der seine Gedanken teilt. Ihm fällt auf, dass der Klassenlehrer seine wiedererlangte gute Laune zwar etwas aufsetzt, seine Sorgen um Milos wiederum aber durchaus echt sind. Nuri fühlt sich bestätigt. Er bedankt sich bei Herrn Braun und fragt, ob er nun auch noch mit ein paar Schülern sprechen kann. Herr Braun blockt ab und erklärt Nuri, dass dies keinen Sinn ergibt. Da weder Milos noch Eren zu einem anderen Schüler Kontakt hatten, würden deren Aussagen nicht zur Klärung beitragen, sondern eher noch mehr Verwirrung in den Fall bringen. Nuri stimmt dem zu und Urs und er verabschieden sich.

Zurück im Hotelzimmer, erweitert Nuri seine Übersicht. Der Klassenlehrer war die erste Person, die sich auf die Seite von Milos stellte. Nicht mal seine Mutter hatte das gemacht. Schon seltsam. Wo kann Nuri nun aber ansetzen? Was sind seine nächsten Schritte? Von Herrn Braun wird er nicht noch mehr erfahren, aber vielleicht gibt es sonst noch Personen im Dorf, die etwas über Milos und Eren wissen.

Am nächsten Tag besucht Nuri die Gemeindeverwaltung und spricht mit Werner Barsch. Ihn interessiert es, wie das Dorf organisiert ist und wer wo welchen Einfluss hat. Schnell wird ihm klar, dass er zwingend mit Aaron Stamm sprechen muss. Denn überall, wo er hinschaut, stößt er auf dessen Namen. Auch in Bezug auf die Schule, wobei Nuri herausfindet, dass Aarons Sohn, Leon, die gleiche Klasse wie Milos und Eren besucht.

Mit seinen Recherchen ist Nuri zufrieden. Er holt sein Notizbuch hervor und fasst die wichtigsten Erkenntnisse zusammen.

Kapitel XVIII

Aaron

… achtundneunzig, neunundneunzig, hundert.

Ich richte mich auf, drehe mich und setze vorsichtig einen Fuß vor den anderen. Gerade als ich mein Tempo erhöhen will, höre ich einen Schrei. Was war das? Ich knie mich schlagartig nieder und schaue zurück zum Haus. Doch ich sehe nichts. Habe ich mich getäuscht? Nein, ich bin mir sicher darüber, was ich gehört habe. Also bleibe ich in geduckter Haltung und drehe mich um. Ich gehe am Baum vorbei, hinter welchem ich mich vorhin versteckt habe, und gehe weiter in Richtung des Hauses.

Nun erkenne ich etwas. Aaron erscheint am Fenster. Er trägt immer noch den Mantel und auch den Hut hat er noch auf. Doch halt. Ich schaue auf die Person, mit der Aaron spricht, und erblicke Aaron. Aber wenn das Aaron ist, wer ist dann der andere? Um mich zu überzeugen, schaue ich nochmals genauer hin. Es gibt keine Zweifel. Leons Vater befindet sich direkt vor meinen Augen und unterhält sich mit dem Mann mit Hut. Ich habe mich getäuscht, obwohl ich mir so sicher war, dass es sich beim Mann, den ich hierhin verfolgte, um Aaron handelt.

Ich versuche, mich so gut wie möglich zu verstecken und trotzdem die Sicht auf die beiden Männer nicht zu verlieren. Bei aller Mühe kann ich aber das Gesicht des zweiten Mannes nicht erkennen. Er dreht sich immer wieder ab und ich kann nicht noch näher zum Haus hingehen. Sicherheit geht vor. Sonst werde ich noch erwischt. Ich frage mich, was der Mann von Aaron will und mit wem er sich vorhin im Wald getroffen hat.

Ich merke, wie aufgeregt ich bin, und erinnere mich an den Schrei. Dieser kam von einer Frau und somit weder von dem Mann mit Hut noch von Aaron. Aber wer hat dann geschrien?

Ich bleibe in Deckung und beobachte weiter, was als Nächstes passiert. Dabei fällt mir auf, dass der Mann mit Hut mit seiner Hand in den Mantel greift. Ich kann nicht genau sehen, was er dort macht, merke aber, wie Aaron nervös mit den Händen zu fuchteln beginnt. Seine Mimik verändert sich und er redet nun wie wild auf sein Gegenüber ein. Die Hand des Mannes hebt sich und ich sehe, wie er eine Pistole auf Aaron richtet. Er bewegt die Hand und deutet damit an, dass sich auch Aaron bewegen soll. Dieser folgt seinen Anweisungen und macht zwei Schritte nach hinten. Nun kommt Kerstin ins Bild. Sie nähert sich Aaron, nimmt seine Hand und drückt ihn. Ich schaue auf ihr Gesicht und merke, dass sie blutet. Eine rote Spur läuft ihr von der Stirn her übers Gesicht. Daher kam wohl der Schrei. Der Mann scheint sie geschlagen zu haben.

Ich überlege, was ich machen kann. Doch rasch wird mir klar, dass ich machtlos bin. Bis ich bei der Polizei bin, ist Aaron längst tot. Zudem würden diese mich wohl eher verhaften, als mir zu glauben. Also bleibe ich, wo ich bin, und achte darauf, dass ich sofort reagieren kann, wenn sich die Lage verändert.

Nun sehe ich auch Leon. Er steht neben seiner Mutter an der Wand und macht den Eindruck, als würde er gar nicht begreifen, was hier alles passiert. Irgendwie verständlich. Ich habe auch Mühe damit. Die ganze Familie Stamm steht nun an der Wand. Aaron und Kerstin schauen zum Mann mit dem Hut. Leon blickt zu seinen Eltern. Den Halter der Pistole sehe ich weiterhin nur von der Seite. Ich kann aber erkennen, dass er seinen Blick zu Aaron richtet und mit ihm spricht. Was er sagt, weiß ich nicht, doch wie es scheint, hat es für Aaron nichts Gutes zu bedeuten. Je länger er spricht, desto mehr verändert sich der Gesichtsausdruck von Aaron. Dann beginnt der Mann, mit der Pistole zu schwenken. Er zielt zuerst auf Aaron, dann auf Kerstin und schlussendlich hinunter auf Leon. Hier hält er inne. Er wartet und genießt es, wie Aaron zu flehen beginnt. Dann schwenkt er wieder nach rechts und zielt auf Aaron. Er geht einen Schritt nach vorne, legt den Finger auf den Abzug und drückt ab. Vom Schuss höre ich nichts. Erst ist es ungewöhnlich still, dann kracht es. Aaron fällt zu Boden. Mit voller Wucht. Kerstin guckt zu ihrem Mann hinunter und beginnt zu kreischen. Es ist laut. Sehr laut. Panik macht sich breit. Kerstin geht nun ebenfalls zu Boden. Sie packt Aaron und schüttelt ihn. Dieser reagiert aber nicht. Er ist tot. Keine Frage. Leon bleibt stehen. Er scheint gar nicht zu realisieren, was da gerade passiert ist.

Der Mann mit Hut deutet mit einer Bewegung an, dass Kerstin wieder aufstehen soll. Sie befolgt seine Anweisungen nur zögerlich. Leon wirkt weiterhin wie versteinert. Kerstin packt ihn am Arm und zieht ihren Sohn zu sich hin. Die Angst steht ihr ins Gesicht geschrieben. Sie schaut abwechselnd zu Leon und dann wieder nach vorne zum Mann mit der Waffe in der Hand. Ich beobachte, wie der Mann etwas zu Kerstin sagt. Danach richtet er seine Waffe auf sie und drückt ab. Im Vergleich zu Aaron bleibt Kerstin jedoch stehen. Der Schuss hat sie verfehlt. Bewusst verfehlt. An der Wand sehe ich ein Einschussloch. Kerstin zittert. Der Mann nimmt den Arm runter, holt ein Tuch hervor und säubert damit die Pistole. Danach steckt er sich die Pistole in seinen Mantel, schaut Kerstin und Leon nochmals abwechselnd an und verlässt das Haus.

Ich verlasse ebenfalls mein Versteck und laufe vom Haus weg. Ich nehme Tempo auf und verstecke mich wieder hinter dem Baum, hinter welchem ich mich bereits versteckte, als der Mann mit Hut das Haus betrat. Ich bleibe hier und beobachte, wie der mir unbekannte Mann an mir vorbeiläuft. Ich kann das, was gerade passiert ist, nicht einordnen. Klar ist jedoch, dass

Aaron tot ist. Ich weiß zwar nicht, wieso, aber er hat wohl etwas gemacht, was dem Mann mit Hut nicht passte.

Ich lasse dem Mann, wie schon auf dem Hinweg, einen Vorsprung und folge ihm dann. Ich verhalte mich still und leise, sodass er mich nicht wahrnehmen kann. Wir gehen am Treffpunkt vorbei, wo er sich vorhin mit seinem gleich aussehenden Partner getroffen hat, und setzen den Weg in Richtung Straße weiter fort. Dort kann ich nur noch beobachten, wie der Mann sich einen Helm aufsetzt und mit seinem Motorrad davonfährt.

Eigentlich will ich nur noch zurück zur Hütte, doch ich muss nun nochmals zum Haus der Familie Stamm. Ich muss herausfinden, was dort sonst noch passiert. Es ist gefährlich, aber das ist es ja sowieso. Ich mache mich auf den Weg und brauche nicht allzu lange, bis ich das Haus erreiche. Obwohl ich heute schon so viel gelaufen bin, habe ich immer noch genügend Energie. Das ist wohl die Aufregung, die mich die Müdigkeit vergessen lässt. Im Haus brennt Licht. Überall. Im Erdgeschoss und auch in den oberen Stockwerken. Ich schaue von Fenster zu Fenster, kann aber nichts Besonderes erkennen. Keine Spur von Kerstin. Nichts von Leon. Auch im Raum, wo Aaron erschossen wurde, kann ich niemanden erkennen.

Ich nähere mich dem Hauseingang und höre plötzlich Geräusche. Ich schaue mich um und sehe ein Polizeiauto direkt auf mich zukommen. Ich kann nicht mehr davonlaufen. Also fasse ich nach der Türklinke, drücke sie nach unten und trete ein. Kerstin hat wohl bei der ganzen Aufregung vergessen, die Türe abzuschließen. Ich stehe im Hauseingang und blicke durch das kleine viereckige Fenster neben der Türe. Aus dem Auto steigt ein Polizist aus, welcher sich mit großen Schritten dem Haus nähert. Es ist der gleiche Polizist, welchen ich auch vom Dach von unserem Haus aus beobachtet habe. Damals hat er sich mit meiner Mutter unterhalten. Es ist der Jüngere von beiden. Heute ist er ohne Partner unterwegs.

Ich sehe ihn auf mich zukommen und überlege mir, wohin ich gehen soll. Rechts führt eine Treppe nach oben, hinter mir geht es einen langen Gang entlang und links von mir entdecke ich eine Tür. Je näher der Polizist kommt, desto nervöser werde ich. Nun höre ich auch noch Stimmen von oben.

„Mutter, die Polizei ist da. Was soll ich machen?"

„Ja, Leon, ich habe es gesehen. Ich gehe an die Tür. Bleib ruhig, mein Sohn, und mach genau das, was der Mann uns vorhin gesagt hat."

Ich überlege noch immer, wohin ich gehen soll, und entscheide mich dann für die Tür zu meiner Linken. Ich schaue mich im Raum um und suche mir ein passendes Versteck. Es klingelt. Ich höre, wie jemand die Treppe herunterkommt, und nehme dann wahr, wie die Tür sich öffnet. Dann beginnt der Polizist zu sprechen.

„Guten Abend, Frau Stamm, Sie haben den Notfall gerufen. Was ist passiert?"

„Es ist etwas Schreckliches vorgefallen. Mein Mann wurde erschossen. Er liegt tot im Zimmer dahinten. Der Junge, der auch diesen anderen Jungen im Kinderheim getötet hat, hat ihn umgebracht. Es ist so schrecklich. Ich weiß nicht, was ich machen soll. Bitte helfen Sie mir. Ich habe solche Angst und mein Sohn fürchtet sich ebenfalls."

„Ganz ruhig. Sie müssen keine Angst haben. Jetzt sind Sie in Sicherheit. Ihnen wird nichts mehr passieren. Wo ist Ihr Sohn?"

„Oben, ich rufe ihn."

„Leon, komm herunter. Die Polizei ist da."

Ich höre, wie sich etwas im oberen Stock bewegt. Das muss Leon sein, wie er von seinem Zimmer nach unten kommt.

„Hallo Leon, wie geht es dir?"

Ich höre keine Antwort und dann nach kurzer Zeit wieder die Stimme des Polizisten.

„Nun, Frau Stamm, nochmals von Anfang an. Was ist genau passiert?"

„Ich habe heute Leon von der Schule abgeholt. Dann sind wir zusammen nach Iwa gefahren und haben dort etwas zu Abend gegessen. Als wir nach Hause gekommen sind, stand die Haustür offen. Wir betraten das Haus und wurden von dem Jungen, diesem Milos, bedroht. Er richtete eine Waffe auf uns und befahl uns, das Zimmer nebenan zu betreten. Dort mussten wir Aaron entfesseln und uns neben ihn stellen. Milos sagte etwas über Eren und dass Aaron etwas damit zu tun hat. Dann schoss er zuerst auf Aaron und dann auf mich. Mein Mann war sofort tot, doch der Schuss auf mich ging daneben. Als ich realisierte, was passiert war, war Milos bereits weg."

Es geht eine Weile, dann beginnt der Polizist wieder zu sprechen.

„Danke, Frau Stamm. Ich garantiere Ihnen, dass Sie nun in Sicherheit sind. Sie können mit mir kommen und wir werden im Gasthaus zur goldenen Krone übernachten. Davor muss ich mir aber noch den Tatort anschauen."

„Ja, Sicherheit klingt gut. Leon, geh in dein Zimmer und pack deine Sachen zusammen. Wir gehen mit dem Polizisten und übernachten im Hotel."

Ich höre, wie Leon nach oben läuft.

„Kommen Sie mit. Ich zeige Ihnen den Ort, wo mein Mann liegt. Mein Sohn soll das nicht nochmals sehen müssen."

Die Schritte kommen in meine Richtung. Ich mache mich hinter dem großen schwarzen Ledersessel so klein wie möglich und höre, wie sich die Tür öffnet. Kerstin und der Polizist kommen herein und gehen gleich ein Zimmer weiter. Als ich bemerke, wie sich die Tür zum Nebenraum öffnet, wende ich mich geräuschlos in die Richtung des Hauseingangs. Just in dem Moment, als ich höre, wie Kerstin die Tür schließt, stehe ich auf und verlasse den Raum. Ich flitze durch den Eingangsbereich, öffne die Haustüre und verlasse das Haus. Draußen halte ich kurz inne und sprinte dann los. Schon bald überquere ich den Weg und renne so schnell ich kann in den Wald hinein.

Bald fühle ich mich sicherer und verlangsame das Tempo. Ich denke an das Gespräch und versuche zu reflektieren, was ich gerade gehört habe. Neben Eren soll ich nun auch noch Aaron getötet haben. Wahnsinn. Ich kann nur hoffen, dass dieser Polizist nicht alles glaubt. Alles spricht gegen mich und auch Herr Braun kann mich hier nicht mehr rausholen. Ich sehe keinen Ausweg. Was soll ich bloß tun? Bitte helft mir doch. Irgendjemand muss doch da sein für mich. Ich schaffe das alles nicht alleine. Ich bin doch nur ein ganz normaler Junge, der ein einfaches Leben führen will. Wieso lasst ihr das nicht zu? Ich verstehe es nicht. Ich habe doch niemandem etwas angetan. Trotzdem plagt ihr mich mit einer solchen Scheiße. Ich kann nicht mehr. Hilfe!

Kapitel XIX

Lehrer

Ich laufe zurück zur Hütte, hülle mich in alle Decken ein, die ich finden kann, und lege mich auf die Holzbank. Ich versuche, an etwas anderes zu denken, und lenke mich so gut wie möglich ab. Dabei bemerke ich, wie müde ich eigentlich bin. Der heutige Tag war zu viel für mich. In jeder Hinsicht. Es dauert nicht lange und ich schlafe ein.

Am nächsten Morgen schaue ich wie an jedem Morgen als Erstes aus dem kleinen Fenster und bemerke, dass alles ruhig ist. Ich gehe nach draußen und erleichtere mich. Auf dem Weg zurück zur Hütte schaue ich mich um und nehme ein Rascheln wahr. Direkt ein paar Meter vor mir in einem Busch. Erst will ich davonrennen, begreife dann aber, dass dies kein Mensch sein kann. Dafür ist der Busch zu klein. Es muss sich um ein Tier handeln. Ich nähere mich vorsichtig und erkenne, wie plötzlich etwas hervorspringt. Ich kann nicht erkennen, was es ist, und sehe nur noch, wie es davonrennt und im Wald verschwindet.

Ich schaue in die Richtung, in die das Tier geflüchtet ist, und gehe ein paar Schritte. Ich blicke am nächsten Baum vorbei und bleibe sofort stehen. Dort ist es wieder. Ich kann es immer noch nicht erkennen, doch es scheint auf mich zu warten. Ich nehme die Einladung an und laufe auf das Tier zu. Es wartet. Ich komme näher. Es bleibt stehen. Ich habe es fast erreicht. Dann macht es ein paar Schritte auf mich zu und schleicht um meine Beine. Es ist Piko. Tatsächlich. Ich kann es kaum glauben. Ich habe ihn wieder bei mir. Ich bin so froh und freue mich. Piko. Ich bücke mich nach unten und streichle seinen Rücken. Er genießt es und fängt an zu schnurren. Ich hebe Piko hoch und drücke ihn an mich. Endlich bin ich nicht mehr alleine. Ich habe ihn wieder. Meinen alten Freund. Überwältigt davon, dass ich ihn wiederhabe, will ich Piko gar nicht mehr loslassen. Ich halte ihn fest in meinen Armen und laufe mit ihm zurück zur Hütte. Doch Piko scheint dies nicht zu gefallen. Er befreit sich aus meinem Griff, springt herunter und läuft in die entgegengesetzte Richtung. Überrascht, aber ohne zu zögern, laufe ich ihm nach. Ich folge ihm und denke dabei an unser erstes Treffen. Es ist fast so wie damals. Nur diesmal bin ich der, der hinterherläuft, und Piko sagt, wo es langgeht. Er läuft immer so weit davon, dass ich ihn noch sehen kann. Dann wartet er, bis ich bei ihm bin, und sobald ich ihn dann erreicht habe, läuft er weiter. In diesem Rhythmus geht es etwas mehr als eine Stunde weiter und ohne es zu merken, sind wir an einer Stelle im Wald, wo ich noch nie zuvor war.

Wir sind in Richtung Norden gelaufen, aber nicht zum Haus von der Familie Stamm, sondern westlich daran vorbei. Piko spielt weiter das gleiche Spiel. Zu meinem Bedauern scheint er nicht müde zu werden und seinen Zielort haben wir wohl auch noch nicht erreicht. Er läuft und läuft und ich merke, wie die Müdigkeit von gestern zurückkommt. Es war ein sehr anstrengender Tag und jetzt marschiere ich bereits wieder. Dabei wollte ich mich doch eigentlich heute mal etwas ausruhen und meine Gedanken sortieren. Ich laufe bestimmt nochmals eine weitere Stunde. Dann merke ich, wie Piko vor einem Baum stehen bleibt. Endlich.

Der Baum hat einen dicken Stamm. Er sieht alt aus. In der Lichtung, in der er zu Hause ist, wird er jetzt direkt von der Sonne angestrahlt. Es sieht fantastisch aus und ich spüre, wie mich der Baum anzieht. Piko wartet neben dem Baumstamm.

Ich nähere mich ihm und sehe, dass es im breiten Stamm des Baumes eine Höhle gibt. Nicht sehr groß, aber gerade so groß, dass man reinkriechen kann. Ich knie mich zu Piko nieder und fasse mit meiner Hand nach ihm. Doch in dem Moment, als ich ihm über den Rücken streichen will, huscht er davon. Er rennt in die Höhle hinein und verschwindet.

Ich bücke mich nach vorne und rufe nach ihm. Nichts. Keine Spur von Piko. Er ist weg. Ich stehe auf und laufe auf die andere Seite des Baumes. Hier ist nichts. Seltsam. Jetzt bin ich ihm so lange gefolgt und nun verschwindet er einfach wieder. Das kann nicht sein. Ich muss ihn finden. Also gehe ich nochmals zurück und schaue mir die Höhle genauer an. Ich versuche, etwas zu erkennen, doch es ist zu dunkel. Ich greife mit beiden Händen eine etwas dickere Wurzel und ziehe mich in das Loch hinein.

Nun merke ich, dass die Höhle größer ist, als sie von außen den Anschein macht. Ich wende meine Technik erneut an und arbeite mich so immer weiter vor. Ich mache eine kurze Pause und taste mit meinen Händen den Boden ab. Die Erde ist kühl und hart. Es fühlt so an, als wäre vor mir bereits mal jemand hier durchgegangen. Ich drehe mich erst nach links und dann nach rechts. Doch mein Versuch, etwas zu erkennen, scheitert. Es ist zu dunkel. Also krieche ich weiter. Immer weiter. Bis ich dann doch etwas erkenne. Ja, da vorne ist ein Licht. Es ist ganz blass, doch ich kann es sehen.

Ich beschleunige meinen Kriechgang und rufe gleichzeitig nach Piko. Dabei fällt mir auf, dass das Licht immer stärker und der helle Kreis immer größer wird. Ich komme näher und werde nun, anstelle der Dunkelheit, vom Licht geblendet. Der Effekt ist der gleiche. Ich sehe nichts. Also rufe ich erneut nach Piko. Diesmal noch lauter als bisher.

Dann höre ich eine Stimme. Ich kenne die Stimme. Doch wer ist das? Ich höre genauer hin. Ja, ohne Zweifel. Das ist Herr

Braun. Mein Klassenlehrer. Ich verstehe nicht, was das zu bedeuten hat, doch es ist seine Stimme. Wie kann das sein? Ist er hier? Oder ist das eine Täuschung? Ich kann keine logische Antwort finden. Seltsam. Ich spitze meine Ohren und will wissen, was er sagt. Doch ich höre es nicht deutlich genug, um es zu verstehen. Ich strecke meinen Kopf so weit ich kann in das Licht hinein und versuche wahrzunehmen, was Herr Braun sagt. Jetzt kann ich ihn verstehen. Er sagt immer wieder das gleiche Wort. Ich weiß nicht, was es bedeutet, doch ich kann es nun klar hören.

„Silmeran", dann wieder „Silmeran", und nach ein paar Augenblicken nochmals „Silmeran".

Ich höre zwar das Wort immer wieder, weiß aber nicht genau, was ich nun machen soll. Zurückkriechen wäre eine Option. Doch ich will ja wissen, wie es weitergeht. Also rufe ich zurück und frage, was das bedeuten soll. Doch ich erhalte immer nur das gleiche Wort als Antwort: „Silmeran". So geht es ein paar Mal hin und her, bis ich lauthals schreie, dass er mal endlich aufhören soll „Silmeran" zu sagen.

Dann, als hätte ich damit einen Schalter betätigt, schließt sich der Tunnel hinter mir und gleichzeitig kippt vor mir etwas nach unten. Der helle Kreis aus Licht, durch den ich gerade eben noch meinen Kopf hindurchstreckte, strahlt nun sein Licht weit nach vorne aus. Ich folge dem Lichtstrahl und erkenne klar und deutlich einen neuen Weg. Ich will sofort los und setze mich in Bewegung. Ich beginne zu kriechen, merke dann aber, wie mich von der Seite etwas packt. Ich spüre einen festen Griff an meinem linken Oberschenkel und an der rechten Schulter. Ich merke, wie ich nach hinten gezogen werde, und versuche, mich zu wehren. Ich zapple und merke, wie mich das, was mich festhält, nach oben zieht. Kurz stehe ich still und dann werde ich mit voller Wucht nach vorne geworfen. Ich bin genauso überrascht wie hilflos. Ich fliege durch die Luft und sehe rund um mich herum nur helles Licht.

Ich lande hart und spüre den Schmerz. Ich schaue mich um und finde mich in einer Röhre wieder. Ich treibe vorwärts. Erst geradeaus, dann plötzlich steil nach unten. Ich rutsche und kann nichts machen. Es geht so steil hinunter, dass ich zu schreien beginne. Ich versuche, mich an der Seite der Röhre festzuhalten, kann diesen Plan aber nicht umsetzen. Erstens bin ich zu schnell und zweitens ist die Röhre viel zu rutschig. Ich rase liegend die Röhre hinunter und bemerke dann, wie ich in den freien Fall komme.

Unter mir spüre ich nichts mehr. Die Röhre ist weg. Ich will schreien, kann aber nicht. Ich schließe die Augen und überlasse mich meinem Schicksal. Dieses meint es gut mit mir. Ich werde von Ästen aufgefangen und lande weich auf einem kleinen Berg aus Blättern. Von dort rutsche ich weiter hinunter und lande auf festem Boden. Endlich. Ich stehe auf und suche nach Halt. Es klappt nicht und ich beginne zu torkeln. Die Fahrt hat Spuren hinterlassen. Ich suche etwas, woran ich mich festhalten kann, und spüre eine Hand, die mich stützt. Ich schaue hoch und sehe meinen Lehrer, Herrn Braun.

„Hallo Milos, willkommen in Silmeran."

Verwirrt über die Tatsache, dass er wirklich vor mir steht, schaue ich Herrn Braun mit offenem Mund an. Er ist es tatsächlich. Ich suche nach Worten, finde aber keine.

„Milos, komm mit. Ich muss dich jemandem vorstellen."

Ich weiß nicht, was ich machen soll, also übernehmen meine Beine das Denken und setzen sich in Bewegung. Ich folge Herrn Braun und versuche zu begreifen, was hier gerade passiert. Zusammen gehen wir durch einen Tunnel und erreichen einen Vorsprung. Von hier oben erblicke ich etwas, was ich noch nie zuvor gesehen habe. Ich sehe das Paradies, wie ich es mir immer vorgestellt habe. Ich blicke auf eine Siedlung, die schöner nicht sein könnte. Ich sehe Häuser, Bäume, Wege und alles in den verschiedensten Farben. Ich bewundere das Grün der

Pflanzen, das Blau der Bäche und die diversen anderen leuchtenden Farben, mit welchen die Hütten verziert sind. Ich höre das Rauschen von Wasserfällen, die von oben in das Tal herunterfließen. Ich nehme das Pfeifen der Vögel wahr und beobachte, wie hier Mensch und Tier in Einklang zusammenleben. Ich sehe den Frieden. Alles wirkt so harmonisch. Ich kann es kaum fassen.

An jedem Haus hat es Pflanzen, die die Fassaden raufwachsen. Und in der Mitte steht das größte und farbigste Gebäude von allen. Es gibt schlichtweg nichts Vergleichbares für das, was ich gerade sehe. Ich versuche es einzuordnen, kann es aber nicht.

Das Gebäude in der Mitte ist ein großes Rund, ein Kunstwerk, das den Blick auf alles zu haben scheint. Es ist das Zentrum. Dort führen alle Wege zusammen und dorthin bewegen wir uns auch. Das Gebäude besteht praktisch nur aus Fenstern. Riesengroßen Fenstern. Ich schaue daran entlang nach oben und sehe, wie sich darüber eine Plattform befindet. Sie besteht aus verschiedenen Stufen und wird gegen oben immer kleiner. Auf jeder der Stufen stehen Leute. Ich kann sie aber von hier aus nicht erkennen. Sie sind zu weit weg. Was ganz oben ist, weiß ich nicht. Dafür bräuchte ich ein Fernrohr. Ich komme nicht aus dem Staunen heraus und entsprechend habe ich den Mund immer noch weit offen. Ich bin wie in Trance. Ich folge einfach nur Herrn Braun und versuche, alles aufzusaugen. Es fällt mir schwer. Es ist wie in einem Traum. In einem guten Traum.

Auf dem Weg zum Zentrumsgebäude treffe ich andere Menschen an. Alle sind freundlich und lachen mir zu. Es sind Kinder, teils jünger, teils etwas älter als ich. Ich grüße zurück und laufe weiter. Wir erreichen das Gebäude in der Mitte und Herr Braun bittet mich herein. Ich betrete das Gebäude und sehe einen riesengroßen Saal. Die großen Fenster wirken von hier innen noch viel prächtiger. Sie sind bedeckt mit Pflanzen und auf jedem einzelnen Fenster ist ein anderes Muster erkennbar. Jedes in einer anderen Farbe, teils in solchen, welche ich noch nie zuvor gesehen habe. So hell und kräftig. Es fasziniert mich total und ich bleibe stehe. Ich will alles sehen. Ich drehe mich um die eigene Achse und bin voller Bewunderung. Für alles.

„Komm Milos, hier lang."

Ich schaue zu Herrn Braun und sehe, wie er weiter vorne auf mich wartet. Ich lege ein paar schnelle Schritte hin und hole ihn ein. Dann betreten wir einen Lift, welcher uns nach oben auf die Plattform führt. Der Lift schlängelt sich an einem großen Baum hoch, der mitten in dem Gebäude steht, und erreicht in Kürze die erste Plattform. Von hier steigen wir auf einen anderen Lift um und wiederholen diesen Vorgang, bis wir ganz oben angekommen sind. Wir steigen aus und betreten die oberste Plattform.

Von hier aus sehe ich erst so richtig, wie groß der Ort ist. Auf der Seite, die ich vorhin nicht erkennen konnte, sehe ich Felder, kleine Wälder, Bäche und sogar einen See. Ebenfalls fällt mir auf, dass es hier zwar viel Platz gibt, dieser aber auch begrenzt ist. Es gibt auf jeder Seite Wände, die sich endlos hochziehen. Das Ganze wirkt so, als hätte jemand weit unter dem Boden ein großes Stück Erde mit einem Löffel herausgenommen und dort Silmeran gegründet. Wahnsinn. Ob echt oder nicht, kann ich nicht beurteilen. Ich merke aber, wie sicher ich mich hier fühle. Es ist ein guter Ort. Davon bin ich überzeugt.

Ich drehe mich und erkunde die Plattform. Ziemlich genau in der Mitte erkenne ich ein Zelt. Es besteht aus roten Tüchern, welche von goldenen Stangen befestigt werden. Nach vorne hin und auf den Seiten ist es offen. Mit langsamen Schritten gehe ich dem Zelt entgegen. Ich komme näher und erkenne eine ältere Frau.

Sie hat lange graue Haare, welche zu vielen kleineren Zöpfen zusammengebunden sind. In den Haaren sehe ich farbige

Federn. Ebenso erkenne ich eine große Kette, welche die Frau um ihren Hals trägt. Sie ist golden und in der Mitte mit einem roten Diamanten versehen. Die Frau sitzt auf einem Thron. Er ist aus Holz und hat diverse Verzierungen. Neben dem Thron sehe ich Kissen. Viele Kissen. Große und kleine. In allen Farben. Es wirkt einladend. Ich beobachte, wie die Frau nun auch in meine Richtung schaut. Sie greift nach einem Stab, stützt sich daran ab und zieht sich hoch. Der Stab besteht ebenfalls aus Holz. Er hat oben einen runden Griff und wird dann in der Geraden gegen unten immer dünner.

Nun steht sie vor ihrem Thron. Dabei wirkt ihre Erscheinung nur noch stärker. Sie trägt ein Kleid, welches bis zu ihren Füßen geht. Es ist ein wunderschöner Stoff. Ich sehe viele verschiedene Muster, die perfekt zu den Federn in den Haaren passen. Die Frau hebt ihre Arme und ich erkenne weiteren Schmuck. Sowohl um die Arme als auch an den Fingern. Alles glänzt und leuchtet. Aber nicht kitschig oder übertrieben, sondern mächtig und prachtvoll. Ich schaue der Frau in die Augen. Ich kann nicht mehr wegsehen und fühle mich hingezogen. Das Blau in ihren Augen gibt mir ein Gefühl der Wärme und verleiht mir eine große Zufriedenheit. Ich sehe, wie die Frau lächelt, und ich merke, wie stark die Kraft, die von ihr ausgeht, auf mich wirkt.

Ich möchte mich nähern, kann aber nicht. Etwas hält mich zurück. Ich drehe mich um und sehe die Hand von Herrn Braun auf meiner Schulter. Ich schaue zu ihm hoch und er blickt auf mich herab. Er nickt und zeigt mit seinem rechten Arm nach vorne.

„Das ist Azra, unsere Hüterin. Sie hat dies alles aufgebaut und ihr haben wir das alles zu verdanken. Geh hin zu ihr. Sie erwartet dich."

Ich bin weiterhin so fasziniert von der Szenerie, die sich hier abspielt, dass ich gar nicht weiß, was ich sagen soll. Ich spüre, wie die Hand von Herrn Braun meine Schulter loslässt, und laufe los. Ich fühle dabei keine Anstrengung. Es scheint so, als würde ich schweben. Es geht alles so leicht. Ich komme Azra näher und bleibe kurz vor ihr stehen. Ich schaue zu ihr und warte auf ihre Reaktion. Etwas erstaunt bemerke ich, dass sie nicht mich ansieht, sondern an mir vorbeischaut. Ich drehe mich erneut um und begreife, wieso. Sie spendet Herrn Braun ihre Aufmerksamkeit. Sie nickt ihm zu und ich sehe, wie er ebenfalls nickt. Dann wendet er sich ab und Azra schaut zu mir. Sie beeindruckt mich. Ihre Erscheinung, ihre Aura, ihr Blick und ihre Bewegungen, alles passt so unfassbar gut zueinander.

Azra zeigt mit ihrer Hand auf ein großes grünes Kissen. Ich schaue nach unten und nehme Platz. Sitzend beobachte ich, wie sich auch Azra auf einem Kissen niederlässt. Dabei ist gut zu erkennen, dass ihr solche Bewegungen zu schaffen machen. Sie strahlt zwar eine unglaubliche Kraft aus, aber ihr Körper ist nicht mehr so fit wie ihr Geist. Sie stützt sich an ihrem Stab ab und vereinfacht sich so das Hinsetzen.

Azra sagt nichts. Sie schaut mich eine Weile lang einfach nur an. Dann beugt sie ihren Oberkörper nach vorne, fasst mir in die Haare und greift nach meinen Händen. Ich kenne die Frau zwar nicht, aber es fühlt sich trotzdem nicht komisch an. Ich warte ab, was als Nächstes passiert. Es geht ein paar weitere Augenblicke, dann zieht Azra ihre Hände zurück. Sie richtet sich auf und schaut mir direkt in die Augen.

„Willkommen, Milos. Es ist schön, dass du hier bist. Hier in Silmeran. Ich bin Azra. Piko kennst du ja bereits. Er hat mir schon viel von dir erzählt. Ich freue mich darauf, dich kennenzulernen. Wir haben eine Menge zu besprechen."

Ich freue mich über die Worte von Azra. Ich lächle und genieße es. Doch halt. Was war das? Ich war so überwältig von der Situation, dass ich erst gar nicht realisierte, was Azra gerade gesagt hat. Nochmals. Piko kenne ich bereits? Doch hinter mir steht ja Herr Braun. Ist Herr Braun etwa Piko? Wie ist das möglich? Er ist doch ein Mensch und keine Katze? Ich fühle mich überfordert. Total. Ich wende meinen Blick von Azra ab und schaue zurück zu Herrn Braun. Er steht neben dem Lift und schaut auch in meine Richtung. Ich fixiere meinen Blick und sehe, wie er langsam verschwindet und Piko, die Katze, an seiner Stelle erscheint. Ich kann es nicht glauben, aber so ist es. Mein Klassenlehrer Herr Braun und mein Kater Piko sind ein und dasselbe Wesen.

Kapitel XX

Azra

Ich merke, wie auf einmal nicht mehr alles so leicht und locker läuft. Ich fühle, wie ich den Film der Glücksmomente ruckartig verlassen habe und nun versuche, das gerade Gesehene zu realisieren. Ich merke, wie schwer es mir fällt. Ich kann es immer noch nicht glauben, aber es ist wahr. Ich habe es mit eigenen Augen gesehen. Es gibt Dinge, die anders sind, als ich bisher dachte. Und ja, mein Klassenlehrer hat Nacht für Nacht in meinem Bett übernachtet. Was für ein seltsames Gefühl. Ich fokussiere mich wieder auf den Moment und konzentriere mich auf das, was kommt. Ich hebe meinen Kopf hoch und schaue zu Azra. Dabei überlege ich, was ich ihr nun als Erstes sagen soll. Ich habe so viele Dinge im Kopf, auf die ich von ihr eine Antwort will. So viele Eindrücke, die auf mich wirken. Ich kann mich nicht entscheiden. Muss ich auch nicht. Denn Azra macht den Anfang.

„Lieber Milos. Nochmals. Schön, dass du hier bist. Ich weiß, vieles ist neu für dich. Ich verstehe es, wenn du Mühe hast, alles einzuordnen. Bitte versuche es aber trotzdem und lass es einfach auf dich wirken. Ich will nur das Beste für dich. Piko auch. Das kannst du uns glauben. Nun. Hier in Silmeran ist alles ein bisschen anders. Es ist ein Ort, wie du ihn bisher nicht kanntest. Silmeran bringt Zuflucht für Kinder wie dich, Milos. Ich hoffe, das kannst du spüren."

Azras Stimme wirkt beruhigend und ich kann mich trotz der ganzen Aufregung um Piko auf sie konzentrieren. Ich nicke und gebe Azra ein Zeichen meiner Zustimmung.

„Milos, du bist bei Weitem nicht der Einzige, der in der Nacht von schlimmen Träumen begleitet wird und dann am Morgen jeweils nicht mehr weiß, ob er das geträumt oder wirklich gemacht hat. Es gibt noch weitere Kinder. Hier kommen sie zusammen und werden ein Teil der Gemeinschaft. Für das steht Silmeran. Gemeinsam können wir hier etwas Neues aufbauen. Denn hier kann ich Schutz bieten. Für alle. Hier in Silmeran könnt ihr keine schlechten Träume haben. Dieser Ort lässt euch nur Gutes fühlen und die Mächte von außen können nicht auf euch zugreifen. Dafür sorge ich."

Es macht mich froh, zu spüren, dass ich nicht alleine bin und dass jemand für mich da ist. Auf der anderen Seite wirft es auch wieder neue Fragen auf. Vor allem kann ich mir nicht vorstellen, wie sie mich schützen soll, und überhaupt wieso und vor wem. Ich warte gespannt darauf, dass Azra weitererzählt. Doch sie schweigt und schaut mich nur an. Ich komme damit nicht klar und werde nun selber aktiv.

„Die letzten Tage waren die schlimmsten meines Lebens. Ich habe meinen besten Freund getötet, bin geflüchtet und musste dann auch noch mit ansehen, wie Leons Vater vor meinen Augen ermordet wurde. Aber weißt du, ich wollte das alles nicht. Ich wollte meinen Freund nicht töten. Nicht ihn. Auf keinen Fall. Ich weiß nicht, wieso das gerade alles passiert. Ich bin froh über deinen Schutz. Wirklich. Aber vor wem willst du mich denn schützen? Und wie? Ich verstehe gar nichts mehr."

„Ganz ruhig, Milos. Ich verstehe dich und ich werde dir helfen. Du wirst alles erfahren, was ich weiß. Bitte hab etwas Geduld, mein junger Freund. Also, wo soll ich anfangen? Ah ja, bei Piko. Ihm hat der Name, den du ihm gegeben hast, so gut gefallen, dass er ihn übernommen hat. Er ist sowohl eine Katze als auch ein Mensch, also dein Klassenlehrer, Herr Braun. Piko ist ein Formwandler. Als Mensch ist er wie du und ich und zudem besitzt er noch die Fähigkeit, sich in eine Katze zu verwandeln. So kann er sich sowohl bei den Menschen wie auch bei den Tieren problemlos integrieren. Es gibt nur wenige Menschen auf der Erde, die das können. Piko ist einer davon. Ich kenne noch ein paar andere. Diese bringen jeweils Kinder, die geschützt werden müssen, zu mir. So wie nun Piko dich hierhin gebracht hat. Du musst wissen, dass dieser Ort hier von ganz vielen Punkten aus erreicht werden kann. Immer durch denselben Baum, den ich auf der ganzen Welt verteilt habe. Nun bist du hier. Dank Piko. Er war für dich da und ist es auch jetzt. Er ist dein Freund. Ich hoffe, du siehst das auch weiterhin so."

Ich bemerke, wie Piko auf mein Kissen steigt und sich neben mir hinsetzt. Ich streichle seinen Kopf und spreche ihm so meinen Dank aus. Dann richte ich mich wieder Azra zu.

„Wieso hat Piko aber den Mord an Eren zugelassen? Wie du gesagt hast, war er ja stets für mich da."

Piko versteckt seinen Kopf in seinem Fell und verdeckt dadurch sein Gesicht. Ich lasse ihn los und warte auf Azras Antwort.

„Piko war für dich da, Milos. Er hat dich beobachtet und dabei immer versucht, die Situation bestmöglich einzuschätzen. Sowohl als Klassenlehrer als auch als deine Katze. Er war bei dir und hat dich dann vorübergehend verlassen, als deine Träume schlimmer geworden sind. Er hat mir davon berichtet und wir überlegten uns, wie wir weiter mit dir vorgehen sollen. Du musst wissen, dass es bei keinem anderen Kind so weit kam, dass es den Polizisten im Traum getötet hat. Du bist etwas Besonderes, Milos. Alle anderen Kinder, die hier in Silmeran leben, haben stets nur davon geträumt, dass sie den Polizisten bedroht haben. Einmal, zweimal oder noch viele Male mehr. Danach hatten sie andere Träume, in denen sie aber nie jemanden ermordet haben. Auch für uns war dies somit eine neue Situation. Wir wussten nicht genau, was als Nächstes kommt."

Azra macht eine Pause. Sie senkt den Kopf. Dann fasst sie nach meinen Händen und hält diese fest.

„Milos, wir wollten nur das Beste für dich. Alles, was passiert ist, tut mir wahnsinnig leid. Ich weiß, was dir Eren bedeutet hat, und ich wünschte so sehr, dass dies anders verlaufen wäre. Leider muss ich eingestehen, dass auch meine Macht ihre Grenzen hat. In der Außenwelt kann ich mit meinen Kräften nicht dasselbe bewirken. Meine Formwandler können sich zwar unbemerkt in der normalen Zivilisation aufhalten und mit mir kommunizieren, aber weder die Formwandler noch ich haben einen Einfluss darauf, was in euren Träumen passiert. Ich kann die Träume fühlen, aber den Zugriff darauf nicht beeinflussen."

Azra hebt ihren Kopf wieder etwas hoch und schaut mir in die Augen. Immer noch hat sie meine Hände fest im Griff.

„Der Schutz von euch allen ist mein Leben. Dafür gebe ich alles. Dass Eren gestorben ist, schmerzt auch mich. Sehr sogar. Das musst du mir glauben. Als ich ihn und seine Träume das erste Mal gespürt habe, wollte ich es tun. Ich wollte Piko aussenden und ihn zu mir holen. Doch dann habe ich bemerkt, wie er erfolgreich gegen seine Träume vorgeht. Ich habe etwas gesehen, was ich bisher noch nie gesehen habe. Und ja, die Neugier auf das, was kommt, hielt mich zurück. Ich verzichtete darauf, Eren nach Silmeran zu holen, und entschied mich, ihn weiter zu beobachten. Eren war gut. Sehr gut sogar. Er hatte Erfolg und konnte sich befreien. Ein riesen Fortschritt, welcher auch für mich neu war. Also beschloss ich, mich zurückzuhalten und von der Entfernung ein Auge auf ihn zu werfen. Ich dachte, dass dir Eren auch helfen kann und ihr zusammen eine Lösung findet. Zudem war ja Piko immer in der Nähe. Ich war überzeugt davon, dass er bei einem Notfall direkt eingreifen könnte, doch leider habe ich das alles falsch eingeschätzt. Es ging so schnell und der Zugriff böser Mächte auf dich war so stark, dass niemand etwas tun konnte. Nicht ich, nicht Piko, nicht sonst jemand."

Azra lässt meine Hände los. Sie rückt etwas zurück und beobachtet mich. Der Verlust von Eren war mir schon lange nicht mehr so präsent. Es ist das erste Mal, dass ich mit jemandem darüber spreche. Ich vermisse ihn und merke, wie es mich auf einmal am ganzen Körper zu frieren beginnt. Ich schaue auf meine Hände und sehe, wie sie zittern. Ich kann nicht mehr. Ich fühle, wie die Tränen hochkommen, und wehre mich nicht mehr dagegen. Ich lasse mich gehen und sehe, wie Azra ihre Arme ausbreitet. Ich nehme die Einladung an und lasse mich fallen. Ich weine weiter und merke, wie es mich schüttelt. Ich versuche, Azra zu danken, doch bringe nichts aus mir heraus. Dann spüre ich zwei weitere Hände, die mich umfassen, und schaue hoch. Piko hat seine Form gewandelt und steht ebenfalls nahe bei mir. Er gibt mir Kraft und ich nehme sie an. Trotz Schmerz bin ich nicht alleine. Ich habe immer noch Freunde und Menschen, die für mich da sind.

Ich löse mich langsam von der Umarmung der beiden, wische mir die Tränen aus den Augen und schaue abwechselnd zu Azra und dann wieder zu Piko. Ich weiß, dass Azras Worte echt sind und, dass sie alles machen würde, um dies ungeschehen zu machen. Ich fühle mit ihr und bestätige ihr das mit einem Nicken. Mehr geht aktuell nicht.

Es vergehen mehrere Augenblicke, dann fühle ich mich bereit, das Gespräch wieder aufzunehmen. Piko geht etwas zur Seite und ich wende mich Azra zu.

„Danke für den Schutz, den du mir bietest. Ich bin froh, dass ich hier bin. Gleichzeitig habe ich noch so viele Fragen. Azra, woher kommen diese Träume? Erst dachte ich, dass Aaron Stamm etwas damit zu tun hat, doch der ist nun tot und ich weiß nicht mehr, wo ich weitersuchen soll."

„Was Aaron genau mit deinen Träumen zu tun hat, ist schwierig zu sagen. Piko hat ihn so gut wie möglich beobachtet und ihm ist nie etwas aufgefallen, was darauf hindeutet, dass er dafür verantwortlich ist. Hier geht es um weit gefährlichere Personen, die Aaron schlussendlich nur ausgenutzt haben. Er hat

Aufträge erledigt und diverse kleine Dinge ins Rollen gebracht. Aaron ist mitschuldig, aber nicht der Drahtzieher."

„Wer dann? Wer steckt dahinter?"

„Gefährliche Männer. Typen ohne Skrupel, die vor nichts zurückschrecken. Ich rede von den Männern, die immer und überall mit einem grauen Mantel und einem Hut herumlaufen. Piko hat versucht, mehr herauszufinden, aber ohne Erfolg. Leider kennen wir weder ihre Identität noch können wir sagen, wieso sie es auf dich abgesehen haben. Fakt ist jedoch, dass ich in meinem langen Leben schon oft mit ihnen zu tun hatte. Dabei geht es immer um das Gleiche. Sie suchen sich hilflose Kinder aus und beeinflussen deren Träume. So können sie ihre Aufträge ausführen lassen, ohne dabei selber in Aktion zu treten. Die armen, unschuldigen und ahnungslosen Kinder werden benutzt, um ihre schrecklichen Vorhaben umzusetzen. Die Kinder werden derart manipuliert, dass sie gar nicht merken, was sie tun. Sie überfallen Banken, schleusen sich in Bandenkriege ein oder bringen die Leute um, die für die Männer mit Hut nicht erreichbar sind oder einfach nur aus dem Weg geräumt werden müssen. Die Kinder werden als Mörder hingestellt und ziehen die ganze Aufmerksamkeit auf sich. Damit können die jungen Opfer nicht umgehen und begehen entweder Selbstmord oder werden von der Polizei zu Fall gebracht. Diese stellt leider keine Fragen und macht, was ihr vermögende Personen, wie Aaron eine war, in Auftrag geben. Gegen diese Organisation kämpfe ich an und dafür habe ich Silmeran gegründet. Denn keine Kinder sollten dieses Leid ertragen müssen."

Die Worte von Azra lösen vieles, aber vor allem Wut, in mir aus. Ich wurde manipuliert und habe dann meinen besten Freund getötet. Ich will gegen die Männer mit Hut vorgehen. Egal wie. Ich frage Azra, wie wir das machen sollen. Darauf antwortet sie umgehend.

„Lieber Milos, ich bin hier für den Schutz der Kinder. Wenn ich weggehe, ist Silmeran nicht mehr sicher und wer weiß, was dann passiert. Mir sind die Hände gebunden und auch dir rate ich, erst mal hierzubleiben. Ich will nicht, dass du gehst. Denn dann bist auch du wieder in Gefahr. Zudem musst du wissen, dass hier nur die Kinder sind, die ich gefunden habe. Allen kann auch ich nicht helfen. Denn seit deinem Angriff auf Eren ist mir schmerzhaft klar geworden, dass die Kinder, die ihren Auftrag haben, diesen auch ausführen. Das ist die Macht der Organisation."

Ich verstehe Azra, kann damit aber nicht umgehen. Also hake ich nach und frage nach weiteren Möglichkeiten. Azra antwortet umgehend.

„Wie gesagt, kenne ich die Männer mit Hut schon lange. Ihre Organisation war anfangs noch klein und unbedeutend. Ich rede von der Zeit, als ich noch keine Falten im Gesicht hatte. Damals wohnten wir in der Stadt. Meine Eltern, meine Schwester Mara und ich. Mara studierte Chemie, arbeitete dann eine Zeit lang für ein großes Pharmaunternehmen und wechselte danach zur Organisation. Diese schien seriös und alle gratulierten meiner Schwester zum tollen neuen Job. Doch schnell bemerkte ich, dass sie immer weniger zu Hause war, und wenn sie mal da war, sprach sie nicht mehr mit mir. Sie wurde mir immer fremder und über die Jahre kannten wir uns praktisch gar nicht mehr. Ich versuchte, den Kontakt zu halten, doch sie wollte nicht. Dann eines Nachts kam sie völlig aufgelöst nach Hause und berichtete mir von all den schrecklichen Dingen, die sie zusammen mit den Männern der Organisation gemacht hat. Sie weinte und bereute alles, doch es gab für sie keine zweite Chance. Sie wurde kurz darauf tot aufgefunden und ich ergriff noch in derselben Nacht die Flucht. Ich war lange unterwegs, bis ich eines Tages merkte, dass ich nicht für mich, sondern für die vielen unschuldigen Kinder etwas machen muss. Also nutzte ich meine Kraft und mein Wissen, um so viele Kinder wie möglich zu schützen."

Ich verstehe nicht, was mir Azra sagen will und wiederhole meine Frage.

Azra seufzt und schaut mir in die Augen.

„Milos, du bist anders und kein Vergleich zu den anderen Kindern. Du wurdest von der Organisation beeinflusst und hast einen Auftrag ausgeführt. Du hast getötet. Den Menschen, der dir am wichtigsten war. Du bist aber nicht gefallen. Nein, hast gegen die Widrigkeiten angekämpft und bist geflohen. Alleine. Und nun bist du hier. Du hast den Zugriff auf deine Träume zugelassen, aber nach dem Tod von Eren warst du für die Organisation nicht mehr erreichbar. Sonst wärst du jetzt nicht hier. Nein, nicht mit dir. Du bist stark. Vielleicht sogar stärker als ich. Aber Milos, jetzt kannst du nichts machen. Nicht in diesem Moment. Also hör auf meine Worte und mache erst mal gar nichts. Ruhe dich aus. Alles andere können wir später immer noch besprechen. Für heute ist es aber genug."

Ich kann nicht ganz verstehen, was Azra mit ihren Ausführungen genau meint, habe aber auch nicht mehr die Kraft, noch weiter darüber nachzudenken. Ich werde müde und Azra bemerkt meine Erschöpfung. Sie zieht sich an ihrem Stab hoch, steht auf und winkt mit ihrem linken Arm.

Ich bemerke, dass sie jemanden herbeiruft, und ehe ich mich umschauen kann, steht Piko in Form von Herrn Braun neben mir. Er streckt mir seine Hand hin und ich ziehe mich hoch.

„Piko zeigt dir, wo du dich ausruhen kannst. Wir sehen uns, Milos. Erhol dich gut."

Ich bedanke mich bei Azra und verabschiede mich. Danach laufe ich mit Piko zusammen zur Plattform und lasse mir unten im Dorf den Weg zeigen. Ich kann keine neuen Eindrücke mehr aufnehmen und merke, wie ich während des Laufens immer und immer müder werde.

Kapitel XXI

Zusammen

„Milos, du bist nicht wie die anderen Kinder. Du hast gegen die Widrigkeiten angekämpft und bist geflohen. Alleine. Und nun bist du hier. Da warst du für die Organisation nicht mehr erreichbar. Du bist stark. Vielleicht sogar stärker als …"

Ich wache auf. Was ist los? Wer war das? Ist jemand hier? Ich mache das Licht an und schaue mich um. Rasch merke ich aber, dass ich alleine bin. Ich liege im Bett und alles ist ruhig. Ich bin im Haus, in welches mich Piko gestern gebracht hat. Ich beruhige mich und bemerke, dass ich nur geträumt habe. Ich dachte an Azras Worte und bin dann aufgewacht. Kein Grund zur Sorge. Ich mache das Licht wieder aus, drehe mich zur Seite und schlafe direkt wieder ein.

Erst durch ein Geräusch, welches ich von draußen höre, wache ich auf. Ich drehe mich nochmals zur Seite, öffne die Augen und bleibe im Bett liegen. Dieses Gefühl habe ich vermisst. Aufzuwachen und nicht gleich nachschauen zu müssen, ob jemand hier ist, der einen sucht. Nein, hier nicht. Hier bin ich sicher und es fühlt sich gut an.

Ich blicke zum Fenster und sehe, wie die Sonne scheint. Sie erhellt mein Zimmer und ich ziehe die Decke über mein Gesicht. Nur noch ein paar Augenblicke. Mir fällt auf, wie gut ich mich erholen konnte. Ich spüre keine Schmerzen mehr und auch mein Kopf ist mehr oder weniger frei. Zwar beginnen die Gedanken, nun, da ich wieder anfange zu denken, erneut zu rotieren, doch ich schalte mein Gehirn so gut wie möglich ab und lasse die negativen Gedanken nicht zu. Nein, denn gerade jetzt geht es mir so gut wie schon lange nicht mehr.

Die letzten Tage waren anstrengend. Ich war ständig unter Druck. Es gab keinen Augenblick, in welchem ich nicht wusste, ob ich demnächst erwischt werde oder nicht. Dies hat mich sehr beansprucht. Sowohl psychisch also auch körperlich. Nun bin ich in Sicherheit und kann mich das erste Mal seit meiner Flucht wieder richtig ausruhen. Ein schönes Gefühl. Ich liege da, mache nichts und merke, wie die Energie in meinen Körper zurückfließt. Ich habe geschlafen und Kraft gesammelt. Aber wie lange war ich weg?

Ich habe kein Zeitgefühl und daher auch keine Ahnung, wie spät es ist. Ich suche nach einer Uhr, doch ich finde nichts. Beim Blick zur Kommode fällt mir jedoch auf, dass meine Kleider gewaschen wurden. Sie liegen zusammengefaltet da und warten auf mich. Ich stehe auf und ziehe mich an. Danach verlasse ich das Schlafzimmer und sehe nach, wo ich hier überhaupt bin.

Meine Erinnerungen von gestern sind nicht mehr vorhanden. Dafür war ich viel zu müde. Ich verlasse das Schlafzimmer, laufe einen kurzen Gang entlang und erreiche dann die Küche. Sie ist klein, aber einladend. Die Schränke sind gelb bemalt und der Boden hat weiße Platten mit grünen Verzierungen. Ich setze mich an den kleinen Tisch und blicke von dort aus in den nächsten Raum. Ich stehe auf, gebe der Schiebetüre einen leichten Schubs und trete in das Wohnzimmer ein. Dort finde ich ein beiges Sofa, einen hölzernen Schaukelstuhl und einen runden Tisch mit vier Stühlen vor. Es passt nicht zusammen und wirkt zusammengewürfelt, aber es gefällt mir. Ich verlasse den Raum durch die gegenüberliegende Tür und finde mich erneut in einem Gang wieder. Ich folge diesem bis zur Haustür und bemerke, dass es von hier aus nach oben geht.

Ich laufe in den zweiten Stock und entdecke das Badezimmer und ein weiteres Schlafzimmer. Dessen Türe steht offen und ich werfe einen Blick hinein. Es sieht chaotisch aus. Ich will hineingehen, denke dann aber, dass ich das lieber lassen sollte. Ich weiß ja nicht, wem es gehört. Ich höre auf mein Bauchgefühl und gehe über die Treppe wieder nach unten. Dort schaue ich nochmals kurz bei meinem Schlafzimmer vorbei, lege die Decke zurecht und gehe dann nach draußen. Ich stoße die Tür auf und merke, wie mich auch hier direkt wieder ein unbeschreiblich warmes und wohltuendes Gefühl umgibt. Ich blicke nach unten und sehe Blumen in allen Farben und Formen. Alles blüht, lebt und gedeiht. Unglaublich. Doch auch seltsam. Es ist doch mitten im Winter. Wieso ist es hier so warm? Ich denke kurz darüber nach und spaziere gemütlich vor mich hin. Dabei wird mir klar, dass es in Silmeran wahrscheinlich gar keine Jahreszeiten gibt.

Ich schlendere die Fußwege entlang, schaue mir die anderen Häuser an und beobachte die Kinder. Ich ernte freundliche Blicke und werde von allen gegrüßt. Komisch. So was kenne ich nicht. Ich bin verwirrt, grüße aber zurück. Erst zögerlich, dann immer enthusiastischer. Im letzten Jahr hat mich nie jemand angesprochen und hier warten sie nur darauf, bis ich in ihre Nähe komme.

Ich kann nicht mehr aufhören zu schmunzeln und übersehe einen Jungen vor mir. Ich laufe seitlich in ihn hinein und stolpere leicht. Sofort entschuldige ich mich und gehe weiter. Dabei bemerke ich, dass es hier auf einmal sehr viele Menschen gibt. Kinder, aber auch Jugendliche in meinem Alter und solche, die ich noch etwas älter einschätze. Ich schaue mich um und sehe, dass sich die vielen Leute alle zu einem Punkt hinbewegen. Er befindet sich vor mir und ich gehe nun ebenfalls in diese Richtung. Ich nähere mich der Ansammlung und versuche herauszufinden, was es ist, das alle so sehr interessiert.

Leider kann ich wegen meiner Größe von hier hinten nichts erkennen. Also arbeite ich mich vorsichtig nach vorne und gehe höflich an den vielen Leuten vorbei. Ich entschuldige mich vorsichtshalber und merke, dass im Gegenzug jeder Platz macht und zur Seite geht. So komme ich ohne Mühe ganz nach vorne und finde dort den Grund für die Zusammenkunft. An einem dicken hölzernen Mast ist ein großes buntes Plakat befestigt. Darauf steht in Großbuchstaben „Weihnachtsfest in Silmeran".

Darunter finde ich weitere Informationen, dessen Bedeutung ich nicht wirklich verstehen kann. Es steht etwas von Geschenken und einer Aufführung da. Ich überlege, wann das Fest stattfinden wird, und sehe mich um. Dabei bemerke ich, wie alle um mich herum völlig aufgeregt sind. Ihre Augen leuchten und sie zeigen lachende Gesichter. Was ist hier los? Was ist so besonders an diesem Fest? Ich kann die ganze Aufregung nicht nachvollziehen und suche nach jemandem, der mich aufklären kann.

„Entschuldigung, kannst du mir sagen, was wir heute für ein Datum haben?" Ich klopfe dem Jungen neben mir auf die Schulter, als ich ihn frage.

Er strahlt, schaut mich an, nickt und geht weiter.

Toll, er ist wohl zu glücklich, um mir eine Antwort zu geben. Ich frage den Nächsten, aber auch er scheint wie betrunken vor Glück zu sein. Ich suche weiter und mir fällt auf, wie jemand hinter mir laut zu lachen beginnt. Ich drehe mich um und erblicke ein Mädchen. Es ist etwas kleiner als ich, hat rotes zerzaustes Haar und Sommersprossen im Gesicht. Das Mädchen schaut mich mit ihren grünen Augen an und fängt nun an, noch lauter zu lachen.

„Was ist los? Warum lachst du? Etwa wegen mir?"

Das Mädchen steckt die Hände in die Taschen ihrer gelben Latzhose und antwortet neckisch: „Ja."

Danach setzt es wieder ein Grinsen auf und wartet gespannt auf meine Reaktion.

Ich verstehe nicht, was daran so lustig sein kann. Ich wiederhole meine Frage, doch ich kriege keine Antwort. Ich beende das Hin und Her und mache mich auf den Rückweg. Ich laufe am Mädchen vorbei und nehme nach wenigen Metern wahr, wie es mir zuruft. Sofort drehe ich mich um und schaue in seine Richtung.

„Heute ist Weihnachten, du Blödmann!"

Ich schaue die Kleine verdutzt an und begreife nun, warum sie gelacht hat. Alle außer mir wissen, was heute für ein Datum ist. Ich werde etwas verlegen, aber lasse mir das nicht anmerken. Dann überlege ich mir, wie lange ich nun geschlafen haben könnte. Ich kenne noch das Datum, als ich zuletzt in der Schule war. Danach war ich mehrere Tage im Wald und dann hier. Somit muss ich etwas mehr als eine Woche geschlafen haben. Schon klar, deshalb fühle ich mich so erholt und ausgeruht. Doch halt, das ist doch seltsam. Geht so was überhaupt? Ich habe bisher nie länger als zwölf Stunden geschlafen und nun trete ich tagelang weg. Ich bin verwirrt. Ich schaue mich um und sehe, dass das Mädchen nicht mehr hier ist. Ich war so vertieft in meinen Gedanken, dass ich nicht bemerkt habe, wie es davongelaufen ist. Ich suche erneut nach ihm, finde es aber nicht. Dann laufe ich nochmals nach vorne zum Plakat und weiß nun auch, wieso alle so aufgeregt sind. Das große Fest ist heute.

Ich ziehe mich von der Versammlung zurück und spüre, dass mich meine lange Schlafenszeit schon etwas ins Grübeln bringt. Ich weiß zwar, dass es aktuell wohl das Beste ist, wenn ich mich hier verstecke, doch frage ich mich trotzdem, wie so etwas möglich ist. Da ich nicht direkt wieder zu Azra gehen will, überlege ich mir, wo ich Piko finden könnte. Er wird mir sicherlich sagen können, was hier passiert. Ich suche kurz nach Orientierung und mache mich dann auf den Weg zum Zentrumsgebäude.

Ich betrete das Gebäude, lasse meinen Blick durchs Rund wandern und sehe auf der rechten Seite ein paar junge Männer, die sich unterhalten. Ich gehe auf die Leute zu und frage nach Piko. Dabei erfahre ich, dass er auf der ersten Ebene ist. Ich betrete den Lift und fahre nach oben. Dort sehe ich ihn. Er sitzt an einem großen Holztisch und liest eine Zeitung. Ich laufe zu ihm hin, aber er ist so konzentriert auf das, was er in der Zeitung vorfindet, dass er mich nicht bemerkt. Ich begrüße ihn und lenke damit seine Aufmerksamkeit auf mich.

„Hallo Piko, wie geht's? Was machst du?"

Ich bringe Piko aus dem Konzept und erkenne die Überraschung in seinem Gesicht. Rasch legt der die Zeitung beiseite, streicht seine Haare nach hinten und sieht mich an.

„Ah Milos, du bist es. Ja, danke, gut. Und bei dir? Siehst gut aus. Konntest du dich erholen?"

„Ja, danke, sehr. Es geht mir viel besser. Aber ich bin etwas verwirrt über das heutige Datum. Habe ich wirklich so lange geschlafen?"

Piko schmunzelt und klappt die Zeitung zu.

„Du hast so lange geschlafen, wie es nötig war, Milos. Bei dir war dies eine beachtlich lange Zeit. Mehr als eine Woche. Verrückt, nicht? Ich dachte erst, dass du nicht mehr aufwachen würdest. Dann habe ich Azra gefragt und sie hat mir erzählt, dass dies eines der speziellen Merkmale von Silmeran ist. Je stärker jemand gelitten hat, bevor er hierherkam, desto größer ist seine Erholungsphase. Bei dir war der Schmerz, den du ertragen musstest, besonders groß. Entsprechend lange hast du geschlafen."

Erstaunt über das, was mir Piko gerade gesagt hat, nehme ich mir einen Stuhl und setze mich hin. Ich war also über eine Woche im Tiefschlaf. Klingt verrückt, doch so langsam beginne ich zu begreifen, dass hier in Silmeran vieles möglich ist, was ich bisher für pure Fantasie gehalten habe.

„Dann ist heute also wirklich Weihnachten?"

„Ja, Milos, tatsächlich. Heute ist Weihnachten. Das Fest hat hier eine spezielle Bedeutung. Es soll allen zeigen, dass sie hier ihre neue Familie gefunden haben. Auch dir, Milos. Ich bin heute und auch die nächsten Tage ebenfalls hier. In der normalen Welt sind Schulferien und ich habe deshalb keinen Grund, mich oben zu zeigen. Ich werde hier sein und wir können gerne Zeit miteinander verbringen."

Es gefällt mir, dass Piko hier ist. So habe ich jemanden, der mich kennt und mit dem ich mich austauschen kann.

„Ich freue mich auf das Fest und finde es toll, dass du die nächsten Tage hier verbringst. Danke, Piko. Für alles. Auch für den Korb, den du mir in die Hütte gebracht hast. Du hast mich gerettet. Damals und dann nochmals, als du mich hierher gebracht hast. Ich verdanke dir viel und ich will, dass du weißt, dass ich dir das nie vergessen werde."

Ich sehe, wie Pikos Augen ganz wässrig werden. Er zieht sich ein Stofftuch aus der Tasche und tupft sich damit die Augen ab. Mich berührt es ebenso. Ich versuche, etwas zu sagen, merke aber, dass ich keine passenden Worte finde. Ich schaue zu Piko und sehe, dass es ihm ähnlich geht. Dann versuche ich es nochmals.

„Piko, mach dir bitte keinen Kopf über das, was du nicht gemacht hast. Ich gebe dir keine Schuld. Im Gespräch mit Azra gingen viele Gefühle mit mir durch. Nun habe ich aber begriffen, dass es nicht darum geht, einen Schuldigen zu suchen, sondern Lösungen zu entwickeln. Ich will etwas tun und dafür brauche ich dich. Ich vertraue dir. Ob als Mensch oder Kater. Völlig egal. Du bist mein Freund."

Meine Worte lösen bei Piko weitere Gefühle aus. Das Abtupfen nützt nichts mehr und ich kann beobachten wie die Tränen über sein Gesicht kullern. Ebenso merke ich aber, wie er zu lächeln beginnt. Er wirkt erleichtert und ich spüre, wie die Freude zurück in sein Gesicht findet.

„Milos, ich bin so froh, dass du das sagst. Ich war angespannt und hatte Schuldgefühle. In der Zeit, als ich als Kater bei dir war, lernte ich all deine guten Seiten kennen und musste trotzdem Tag für Tag mitansehen, wie dir alle aus dem Weg gingen. Es war hart für mich. Ich habe gelitten und ich leide auch jetzt. Ich denke an Eren und sehe euch zwei vor mir. Eren war dein Freund, so wie du seiner warst. Ich war so froh, dass du mit ihm den Weg zurück ins Leben gefunden hast. Und dann ging plötzlich alles so schnell."

Piko macht eine kurze Pause, lässt das Gesagte etwas ruhen und spricht dann weiter.

„Milos, egal was kommt, ich werde nicht zulassen, dass auch dir etwas passiert. Ich habe in der Vergangenheit nicht alles richtig gemacht, aber nun verspreche ich dir, dass ich dich unterstütze. Bei allem, was kommt."

Ich fühle, wie wichtig es Piko ist, und strecke ihm als Zeichen der Zustimmungen meine Hand hin. Piko streicht sich mit dem Handrücken über die Augen. Dann schaut er mich an, hebt seinen rechten Arm und steht auf. Ich mache es ihm nach und erhebe mich ebenfalls. Mir fällt auf, wie er seine Hand öffnet und nach hinten zieht. Ich tue dasselbe und gleichzeitig schlagen wir schwungvoll die Hände zusammen.

Kapitel XXII

Weihnachten

Ich habe noch etwas Zeit, bevor ich mich zum großen Fest aufmache. Ich lege mich in mein Bett und döse vor mich hin. Ich befinde mich in einer komischen Situation. Einerseits freue ich mich auf das Fest und andererseits überhaupt nicht. Ich will es genießen, merke aber auch, dass ich eigentlich gar keinen Grund habe, um etwas zu feiern. Zudem weiß ich auch gar nicht, ob ich dazu überhaupt in der Lage bin.

Letztendlich überzeugen mich die Worte, die mir Piko mit auf den Weg gegeben hat. Also stehe ich auf und mache mich auf zum Fest. Beim Gang ins Badezimmer stolpere ich über eine große Kartonschachtel. Ich drehe mich um und schaue mir die Schachtel etwas genauer an. Sie ist verschlossen und ich kann den Inhalt nicht erkennen. Doch nach erneuter Betrachtung entdecke ich einen Zettel mit meinem Namen darauf.

Ich ziehe am Klebeband und öffne die Schachtel. Ich schaue mir den Inhalt genauer an und merke, dass es sich um einen schwarzen Umhang handelt. Rasch ziehe ich meinen Pullover aus und schlüpfe in die Festbekleidung. Die Größe passt perfekt. Ich suche mir einen Spiegel und betrachte mich. Mir gefällt, was ich sehe. Ich drehe mich um und entdecke auf dem Rücken ein großes „S". Es ist in weißer Schrift geschrieben, genauso wie die Muster und Verzierungen, die über den ganzen Umhang verteilt sind. Ich fühle mich zwar etwas verkleidet, doch es passt. Ich mag die feinen Verzierungen und die Kapuze, welche ich immer wieder hoch- und runterziehe. Schlussendlich lasse ich sie hinten runterhängen und mache mich auf den Weg.

Unterwegs zum Fest fällt mir auf, dass alle anderen Gäste auch mit einem Umgang herumlaufen. Alle sind schwarz gekleidet und haben wie ich ein großes „S" auf dem Rücken. Nur die Farben der Muster und des Schriftzeichens sind unterschiedlich. Es gibt braune, blaue, grüne, rote und violette Farben, die das Schwarz des Umhangs verzieren. Ich sehe kein anderes Kind mit einem weißen „S" auf dem Rücken. Ich bin dadurch etwas verunsichert, mache mir dann aber keine weiteren Gedanken darüber und gehe weiter zum Zentrum von Silmeran. Je näher ich dem großen Gebäude komme, desto mehr Leute treffe ich an. Ich gehe durch das Eingangstor und bleibe wie angewurzelt stehen.

Überall, wo ich hinschaue, glitzert, leuchtet oder funkelt es. So viele Lichter habe ich noch nie gesehen. Ich entdecke unzählige Kerzen mit Flammen in allen Farben und die großen Fenster sind nun ebenfalls beleuchtet. Ich sehe, wie die darauf eingearbeiteten Symbole noch viel stärker zum Vorschein kommen als bei Tageslicht, und bin fasziniert von der dadurch entstandenen Wirkung. Ich schaue jedes einzelne Fenster an und merke, wie das eine jeweils das vorhergehende übertrifft. Immer, wenn ich denke, dass ich nichts Schöneres mehr sehen kann, erblicken meine Augen etwas noch viel Bezaubernderes.

Ich wende meinen Blick von den Fenstern ab und lasse ihn durch die Halle kreisen. Auch hier ist alles festlich und pompös angerichtet. Ich kann drei große, lange Tische erkennen, welche bis weit nach vorne führen. Viele Kinder haben sich bereits einen Platz gesucht. Andere stehen noch herum und unterhalten sich. Ich versuche, Piko zu erkennen, merke aber schnell, dass ich das wieder aufgeben kann. Durch die Umhänge sehen alle nahezu identisch aus und ich begreife, dass meine Suche nicht von Erfolg gekrönt sein kann.

Der Saal füllt sich immer mehr mit Leuten und die Plätze an den Tischen werden immer weniger. Ich stehe immer noch da und weiß nicht so recht, was ich machen soll. Gerade, als ich mich entscheide, nach vorne zu den Tischen zu gehen, rennt mich von hinten jemand an. Ich stolpere nach vorne, verliere dabei den Tritt und falle hin. Dabei fällt mir die Kapuze über den Kopf und ich sehe nichts mehr. Ich drücke mich mit meinen Händen vom Boden weg und versuche, aufzustehen. Dabei knie ich mich erst mal hin, werfe die Kapuze nach hinten und schaue nach oben. Wie schon am Vormittag steht sie grinsend vor mir. Die Kleine mit den roten, verzottelten Haaren. Ich schaue sie erstaunt an und beobachte, wie sich ihr Grinsen in ein Lachen verwandelt.

Ich stehe auf und wische mir den Dreck vom Umhang. Genervt über das Lachen, wende ich mich ihr zu.

„Was ist mit dir los? Pass doch etwas auf!"

Sie hört auf zu lachen, lässt ihr Gesicht etwas ernster aussehen und schaut mir direkt in die Augen.

„Was ist? Willst du dich nicht entschuldigen?"

Ich erhalte nicht die erwartete Antwort, sondern sehe, wie sie sich von mir wegdreht und weiterläuft. Diese Frechheit lasse ich nicht auf mir sitzen. Ich halte den Blick auf die Kleine geheftet und laufe ihr nach.

„Hey, bleib stehen!", schreie ich ihr hinterher.

Doch ich kann keine Reaktion erkennen. Sie bleibt weder stehen noch sagt sie etwas. Nein, im Gegenteil. Sie beginnt nun sogar zu rennen und versucht, mich dadurch abzuhängen. Ich bemerke das jedoch sofort und renne ihr nach. Sie scheint meine Verfolgung zu spüren und erhöht ihr Tempo. Doch auch mit diesem kann ich Schritt halten. Mit dem Umhang ist dies gar nicht so einfach, doch ich verliere sie nicht aus den Augen. Ich sehe, wie sie das Ende des ersten großen Tisches erreicht und so rasch wie möglich um die Kurve rennt. Danach läuft sie an dem zweiten Tisch entlang. So ziemlich in der Mitte der Längsgerade macht sie halt und quetscht sich dort zwischen zwei andere Kinder. Diese rücken sofort zur Seite und sorgen damit dafür, dass die ganze Bank ins Ruckeln gerät. Dies scheint sie nicht zu stören. Sie hat ja nun ihren Platz.

Mich nervt ihr Verhalten und ich verstehe nicht, wieso sie so gemein ist zu mir. Andererseits spornt es mich auch an. Ich beobachte, wie sie sitzend nach mir Ausschau hält, und verstecke mich hinter ein paar größeren Jungs. Danach drehe ich mich um und laufe ans Tischende zurück. Von da aus gehe ich die andere Tischgerade entlang wieder nach unten und suche einen freien Platz, von dem aus ich dem Mädchen direkt gegenübersitzen kann. Es geht eine Weile, doch dann merke ich, wie ein Junge aufsteht und seinen Platz verlässt. Ich nutze die Chance und kaum ist er aufgestanden, setze ich mich an seinen Platz.

Nun grinse ich, so fest ich nur kann, und schaue zum Mädchen herüber. Dabei achte ich gar nicht darauf, wer links und rechts von mir sitzt. Es ist mir egal. Ich will nur das Gesicht der Kleinen sehen und beobachten, wie sie in dem Moment reagiert, wenn sie begreift, dass ihr Trick nicht aufgegangen ist. Ich sehe, wie sie ihren Kopf zu mir hinüberdreht, und genieße es. Ich habe gewonnen und kann meinen Triumph nun das gesamte Essen lang auskosten.

Ich feiere innerlich und wiederhole dann meine vorhin gestellte Frage: „Also, was ist los mit dir?"

Das Mädchen gibt weiterhin keine Antwort. Es packt die Schultern von den beiden Jungs, die neben ihm sitzen und zieht sich daran hoch. Gerade als es auf der Bank steht und sich drehen will, ertönt die Stimme von Azra.

„Ruhe, seid bitte ruhig!"

Es wird still im Saal und auch das Mädchen setzt sich sofort wieder hin. Vor Azra scheint selbst die Kleine Respekt zu haben. Ich drehe mich und schaue nach vorne. Azra trägt ebenfalls einen Umhang. Ihre Verzierungen sind in Gold und der Umhang wirkt dadurch eleganter und edler als alle anderen. Um den Hals trägt sie eine große goldene Kette und auch in ihren Haaren finden sich goldene Klammern wieder. Azra zieht alle Blicke auf sich und scheint das sichtlich zu genießen. Sie trägt ein Schmunzeln auf den Lippen und sitzt amüsiert da. Sie wartet, bis alles ganz ruhig ist, steht dann auf und erhebt das Wort.

„Liebe Kinder, willkommen zum alljährlichen Weihnachtsfest. Ich begrüße euch und wünsche euch einen wunderschönen Abend. Genießt es und lasst uns für einmal alles vergessen, was uns sonst die ganze Zeit beschäftigt."

Azra klatscht in die Hände und wie auf Befehl erscheinen diverse Helfer, die das Essen servieren und die Getränke verteilen. Ich drehe mich wieder zurück und schaue dann hinunter auf den Tisch. Ohne es selbst bemerkt zu haben, steht da bereits ein prallgefüllter Teller vor mir. Ich schaue erstaunt umher und sehe, wie alle anderen Kinder bereits am Essen sind. Alle schauen nur noch auf ihre Teller und stopfen das ganze feine Essen in einem Höllentempo in sich hinein. Niemand spricht mehr. Ich höre nur noch das Schmatzen der Hungrigen und das Klimpern des Geschirrs.

Ich greife vorsichtig nach meinem Besteck und richte meinen Blick auf meinen Teller. Dabei beginne ich so langsam zu verstehen, wieso ich der Einzige bin, der nicht sofort in Hysterie verfallen ist. Denn das, was da vor mir auf dem Teller liegt, sieht so gut aus wie nichts, was ich bisher je gesehen habe. Ich senke meine Nase und genieße den Duft der Köstlichkeiten. Ich schneide mit meinem Messer ein Stück Fleisch ab und lasse es auf meiner Zunge zergehen. Es schmeckt wundervoll. Danach probiere ich vom Kartoffelstock. Auch dieser ist mit nichts zu vergleichen. Ich will nach der Bratensauce greifen, die auf dem Tisch steht, doch der Kellner kommt mir zuvor und gießt etwas Sauce über das Fleisch und den Kartoffelstock. Ich will mich bedanken, doch weg ist der Mann. Ich bin überwältigt. Vom Essen, vom Service, von allem hier. Es ist unglaublich und lässt mich für den Moment alles andere vergessen. Alles, was mich sonst so beschäftigt, fliegt davon und ich genieße es einfach, hier zu sein.

Ich tausche die Gabel gegen den Löffel aus und passe meinen Ess-Stil den der anderen Kinder an. Ich lade mir eine große Menge Kartoffelstock auf den Löffel, tauche ihn in die Bratsauce und stopfe ihn mir schwungvoll in den Mund. So macht's Spaß. Ich will den Löffel erneut eintauchen, merke dann aber, dass ich mit der Bratensauce den Umhang meines Nachbarn bekleckert habe. Ich will mich sofort entschuldigen und drehe mich ihm zu. Dabei sehe ich, dass es nicht der erste Fleck auf seinem Umgang ist. Ich schaue auf die anderen und stelle fest, dass deren Umhänge noch viel schlimmer aussehen. Also wende ich mich wieder meinem Essen zu und mache im gleichen Stil weiter, bis ich alles verschlungen habe.

Ich lege das Besteck zur Seite und blicke auf den leeren Teller. Zack. Und da liegt bereits wieder ein neuer Teller vor mir. Diesmal vollgefüllt mit einem anderen Gericht. Überrascht darüber, wie schnell das ging, greife ich nach meiner Gabel und lege los. Es schmeckt himmlisch. Egal ob Gemüse, Fleisch, Fisch oder Teigwaren. Ich will mehr. Von allem. Und als hätte es das flinke Personal gehört, steht auch beim nächsten leeren Teller direkt wieder jemand hinter mir und reicht mir einen neuen Teller mit wiederum einem neuen Menu hin. Ich esse auch diesen Teller restlos leer und dann nochmals zwei weitere. Es ist so gut, dass ich nicht mehr aufhören kann. Schließlich weiß ich ja nicht, wann oder ob ich überhaupt mal wieder so etwas derart Feines essen kann.

Nach dem fünften Teller muss ich dann aber trotzdem kapitulieren. Ich kann nicht mehr und signalisiere das entsprechend. Dann ziehe ich den Stuhl etwas zurück und lehne mich nach hinten. Dabei fällt mir auf, dass es auch den anderen Kindern so geht. Auch sie haben ihre Stühle zurückgezogen, sitzen zufrieden da und halten sich die Hände auf ihre Bäuche. Einzig das Mädchen mit den roten Haaren ist noch am Essen. Ich beobachte, wie es sich mühevoll ein Stück Schmorbraten in den Mund stopft. Es wirkt etwas gequält, bringt den Bissen aber noch hinunter.

Ich schmunzle, versuche mir dies aber nicht anmerken zu lassen. Ich wende den Blick von ihm ab und schaue nach vorne zu Azra. Als hätte sie es bemerkt, steht sie auf und klatscht erneut in die Hände. Alle Kinder um mich herum richten sich sofort wieder auf und auch das Mädchen mit den roten Haaren legt nun sein Besteck zur Seite. Dann huschen die vielen Helfer an den Tischen entlang und räumen alles auf. Ich mache es den anderen Kindern nach. Ich ziehe meinen Stuhl wieder näher zum Tisch, setze mich gerade hin und schaue dann wieder nach vorne. Azra streckt ihre beiden Hände aus und richtet ihr Worte an alle.

„Ich danke euch für alles, was ihr dieses Jahr hier in Silmeran geleistet habt. Ich finde es schön zu sehen, wie sich hier alles entwickelt. Ich wünsche euch weiterhin ein schönes Fest. In jeder der Etagen oberhalb von uns findet ihr eine andere Art von Unterhaltung. Es warten viele Überraschungen auf euch. Bevor ich euch nun aber springen lasse, will ich noch jemanden erwähnen. Jemanden, der erst vor Kurzem zu uns nach Silmeran gekommen ist. Milos. Er hat eine schwierige Zeit hinter sich und ich bitte euch, ihn bei euch aufzunehmen. Zeig dich bitte, Milos. Steh doch kurz auf."

Ich werde unsicher und weiß nicht, was ich nun machen soll. Eigentlich habe ich ja keine Wahl, aber ich will mich nicht hier vor allen zur Schau stellen. Ich merke, wie mir auf einmal ganz warm wird. Mein Herz beginnt wie wild zu pochen und ich fühle mich unwohl.

Azra wiederholt den Aufruf nach meiner Person und ich begreife, dass es kein Zurück mehr gibt. Also rücke ich vorsichtig den Stuhl nach hinten und stehe auf.

Unsicher hebe ich meine Hand und winke den anderen zu. Einer nach dem anderen bemerkt mich und es geht nicht lange, bis sich alle Blicke auf mich richten. Die Wärme steigt mir ins Gesicht und ich beginne zu schwitzen. Es ist furchtbar. Ich stehe im Mittelpunkt des Geschehens, ohne es zu wollen. So gerne würde ich mich hinauf auf die Plattform teleportieren. Weg von hier. An einen Ort der Ruhe, wo nur ich bin.

Ich schaue durch die Menge und lächle verlegen allen Kindern zu. Einige lächeln zurück, andere beginnen mit ihren Nachbarn zu tuscheln. Ich weiß nicht, ob ich etwas sagen soll. Also warte ich, bis Azra etwas sagt. Doch ehe sie beginnt, fühlt sich wie eine Ewigkeit an. Ich harre aus und werde dann endlich erlöst. Azra erhebt erneut ihre Stimme und ich merke, dass ich es geschafft habe. Ich nehme noch wahr, wie Azra ein paar weitere Worte von sich gibt, und beobachte dann, wie alle Kinder in Richtung der Lifte laufen, die in die oberen Etagen führen.

Mich nervt, dass Azra mich vorgestellt hat. War das wirklich nötig? Ich finde nicht. Ich hätte die anderen Kinder ja auch noch später kennenlernen können. Ich suche nach dem Grund für Azras Handeln und starre dabei auf den leeren Tisch. Ich will nicht mehr hier sein, habe aber auch zu wenig Kraft, um aufzustehen und davonzulaufen. Also bleibe ich sitzen und beginne, die Kerben in der großen, hölzernen Tischplatte zu untersuchen. Es ist zwar nicht spannend, lenkt mich aber ab und lässt mich etwas zur Ruhe kommen.

Kapitel XXIII

Maleika

„Hallo!" Ich höre jemanden etwas rufen, reagiere nicht und fahre mit meinem Finger über eine besonders tiefe Kerbe. „Hallo!" Wieder nehme ich etwas wahr, schenke dem aber keine Beachtung. „Hallo. Ich rede mit dir. Was ist los?"

Ich blicke auf und begreife, dass ich damit gemeint war. Sofort stelle ich fest, dass die Kleine mit den roten Haaren auch immer noch am Tisch sitzt. Sie sieht in meine Richtung und stellt mir eine weitere Frage. Diesmal will sie wissen, ob mit mir alles in Ordnung sei. Dabei wird ihr Blick ernst und weist darauf hin, dass sie beginnt, sich Sorgen um mich zu machen. Ich schaue sie an und erkenne eine ganz andere Person vor mir, als die, welche ich bisher wahrgenommen habe. Das neckische Grinsen ist verschwunden. Der trotzige Blick ebenso. Was ich nun sehe, ist eine junge Frau, die mich mit ihren großen Augen anschaut und dabei auf einmal total reif und erwachsen wirkt.

„Ich bin Maleika. Mir musst du nichts vormachen. Ich weiß, dass es dir nicht gut geht, Milos, richtig?"

Genervt darüber, dass sie mich nicht in Ruhe lässt, aber auch etwas verdutzt über die Tatsache, dass sie sich wirklich ernsthaft für mich interessiert, schaue ich Maleika noch etwas tiefer in die Augen. Das Grün kommt in dem Licht besonders zum Vorschein. Es harmoniert mit den roten Haaren und lässt Maleika wundervoll natürlich aussehen.

Ich suche nach einer passenden Antwort, finde diese jedoch nicht sofort und wende meinen Blick wieder ab. Es scheint heute nicht der richtige Moment zu sein, um jemand Neues kennen-zulernen. Ich überlege, wie ich mich am einfachsten aus dem Staub machen kann, und kann mich dabei nicht entscheiden, ob ich einfach aufstehen und davonlaufen oder nichts sagen und warten soll. Ich bin weiter unschlüssig und bleibe schlussend-lich einfach sitzen. Die Feier ist mir mittlerweile egal und ich bin auch nicht mehr gespannt darauf, was in den oberen Eta-gen alles geboten wird. Eigentlich will ich nur noch zurück in mein Zimmer gehen und alleine sein.

Als ob Maleika meine Gedanken lesen konnte, wendet sie sich erneut an mich: „Komm, Milos, wir gehen. Es gibt hier nichts mehr für uns."

Ihre Stimme ist angenehm sanft und ich mag die Art, wie sie spricht. Sie schaut mich an und ich merke, wie ernst ihr die Aussage ist. Ich zeige ihr mit einem Nicken, dass ich einverstan-den bin, stoße meinen Stuhl nach hinten und stehe auf. Auch sie erhebt sich von ihrer Bank und zusammen machen wir uns auf den Weg zum Ausgang.

„Wieso bist du auf einmal so nett zu mir? Vorhin und heute Vormittag hast du mich noch ausgelacht. Ich verstehe dich nicht."

Maleika bleibt stehen und wendet sich mir zu: „So empfan-ge ich alle, die neu hier ankommen."

Ich zeige keine Reaktion auf Maleikas Erklärung und entferne mich weiter vom Zentrum. Maleika verkürzt mit ein paar schnel-len Schritten den Abstand zu mir und läuft nun neben mir her.

„Milos, was meinte Azra damit, dass du eine schwierige Zeit durchgemacht hast?"

Mich überrascht Maleikas direkte Art und ich entscheide mich, erst mal nichts zu sagen. Ich finde sie ohne das ganze Ge-zicke zwar nett und sympathisch, weiß aber immer noch nicht, ob ich ihr vertrauen kann. Ich freue mich zwar, dass sie Interes-se an mir zeigt, und nehme ihr auch ab, dass sie es ernst meint, weiß aber nicht, wie ich damit umgehen soll. Ich schweige, laufe ein Stück weiter und trete dann gegen ein Stück Holz, welches am Boden liegt.

„Komm schon, Milos, mir kannst du es sagen, schließlich wohnen wir im gleichen Haus. Irgendwann erfahre ich es sowieso." Überrascht über das Gesagte und noch mehr darüber, was das in mir auslöst, versuche ich, keine Reaktion zu zeigen. Ich spüre ein Gefühl, das ich bisher nicht kannte. Sie zieht mich an. Ja, sie hat etwas, das mir sagt, dass ich Zeit mit ihr verbringen will. Schon heute Morgen, als ich sie das erste Mal gesehen habe, hat sie etwas bei mir ausgelöst. Nun spüre ich, wie wohl ich mich in ihrer Gegenwart fühle und wie sie meine Sinne verändert.

Trotz allem halte ich meine Emotionen zurück. Ich blicke weiter auf den Weg und trete in den Dialog ein.

„Nun gut, Mitbewohnerin, was willst du denn wissen?"

Maleika rennt an mir vorbei, bleibt dann ein paar Meter vor mir stehen und schaut mich mit glänzenden Augen an.

„Erzähle mir, wieso du hier bist."

Ich schaue zu Maleika nach vorne und nicke.

„Ja gut, aber erst, wenn wir zu Hause sind."

Daraufhin packt Maleika meine Hand und zieht mich mit sich mit. Ich lasse dies mit mir machen und passe mein Schritttempo dem ihren an. In kurzer Zeit erreichen wir das Haus, in welchem wir künftig viel Zeit miteinander verbringen werden, und treten ein. Maleika holt zwei Gläser aus dem Regal oberhalb der Spüle und stellt diese auf den Tisch. Dann rennt sie rauf auf ihr Zimmer und kommt mit einer Flasche in der Hand wieder herunter. Sie zieht den Korken heraus und ich erkenne, dass es sich um einen Rotwein handelt. Sie füllt damit die beiden Gläser und stellt eines davon zu mir hin. Ich habe noch nie etwas Alkoholisches getrunken und will dies eigentlich auch nicht. Maleika aber hebt das Glas und wartet darauf, dass ich es ihr nachmache. Ich folge ihrem Aufruf, hebe das Glas und stoße an. Ich nehme einen kleinen Schluck vom Wein und stelle dann das Glas sofort wieder ab. Eklig. Wie kann man das nur gut finden?

„Da sind wir. Erzählst du mir nun deine Geschichte?"

Maleika zieht ihr rechtes Knie an ihren Körper und umfasst dieses mit ihren Händen. Sie schaut mich an und ich merke, dass ich mich aus dieser Situation nicht mehr befreien kann. Ich beginne mit dem Umzug von der Stadt ins Dorf Kono und erzähle ihr alles, was ich geträumt habe. Dabei gehe ich auch auf die Ermordung von Eren ein. Ich merke, wie es mich immer noch sehr berührt, und verzichte deshalb auf die Details. Maleika sitzt da und hört mir aufmerksam zu. Ich weiß nicht genau, wieso ich das mache, aber ich fühle dabei, dass es richtig ist.

Ich nehme den Faden wieder auf und erzähle Maleika alles, was nach dem Tod von Eren passiert ist. Danach berichte ich vom Wiedersehen mit Piko und dem ersten Treffen mit Azra. Ich beende meine Geschichte, nehme einen Schluck vom Wein und stelle dabei fest, dass er in der Zwischenzeit nicht besser geworden ist.

Meine Ausführungen scheinen auf Maleika eine große Wirkung gehabt zu haben. Jetzt geht es ihr so wie vorhin mir und sie weiß nicht, was sie sagen soll. Sie umfasst ihr Knie noch etwas fester und ringt sichtlich nach Worten.

„Was ist los? Nicht das, was du erwartet hast?"

„Nein, nicht wirklich. So etwas habe ich noch nie gehört. Ich weiß nicht, was ich sagen soll."

„Du musst dazu nichts sagen. Aber nun habe auch ich eine Frage an dich?"

Maleika scheint überrascht über meine Antwort und reagiert mit einem kurzen: „Ja, was denn?"

Ich erzähle Maleika von den Dingen, die Azra über mich erzählt hat, und frage sie, was sie dazu meint.

Sie bestätigt mir, was Azra gesagt hat. Weder sie noch sonst jemand, den sie kennt, hat bereits einmal so etwas geträumt wie ich. Niemand hat nur ansatzweise das durchgemacht, was ich erlebt habe. Deshalb hat sie meine Geschichte auch so bewegt.

Danach will ich von ihr wissen, ob sie sich jemals im Traum eine Nachricht hinterlassen habe und ob sie jemals etwas im echten Leben gemacht habe, was sie vorher geträumt hat.

Auch dazu erhalte ich dieselbe Antwort wie vorhin. Nichts. Und auch bei keinem der anderen Kinder kam so etwas vor.

Ihre Antworten überraschen mich nicht. Es war mir klar, dass das, was mir Azra gesagt hat, stimmt. Nun habe ich aber die Bestätigung. Ich versinke in Gedanken und überlege mir, was ich nun machen soll. Die Tatsache, dass ich es bin, der hier von allen am meisten erlebt hat, beschäftigt mich. Bin ich auserwählt, Dinge zu tun, die die anderen Kinder und Jugendlichen hier nicht können? Bin ich es, der sich wehren muss? Ich, Milos, ein Kämpfer, ein Retter?

Maleika bemerkt, wie abwesend ich bin, und holt mich zurück in die Situation.

„Milos, was ist los?"

„Ah nichts, ich überlege mir nur gerade, was das alles zu bedeuten hat. Ich frage mich, was meine Rolle hier ist und was ich nun tun soll?"

Maleika zieht die Schultern hoch.

„Ach Milos, das gilt es nun herauszufinden. Ich kann es dir nicht sagen, aber ich werde dich auf deinem Weg unterstützen. Gibt es noch etwas, was du mir sagen willst?"

Ich höre erneut die Stimme von Azra in meinem Kopf und frage mich, wie ich mich gegenüber den Zugriffen der Organisation verschließen konnte. Ich möchte Maleika nach ihrer Meinung fragen, merke dann aber, dass sie dafür die falsche Person ist. Ich muss selber herausfinden, wie das möglich war. Wie ich das geschafft habe, ohne überhaupt eine Ahnung davon zu haben, ist mein eigenes Rätsel. Nur ich kann das lösen, aber wie? Vielleicht sind es ja Kräfte, die in mir schlummern und mir helfen, mich zu wehren. Vielleicht ist es aber auch etwas komplett anderes. Ich weiß es nicht und ich werde es zumindest heute auch nicht mehr herausfinden.

Ich wende mich wieder Maleika zu und antworte ihr, dass ich ihr alles gesagt habe, was ich für heute zu erzählen hatte. Ich bedanke mich für das Gespräch und verabschiede mich. Maleika fasst beim Vorbeigehen meine Hand und bittet mich, noch einen Moment hierzubleiben. Ich setze mich wieder hin und sie erzählt mir davon, wie sehr sie ihre Familie vermisst. Ich schenke ihr mein Mitgefühl und fühle mich mit ihr verbunden. Danach holt sie eine Kerze hervor, stellt sie auf den Tisch und zündet sie an.

Maleika greift nach ihrem Glas, hebt es hoch und spricht zu mir: „Frohe Weihnachten, Milos."

Ich hebe ebenfalls mein Glas hoch und stoße damit an ihres. „Frohe Weihnachten, Maleika."

Wir gießen den letzten Schluck hinunter, blicken in das Licht der Kerze und beobachten, wie das Wachs langsam zu schmelzen beginnt.

KAPITEL XXIV

Suche

Nach dem Gespräch mit Frau Stamm macht sich Nuri auf den Weg zurück zum Polizeiposten. Sein Kollege Urs ist noch vor Ort und übernimmt dann auch den Transport von Leon und seiner Mutter. So kann sich Nuri auf der Rückfahrt alles in Ruhe durch den Kopf gehen lassen. Die ganzen Eindrücke der letzten Tage sorgen bei ihm für Verwirrung. Irgendetwas geht nicht auf. Die Geschichte, die ihm Frau Stamm aufgetischt hat, findet er höchst seltsam, und auch das Verhalten von Leon, ihrem Sohn, war äußerst komisch. Nuri sucht nach einer Lösung, findet sie aber nicht. Er denkt an Milos und an die Worte, die sein Klassenlehrer über ihn gesagt hat. Dabei wird ihm bewusst, wie sehr dies von der eben gehörten Geschichte abweicht, und er begreift nun endgültig, dass hier etwas nicht stimmen kann.

Da Nuri seine Vermutungen nicht mit Beweisen unterlegen kann, muss er aktuell davon ausgehen, dass er auch niemanden finden wird, der die Aussage von Frau Stamm anzweifelt. Zu festgefahren ist die Denkweise der Polizei und zu klar die Meinung, die sich nach dem Tod an Eren alle im Dorf über Milos gemacht haben. Er hat ein Mal getötet, nun wird er es wieder getan haben. Ist doch logisch. Würde sich die Polizei dagegenstellen, gäbe es große Unruhe. Das will niemand und schon gar nicht sein Vorgesetzter. Er ist auf sich alleine gestellt. Er braucht handfeste Beweise. Erst dann hat er die Möglichkeit, die anderen zu überzeugen und weitere Befürworter zu finden.

Doch so einfach ist das nicht. Erst mal muss Nuri mehr über Milos herausfinden und dadurch erzwingen, dass der Fall nicht direkt als erledigt angesehen wird. Er darf keineswegs zulassen, dass Milos von heute auf morgen vom Mörder zum Doppelmörder wird. Nicht ohne davor alles dafür getan zu haben, die anderen doch noch vom Gegenteil zu überzeugen. Es kann doch nicht sein, dass dies nur bei ihm Fragen aufwirft. Sind die anderen blind oder wollen sie es nicht sehen? Wenn alle so sind wie Urs, ist der Fall klar. Der hat sein Urteil direkt am Tatort gefällt. Doch auch er müsste doch sehen, dass die zwei Morde nur indirekt zusammenhängen. Gut möglich, dass Milos Leons Vater nicht mal kannte. Wieso sollte er ihn töten? Keine Ahnung. Nuri kann sich keinen Reim darauf machen. Er hört Urs' Worte in seinem Kopf und ist davon genervt, wie dieser davon sprach, dass zwei Morde, die so nahe nacheinander vollzogen worden sind, zusammenhängen müssen. Nein, so einfach ist das nicht. Klar gibt es Verbindungen. Jedoch muss das Bindeglied der beiden Morde nicht unbedingt Milos sein. Es könnte auch jemand anderes daran interessiert sein, dass Leons Vater tot ist. Aber wer? Wer spielt sonst noch mit? Das bleibt die große Frage, die Nuri beantworten will, aber schlichtweg nicht kann. Der Fall macht ihm zu schaffen. Er fühlt die Erschöpfung und er hat Mühe, seine Konzentration aufrechtzuerhalten. Er braucht eine Pause. Sofort.

Nuri bremst ab, fährt das Auto an den Straßenrand und hält an. Er legt den Kopf auf das Lenkrad, schließt seine Augen und spürt, dass er große Mühe hat, die ganzen Gedanken zu sortieren. Er kann fühlen, wie immer wieder neue Überlegungen entstehen, wie sich diese verknüpfen und dann wieder verflüchtigen. Nuris' Gedanken arbeiten so schnell, dass er selber nicht mehr folgen kann. Er merkt, wie sein Kopf zu schmerzen beginnt, steigt aus dem Wagen und atmet ein paar Mal tief durch. Er stützt sich an seinem Auto ab und saugt die frische Luft in sich auf. Es wirkt und sein Kopf beruhigt sich etwas. Seine Gehirnströme kommen zur Ruhe und seine Gedanken werden wieder klarer. Nuri steigt zurück in sein Auto und fährt weiter. Auf dem Polizeiposten berichtet Nuri von Aarons Tod und sagt, dass sein Kollege Urs noch vor Ort sei. Zudem verlangt er vom Chef des Postens, dass er morgen eine großräumige Suchaktion nach Milos starten darf. Es sei nun an der Zeit, hier mehr Ressourcen zu investieren. Zwei Morde in so kurzer Zeit gab es in Kono noch nie. Die Leute seien ängstlich und wollen Antworten. Der Chef des Postens versucht, sich noch mit Gegenargumenten zu wehren, willigt schlussendlich dem Vorschlag von Nuri aber ein. Er sendet direkt Nachrichten an die vier nahe liegenden Dörfer und fordert Verstärkung an. Morgen geht es los. Im Fokus steht der Wald im Norden. Dieser soll gründlich abgesucht werden. Dabei werden so viele Helfer wie möglich benötigt.

Nuri ist zufrieden. Durch die Suchaktion kann er neue Erkenntnisse gewinnen, die seine Vermutungen untermauern sollen. Hoffentlich. Er hat sein Ziel erreicht und fährt zurück zum Gasthaus. Dort geht er direkt in sein Zimmer und legt sich hin. Am nächsten Morgen fühlt er sich besser. Er hat trotz allem gut geschlafen und konnte sich erholen. Er steht auf und begutachtet seine bisherigen Ermittlungen, welche er an der Wand seines Zimmers festgehalten hat. Er beginnt, den gestrigen Tag zu rekonstruieren, und ergänzt sein Werk mit den neusten Erkenntnissen.

Nuri frühstückt kurz etwas und macht sich dann auf den Weg zum Kinderheim. Hier trifft sich der Suchtrupp. Nuri will als Erster dort sein, doch seine Kollegen überraschen ihn. Als er mit seinem Wagen die Auffahrt hochfährt, sind viele Polizisten bereits vor Ort. Er steigt aus seinem Wagen aus und begrüßt zuerst den Polizeichef von Kono. Danach läuft er von Mann zu Mann und stellt sich jedem einzelnen Polizisten vor. Nuri ist es als Leiter der Suchaktion wichtig, dass jeder ihn kennt und somit auch jeder weiß, auf wen er zukommen muss, wenn er etwas findet. Er hat ein gutes Gefühl. Die Männer wirken motiviert und Nuri spürt, dass heute die Ermittlungen vorankommen werden.

Nuri geht zurück zum Wagen und holt seine Unterlagen hervor. Er wartet einen Augenblick und bemerkt, wie sich immer mehr Polizisten am Treffpunkt einfinden. Bald können sie mit der Suchaktion beginnen. Sehr gut. Als dann auch noch die Polizisten von Kiri erscheinen, steigt Nuri die Treppe vor dem Eingang des Kinderheimes rauf und spricht in lauter Stimme zu seinen Kollegen. Diese wenden sich ihm zu und folgen aufmerksam seinen Erläuterungen. Sie erhalten die wichtigsten Eckdaten und wissen nun, wie die Suche ablaufen soll. Danach teilen sich die Polizisten in Gruppen auf und beginnen, Waldabschnitt für Waldabschnitt abzulaufen. Nuri nimmt ebenfalls teil. Er schließt sich der Gruppe an, welche am zentralsten von allen unterwegs ist. So kann er bei einem Notfall möglichst rasch zu den anderen gelangen.

Die Suche ist mühsam. Der Wald ist riesig und Orte, an denen sich jemand verstecken könnte, sind zahlreich. Bis zur Mittagspause gibt es keine Ergebnisse. Am Nachmittag auch nicht. Nuri nervt die, trotz Misserfolg, gute Laune der Polizisten und er peitscht diese für die letzte Stunde nochmals so richtig an. Doch auch das bringt nichts. Der erste Tag der Suchaktion endet ohne Erfolgserlebnis. Nuri geht müde und erschöpft zurück ins Hotelzimmer.

Am nächsten Tag geht es früh wieder los. Heute muss ein Erfolg her. Nuri geht mit seinem Trupp als Erstes los und setzt die Suche dort fort, wo sie gestern aufgehört haben. Sie arbeiten sich Meter für Meter vor, finden aber weder einen Hinweis auf Milos noch sonst etwas. Die Laune der Männer ist getrübt. Sie wirken müde und stochern mit ihren Stöcken teils unmotiviert in Sträuchern und Laubansammlungen herum. Nuri will darauf reagieren und gerade in dem Moment, als er zu den Kollegen ein paar Worte sagen will, hört er von weiter westlich einen lauten Schrei. Dies muss ein Kollege sein. Etwas ist passiert. Nuri zeigt seinen Kollegen an, woher der Schrei kam, und macht sich sofort auf den Weg dorthin. Er kommt der Stimme näher und kann schon bald erkennen, wer geschrien hat.

„Wir haben etwas gefunden. Schnell, kommen Sie her! Eine Hütte. Hier muss jemand gewohnt haben."

Nuri freut sich über die gute Neuigkeit und nähert sich dem Kollegen. Er reicht ihm die Hand und macht allen anderen klar, dass sie sich zurückhalten sollen. Er will sich zuerst alles anschauen und dann können die anderen folgen. Er sieht die Hütte nun ebenfalls und läuft direkt auf sie zu. Die anderen Polizisten folgen seinen Anweisungen. Er zieht zur Sicherheit die Waffe und zeigt seinen Kollegen damit, dass er die Sache im Griff hat.

„Keiner macht etwas, bevor ich es tue. Verstanden?!"

Die Männer nicken und Nuri nähert sich der Hütte. Er duckt sich, macht ein paar schnelle Schritte und wirft sich an die Wand der Hütte. Von dort erhebt er sich langsam und späht durch das kleine Fenster. Er kann niemanden erkennen. Er duckt sich erneut und geht ums Eck. Sofort fällt ihm auf, dass die Tür einen Spalt weit offen steht. Er zieht daran und lässt sie nach außen aufgehen. Es passiert nichts.

Nuri richtet sich auf und schielt in die Hütte hinein. Zuerst vorsichtig, um auf einen möglichen Angriff vorbereitet zu sein, dann, als er merkt, dass hier niemand ist, mit etwas weniger Vorsicht. Er überlegt nicht lange und betritt die Hütte. Um die Lage zu beruhigen, bestätigt er seinen Kollegen sofort, dass niemand hier ist. Nuri entdeckt diverse Nahrungsmittel, Kleider, Decken und ein großes Buch.

Es liegt auf dem Tisch und zieht Nuris Aufmerksamkeit auf sich. Er greift es sich und blättert darin. Ein Brief fällt heraus.

Diesen hebt Nuri wieder hoch und nimmt im selben Augenblick wahr, dass sich die anderen Polizisten nun ebenfalls zum Eingang der Hütte bewegen. Nuri legt den Brief zurück ins Buch und steckt sich dieses ein. Er will es sich in Ruhe anschauen und so verhindern, dass es von der Polizei konfisziert wird, bevor überhaupt jemand etwas darin lesen konnte.

Nuri bedankt sich bei den Kollegen und gibt ihnen den Auftrag, dass sie die Suche fortsetzen sollen. Ihnen scheint das nicht zu gefallen, doch sie machen, was er sagt. Ein paar bleiben bei der Hütte und untersuchen diese. Die anderen Polizisten verteilen sich wieder im Wald. Nuri bleibt noch eine Weile bei der Hütte und macht sich dann auf den Rückweg. Im Auto legt er das Buch auf den Beifahrersitz und fährt rasch zurück zum Gasthaus.

Dort setzt er sich an den Tisch. Er öffnet das Buch und lässt die einzelnen Seiten durch seine Finger gleiten. Dabei stößt er wieder auf den Brief, den er vorhin in der Hütte bereits in seinen Händen gehalten hat. Diesmal kann er ihn in Ruhe öffnen und durchlesen. Er sieht, dass dieser von Herrn Braun geschrieben wurde, und kommt ins Grübeln.

Herr Braun hat ihm also nicht die Wahrheit erzählt. Er wusste die ganze Zeit, wo sich Milos versteckt hält. Nuri ist genervt. Er war zu wenig kritisch und merkt erst jetzt, dass er das, was Herr Braun zu ihm gesagt hat, viel mehr hätte hinterfragen müssen. Nun ist Milos weg und sein Klassenlehrer vielleicht ebenfalls.

Nuri legt den Brief zur Seite und schaut sich das Buch an. Durch den Titel erfährt er, dass es sich hierbei um die Projektarbeit handelt, die Nuri und Eren zusammen durchgeführt haben. Er blättert zuerst alle Seiten durch und verschafft sich einen Überblick. Eine direkte Erkenntnis bleibt aus und Nuri beginnt damit, Seite für Seite durchzulesen. Alles ist bestens protokolliert. Nuri erfährt exakt, was Milos und Eren an jedem einzelnen Tag gemacht haben und was sie in den nächsten Tagen noch alles vorhatten. Er überfliegt ein paar Seiten und landet dann beim Lageplan. Nuri schaut sich die Zeichnung an und ist überrascht von dessen Genauigkeit. Ihm wird nun so einiges klar. Zum einen kennt er nun den Grund, wieso Milos das Buch bei sich in der Hütte untergebracht hat, zum anderen kann er nun nachvollziehen, wieso Herr Braun von Milos' Standort wusste. Als Klassenlehrer hat er das Buch regelmäßig kontrolliert. Das bestätigen ihm die Visa, welche jeweils auf jeder Seite unten rechts zu finden sind. So hat er alles über die neu erbaute Hütte erfahren und dann nur noch eins und eins zusammenzählen müssen, als Milos plötzlich nicht mehr auffindbar war. Wo sollte er auch sonst sein.

Nuri blättert weiter und merkt, dass ihn die Projektinformationen nicht weiterbringen. Er schließt das Buch und beginnt von hinten nach vorne zu blättern. Sofort stoppt er, als er die erste beschriebene Seite sieht. Nuri sieht sich die Einträge im Detail an und bekommt mit, was Milos alles herausgefunden hat. Er erfährt von dem Treffpunkt im Wald, von welchem aus Milos den Spuren bis zum Haus von der Familie Stamm gefolgt ist. Ebenso liest er von der Drohung, die jemand gegenüber Eren ausgesprochen hat. Er kann dies nicht so richtig einordnen und schaut sich die weiteren Notizen an. Dabei stößt er auf eine neue Person, den Mann mit Hut. Dieser hat mit Milos' Mutter gesprochen und ihr einen Auftrag erteilt. Was für einen Auftrag kann Nuri leider nicht herausfinden. Der Begriff „Mann mit Hut" ist mehrmals umkreist und mit Fragezeichen versehen. Hier hat Milos wohl auch nicht so viel erfahren, wie er gerne hätte. Nuri lenkt seinen Blick auf die nächste Seite und untersucht auch dort die Notizen. Er findet weitere Hinweis zum Treffpunkt und kann daraus ziemlich klar herausfinden, wo dieser in etwa sein muss.

Nuri schreibt sich die wichtigsten Hinweise auf je einen Zettel und befestigt diese mit einer Nadel an der Wand. Dann stellt er sich mit etwas Abstand vor seine Übersicht und versucht, sich ein Bild von der aktuellen Lage zu machen. Er weiß nun, dass jemand Eren vor dessen Tod bedroht hat, dass Milos eine Spur zum Haus der Familie Stamm verfolgte und dass er darauf hoffte, an einem Treffpunkt im Wald jemanden zu beobachten. Ob er diese Person dann auch getroffen hat, ist weiter unklar.

Nuri entscheidet, das Buch und den Brief vorerst hier im Gasthaus zu lassen, und handelt somit bewusst außerhalb der Abmachungen. Egal. Nur so kann er sicherstellen, dass keiner seiner Kollegen einen voreiligen Entschluss fasst und vorschnell auf Herrn Braun zugeht. Natürlich will auch Nuri das Gespräch mit dem Klassenlehrer suchen, jedoch auf seine Art. Er versteckt das Buch unter der Matratze und steckt den Brief in seine Hosentasche. Danach macht er sich auf den Weg zur Schule.

In der Schule begrüßt ihn dieselbe Dame, mit welcher er bereits beim letzten Besuch in Kontakt getreten ist. Er erfährt, dass Herr Braun krankgeschrieben ist und deshalb heute nicht am Unterrichten ist. Nuri lässt nicht locker und fragt, wie er Herrn Braun außerhalb der Schule erreichen könne. Natürlich erst, wenn es ihm wieder besser gehe. Er erklärt, wie wichtig die aktuellen Ermittlungen sind, und hat damit Erfolg. Die Dame ist weiterhin sehr zuvorkommend und überreicht Nuri die Adresse von Herrn Braun. Nuri verabschiedet sich und fährt sofort zu den soeben erhaltenen Koordinaten.

Nach kurzer Fahrt erreicht Nuri den Zielort. Dort findet er einen Wohnblock vor. Hier wohnt also Milos' Klassenlehrer. Das Gebäude wirkt alt und an den Fassaden blättert die Farbe ab. Nuri ist überrascht. Er dachte, er würde ein nettes Einfamilienhaus vorfinden. Nun ja, so kann man sich täuschen. Nuri macht sich auf den Weg zum Eingang und sucht unter den vielen Anschriften den Namen von Herrn Braun. Er betätigt die Klingel und wartet darauf, dass jemand an die Haustüre kommt. Doch nichts passiert. Er klingelt erneut. Doch wieder bleibt die Antwort aus. Nuri geht ein paar Schritte zurück und läuft rund ums Haus herum. Ihm fällt dabei aber nichts Besonderes auf. Herr Braun ist also weder in der Schule noch zu Hause.

Nuri geht zurück in den Wald und lässt sich vom Suchtrupp über die aktuelle Lage informieren. In der Hütte wurde nichts mehr gefunden, was genauer untersucht werden müsste. Ebenso sind die Polizisten im Wald auch auf keine neuen Hinweise mehr gestoßen. Nuri hat damit gerechnet und reagiert gelassen auf die Rückmeldungen. Er schließt sich wieder dem Suchtrupp an und durchkämmt den großen, dichten Wald.

Mit Einbruch der Dunkelheit schickt Nuri die Polizisten nach Hause und erklärt die Suche für beendet. Er macht seinen Kollegen klar, dass sie den Wald nun größtenteils abgelaufen haben und für den restlichen Teil die örtliche Polizei von Kono ausreicht. Nuri bedankt sich nochmals bei allen und die Polizisten verlassen einer nach dem anderen den Versammlungsort. Nuri geht zurück ins Gasthaus, isst einen Happen und legt sich dann schlafen.

Am nächsten Tag steht er früh auf und macht sich erneut auf den Weg zu Herrn Braun. Diesmal hat er mehr Glück. Gerade als er aus dem Auto aussteigt, sieht er, wie Herr Braun aus dem Haus kommt und etwas aus dem Briefkasten holt. Nuri ruft Herrn Braun zu und bittet ihn darum, sich mit ihm zu unterhalten. Herr Braun wirkt überrascht, verliert aber nicht die Fassung. Er lädt Nuri in seine Wohnung ein und setzt eine Kanne Tee auf. Als Herr Braun von der Küche zurück ins Wohnzimmer kommt, erblickt er den Brief, welchen er Milos geschrieben hat, auf seinem Esstisch.

Kapitel XXV

1/2

Seit der Ermordung seines Vaters ist nun schon bald eine ganze Woche vergangen. Leon sitzt zu Hause in seinem Zimmer und denkt darüber nach, was in den letzten Tagen alles geschehen ist. Seine Mutter, Kerstin, ist seit dem Vorfall völlig abwesend. Sie ist gezeichnet von der Situation und nicht in der Lage, sich um ihren Sohn zu kümmern. Entsprechend wenig bis gar nicht reden sie miteinander. Sie hat sich so sehr isoliert, dass sich Leon sogar selbst von der Schule abmelden musste.

Am Tag nach dem Tod von seinem Vater war für ihn vieles noch surreal. Jetzt versteht er so langsam, was passiert ist. Er begreift, dass sein Vater tot ist und er sein Leben lang ohne ihn auskommen muss. Klar war das Verhältnis zu ihm nicht das beste, doch Leon war sich immer bewusst darüber, dass sein Vater diese Härte nur gezeigt hat, weil er ihn damit zu einer stärkeren Persönlichkeit reifen lassen wollte.

Leon hat in den letzten Nächten kaum geschlafen. Immer wenn er die Augen schließt, sieht er den Mörder seines Vaters vor sich. Er blickt ihm direkt in seine Augen und wacht immer genau in dem Moment auf, in dem der Mann seine Waffe auf seinen Vater richtet und abdrückt. Er schreckt dann jeweils auf und hört den Knall der Pistole noch minutenlang in seinen Ohren. Furchtbar. Leon muss den schlimmsten Moment seines Lebens also immer und immer wieder erleben. Dies schlägt auf seine Psyche, welche dann tagsüber so schwach ist, dass auch sein Körper keine Kraft mehr hat.

Nebst seiner Mutter, die ihm nicht geben kann, was er braucht, will Leon niemanden um sich haben. Auch nicht seine zwei besten Freunde Dirk und Thomas. Die würden ihm sowieso nicht helfen können. Wie auch? Die haben ja nicht ansatzweise so etwas erlebt, was er durchgemacht hat. Was würde das bringen? Nichts.

Leon liegt praktisch den Tag hindurch in seinem Bett und starrt die Zimmerdecke an. Ihm fehlt der Antrieb und er hat überhaupt keine Lust darauf, irgendetwas zu unternehmen. Er kann sich für nichts motivieren und verlässt das Haus nur noch dann, wenn es unbedingt sein muss. Er ist nicht mehr wiederzuerkennen. Aus dem mutigen, selbstbewussten jungen Mann ist ein ängstlicher und furchtsamer Junge geworden. Überall, wo er sich aufhält, sieht er Gefahren – vor allem aber außerhalb des Hauses. So schaut er oft aus dem Fenster und beobachtet die Umgebung. Dabei zuckt er immer dann, wenn sich etwas Unerwartetes abspielt, zusammen und zieht sofort den Vorhang zu. Manchmal schüchtert ihn sogar ein Baum, der durch einen Windstoß ins Schwanken kommt, derart ein, dass er an diesem Tag nicht mehr aus dem Fenster schaut.

Obwohl sie dem Polizisten genau das gesagt haben, was der Mann mit Hut von ihnen verlangte, fürchtet er sich davor, dass sich dieser nicht an seine Worte hält. Er kann niemandem mehr vertrauen. Schon gar nicht aber der Person, die seinen Vater getötet hat.

Die Beerdigung seines Vaters wurde im kleinen Rahmen abgehalten. Leons Mutter verzichtete darauf, jemanden einzuladen oder etwas zu organisieren. Leon kam dies entgegen. Er wollte sowieso niemanden sehen. Das Wetter passte zum Anlass. Die Wolken hingen tief über Kono und es ging eine kalte Brise. Leon hüllte sich in seine Winterjacke ein und suchte darin Schutz vor all dem, was an diesem Tag auf ihn zukommen könnte. Der Pastor sprach ein paar Worte, doch Leon hörte nicht zu. Er war gedanklich ganz woanders. Danach musste er zusehen, wie der Sarg mit der Leiche seines Vaters langsam unter der Erde verschwand. Seine Mutter weinte fürchterlich. Leon blieb kühl. Er konnte seinen Emotionen keinen Platz bieten. Er legte den Arm um seine Mutter und stützte sie. Gleichzeitig beobachtete er, wie die Leute, die auch ohne Einladung zu der Beerdigung gekommen waren, Erde auf den Sarg schütteten. Kaum war dieser so fest zugedeckt, dass man ihn nicht mehr erkennen konnte, machten sich Leon und seine Mutter auch schon wieder auf den Rückweg. Sie gingen zu Fuß. Seine Mutter wollte in ihrem Zustand nicht ins Auto steigen.

Während er und seine Mutter langsam den Friedhof verließen, kamen ein paar wenige Personen auf sie zu und drückten ihr Beileid aus. Leons Mutter fing dabei immer wieder aufs Neue an zu weinen. Leon selbst nickte jeweils förmlich und bedankte sich stumm für die netten Worte. Er kannte nur wenige der Personen und entsprechend klein war sein Bedürfnis, mit jemandem überhaupt auch nur ein Wort zu sprechen. Er versuchte zu ignorieren, was um ihn herum passierte, und bemerkte deshalb auch nur am Rande, dass der Polizist, der direkt nach dem Tod seines Vaters zu ihnen nach Hause gekommen war, auch vor Ort war.

Als er und seine Mutter dann zu Hause ankamen, wurden sie gleich nochmals geschockt. Sie betraten das Haus und sofort fiel ihnen auf, dass jemand hier war. Leons Mutter sank zu Boden und auch Leon packte die Angst. Exakt das, wovor er sich am meisten fürchtete, wurde nun Tatsache. Trotz allem versuchte er, möglichst stark zu wirken, und half seiner Mutter wieder auf die Beine. Gemeinsam machten sie sich auf den Weg durchs Haus.

In manchen Räumen war das Durcheinander größer, in anderen waren nur ein paar Möbel umgeworfen worden. Vor allem in den Arbeitsräumen von Aaron fanden sie eine große Unordnung vor. Im Großen und Ganzen hielt sich der angerichtete Schaden aber in Grenzen. Leon und seiner Mutter wurde rasch klar, dass die uneingeladenen Gäste auf der Suche nach etwas waren. Sie machten nichts kaputt, aber sie rissen diverse Dokumente, Bücher und weiteres Büromaterial aus den Regalen und Schubladen.

Mit ein paar Handgriffen konnten Leon und seine Mutter das Gröbste bereinigen. Nachdem sie auch den letzten Raum wieder in Ordnung gebracht hatten, fragte Leon seine Mutter, ob sie etwas vermisse. Sie verneinte dies, sagte aber auch, dass sie über die Geschäfte von Aaron nur am Rande Bescheid wisse. Gut möglich also, dass etwas fehle, von dem sie gar nichts wusste. Leon selbst fiel auch nichts Besonderes auf.

Aus Angst vor den Folgen meldeten sie den Vorfall nicht der Polizei. Die Schlösser ließen sie von einer Kontaktperson von Aaron auswechseln und verstärken. Ein Gefühl der Sicherheit kam trotzdem nicht zurück. Wie auch?

Seit diesem Vorfall sind ein paar Tage vergangen. Leon sitzt noch immer auf seinem Bett und denkt über all das nach, was passiert ist. Nach der gemeinsamen Aufräumaktion herrscht mehr oder weniger Funkstille zwischen ihm und seiner Mutter. Sie fragt weder, wie es ihm geht, noch erzählt sie ihm etwas über die aktuellen Geschehnisse. So erfuhr er auch erst kürzlich davon, dass die Polizei im Wald eine Hütte gefunden hat, in der wohl Milos wohnte.

Leon denkt oft über den Einbruch nach. Für ihn steht es außer Frage, dass es der Mörder seines Vaters war, der nochmals zurück in ihr Haus gekommen ist. Aber wieso? Was hat er hier gesucht? Vielleicht einen Beweis, der ihn als Täter entlarven würde. Vielleicht aber auch Unterlagen zu einem Deal, den nun er anstelle seines Vaters abschließen kann. Vielleicht aber auch nur irgendwelche Geschäftsdaten. Die Möglichkeiten sind groß und deshalb ist es für Leon fast unmöglich, hier etwas einzugrenzen. Ihm wird klar, dass er nun zuerst herausfinden muss, was sein Vater mit diesem Mann zu tun hatte. Er muss irgendetwas unternommen haben, was dem Mann nicht gefallen hat. Aber was kann er so Schlimmes getan haben, dass er dafür mit dem Tod bestraft werden musste?

Leon schaut auf den Kalender. Morgen ist Weihnachten. Wie schrecklich. Er legt sich wieder hin und schaut zur Decke. Wie immer in diesen Situationen gehen ihm diverse Fragen durch den Kopf. Er ist zwar immer noch total unmotiviert und hat eigentlich keine Lust, etwas zu tun, doch um die Situation rund um seinen Vater aufzuklären, muss er sich nun aufraffen. Zumindest für ein paar Stunden. Er muss möglichst viele Unterlagen anschauen und darin nach Hinweisen suchen. Im Arbeitszimmer seines Vaters sind die Erfolgschancen am größten. Dort gibt es die meisten Dokumente und somit die größte Wahrscheinlichkeit, auf etwas zu stoßen, was ihm weiterhilft. Leon weiß wenig über das Familiengeschäft und auch seine Mutter wird ihn nicht unterstützen können.

Leon macht sich auf den Weg ins Arbeitszimmer und schaut sich erst mal in Ruhe um. In den beiden Regalen entdeckt er diverse Ordner und Mappen. Er blickt hoch in die obersten Fächer und bemerkt, dass er die Anschrift der einzelnen Ordner von hier unten gar nicht erkennen kann. Also wendet er sich zuerst dem Schreibtisch zu. Leon öffnet die diversen Schubladen und stößt dabei auf unzählige einzelne Dokumente. Viele sind abgelegt und sortiert. Einzelne liegen aber auch kreuz und quer herum. Dies ist das Werk des Einbrechers. Leon zieht ein paar Dokumente hervor und setzt sich auf den Bürostuhl seines Vaters. Dort lässt er sich mit der Stuhllehne nach hinten fallen und beginnt damit, die Papiere zu studieren.

Leon merkt rasch, dass er von dem, was er gerade gelesen hat, nur knapp die Hälfte verstanden hat. Zu viele der Wörter hat er noch nie gehört und hat keine Vorstellung davon, was diese zu bedeuten haben. Er lässt sich mit dem Stuhl wieder nach vorne kippen und legt die Dokumente zurück auf den Tisch. So geht das nicht. Leon begreift, dass er auf diese Weise nicht vorwärtskommt. Also muss er einen neuen Plan entwickeln.

Er steht auf und schaut sich erneut im Zimmer um. Dabei wird ihm das Ausmaß dieser Durchsuchung klar. Dies wird nicht ein paar Stunden in Anspruch nehmen, sondern Tage, wenn nicht Wochen. Es sind zu viele Unterlagen, die er durchforschen muss. Zwar haben seine Mutter und er etwas aufgeräumt, aber viele Unterlagen liegen immer noch am Boden herum. Gestapelt, aber nicht sortiert.

Leons Motivation lässt nach. Er spürt die negative Energie in sich hochkommen und will direkt wieder aufgeben. Er glaubt nicht daran, dass er etwas findet. Er lehnt sich an die Wand und lässt sich daran langsam nach unten sinken. Er hockt sich hin, vergräbt sein Gesicht in seinen Händen und denkt daran, wie der Einbrecher ebenfalls genau hier in diesem Zimmer war. Hat er gefunden, was er suchte, oder war er genauso erfolglos wie er?

Leon findet auch darauf keine Antwort. Er verabschiedet sich vom Gedanken, im Büro seines Vaters fündig zu werden, steht auf und verlässt das Zimmer. Er schlendert durch den Gang und lässt seinen Blick durch die Räume schweifen, an denen er vorbeiläuft. Dabei überlegt er sich, wo er sonst noch suchen könnte. Wo würde sein Vater etwas ablegen, was niemand würde finden dürfen? Er kommt rasch auf ein paar Ideen, aber dort findet er nichts. Er denkt weiter nach, sucht nochmals zwei, drei Orte auf, aber trifft leider auch dort nichts an, was ihn weiterbringt.

Danach macht er sich auf den Weg in sein Zimmer. Genug für heute. Doch gerade als er die Treppe nach oben nehmen will, hört er ein lautes Geräusch aus der Tiefgarage. Er macht sich sofort auf den Weg nach unten und sucht dort nach dem Grund für den Lärm. Auf den ersten Blick kann er nichts erkennen. Dann schaut er sich etwas genauer um und sieht seine

Mutter. Sie sitzt in einem alten Oldtimer und starrt durch die Frontscheibe. Neben dem Auto liegen diverse Werkzeuge und Bauteile herum. Leon geht zu seiner Mutter und bemerkt sofort ihre wässrigen Augen. Er fragt nach ihrem Befinden, doch sie gibt ihm keine Antwort. Leon weiß nicht, wie er reagieren soll. Er wartet kurz ab, dann wiederholt er seine Frage. Doch seine Mutter nimmt ihn gar nicht mehr wahr. Er verzichtet auf einen dritten Versuch und wendet sich ab. Er schlendert durch die Garage und schaut sich die vielen prachtvollen Autos an. Die meisten hat er noch nie von innen gesehen und in nur wenigen ist er bereits einmal mitgefahren. Er geht näher zu einem Sportwagen hin und blickt durch die Scheibe. Das schwarze Leder sticht ihm ins Auge und er schaut genauer hin. Der Tachometer zeigt bis zweihundertfünfzig Kilometer pro Stunde an. Wahnsinn. Leon will sich hineinsetzen und erfahren, was das für ein Gefühl ist. Er zieht am Griff und merkt, dass die Tür verschlossen ist.

Umgehend dreht er sich um, läuft zurück zum Lift und findet linkerhand davon den Schlüsselkasten. Diesen öffnet er und findet darin so viele Schlüssel, dass es seine Zeit braucht, um den Richtigen zu erkennen. Um den Prozess zu beschleunigen, nimmt Leon alle Schlüssel heraus und legt sie vor sich auf den Boden. Er versucht, diese zu ordnen, und bemerkt dabei, dass einer voll und ganz aus der Reihe tanzt. Im Vergleich zu all den anderen Schlüsseln, die mit ihren Anhängern sehr protzig wirken, gibt es einen Schlüssel, der sehr schlicht und einfach aussieht. Leon greift nach diesem Schlüssel und schaut ihn sich genauer an. Auf den ersten Blick kann er nichts erkennen. Dann sieht er klar und deutlich die Inschrift 1/2.

Leon überlegt, was das zu bedeuten hat. Ein halb? Oder eher eins von zwei? Er ist sich nicht sicher, schließt dann aber seine erste Überlegung aus und entscheidet sich dafür, dass es zu diesem Schlüssel noch einen zweiten gibt. Der Schlüssel sieht alt aus und ist leicht verrostet. Somit muss auch das, was sich damit öffnen lässt, etwas älter sein. Vielleicht eine Truhe oder ein alter Tresor. Leon packt die Neugier und er überlegt sich, wo er den Schlüssel 2/2 finden kann. Bestimmt nicht hier, das wäre zu einfach. Aber wo sonst?

Er überlegt, wo sein Vater überall gearbeitet hat, und bemerkt dabei, dass er nur wenig über dessen Karriere weiß. Ihm wird bewusst, dass er seinen Vater leider nicht so gut gekannt hat, wie er es gerne gehabt hätte. Deshalb ist es für ihn jetzt auch so schwierig, etwas herauszufinden.

Leon braucht diesen zweiten Schlüssel. Mehr hat er nicht. Er ist alles, woran Leon sich festhalten kann. Er sucht in den Erinnerungen nach Hinweisen, die ihm sein Vater hinterlassen haben könnte, doch da ist nichts. Weder eine Auffälligkeit noch ein Zeichen, nichts. Er überlegt sich, was er sonst noch so alles mit seinem Vater erlebt hat, und versucht, sich daran zu erinnern. Am meisten Zeit verbrachten er und sein Vater beim Training. Immer wieder musste er üben. Sei es für die Schule, für irgendeine Aufführung oder für den Sport. Immer und immer wieder. Bis er der Beste war. Und nie gab es Lob. Doch, Leon erinnert sich an eine Szene, in der ihm sein Vater so viel Zuneigung gab wie nie zuvor und nie mehr danach.

Es war der Tag, an welchem er es schaffte, ein Zeugnis mit lauter Bestnoten nach Hause zu bringen. Dies hat seinen Vater so stolz gemacht, dass er mit ihm einen Ausflug machte. Zusammen fuhren sie an den See und versuchten ihr Glück beim Fischen. Leon erinnert sich ganz genau an das Foto, das der Herr vom Fischerladen von ihm und seinem Vater machte. Leon hat die Hand an der Flosse und sein Vater am Kopf des Fisches, den sie zuvor gefangen haben. Dieses Foto steht eingerahmt auf dem Schreibtisch in seinem Zimmer.

Leon überlegt nicht lange und rennt los. Er kann nicht mehr auf den Lift warten und nimmt die Treppe. Zuerst hoch ins

Haus, dann weiter in sein Zimmer. Er spurtet den Gang entlang, drückt die Türe auf und eilt zu seinem Schreibtisch. Dort schnappt er sich das Foto und versucht dieses vom Bilderrahmen zu trennen, doch der Rahmen lässt sich nicht öffnen. Er fackelt nicht lange, holt aus und schlägt den Bilderrahmen wuchtig über die Kante seines Schreibtisches. Der hölzerne Rahmen zerbricht und die meisten Teile davon fallen zu Boden. Leon lässt das Foto und den übrig gebliebenen Teil des Rahmens fallen und schaut auf den Fußboden. Er bückt sich und sammelt die einzelnen Stücke des Rahmens ein. Er untersucht jedes einzelne Teil nach einem möglichen Hohlraum, doch findet nichts. Er durchsucht den Fußboden und hofft darauf, dass der Schlüssel direkt nach unten gefallen ist. Aber auch diese Suche endet ohne Ergebnis. Leon ist frustriert. Er war überzeugt von seiner Idee, den Schüssel mit dem Bild in Verbindung zu bringen, und merkt nun, dass er wieder von vorne beginnen kann.

Leon wirft die Holzstücke in seinen Abfalleimer und sammelt auch noch die Teile der zersplitterten Plastikscheibe zusammen, die das Foto im Rahmen hielt. Schlussendlich legt er sich auf sein Bett und schaut das Foto an. Er denkt zurück an den Tag und es kommt ihm so vor, als wäre es gestern gewesen. Es war der wohl schönste Moment, den er mit seinem Vater teilte. Er dreht sich zur Seite und legt das Foto neben sich. Er ist unvorsichtig und das Foto fällt zu Boden. Leon will es aufheben und bemerkt dabei, dass auf der Rückseite des Fotos etwas steht. Er hebt das Foto hoch und erkennt die genau gleiche Inschrift, die er bereits auf dem Schlüssel entdeckte: 1/2. Aber halt, hier steht noch etwas. In der unteren rechten Ecke erkennt er klar und deutlich den Buchstaben „G".

Kapitel XXVI

Mittendrin

Ich wache auf und denke sofort an den gestrigen Abend zurück. Es war schön mit Maleika. Wir haben uns sehr gut verstanden und konnten sofort Vertrauen zueinander aufbauen. Nach all dem Leid und den Schmerzen war das genau das Richtige für mich. Ich weiß zwar nicht genau, wie ich damit umgehen soll, doch im Moment fühlt es sich gut an.

Ich ziehe mir etwas an, werfe einen kurzen Blick in den Spiegel und verlasse mein Zimmer. Maleika sitzt bereits in der Küche und frühstückt. Ich nähere mich ihr und sehe, wie sie mich mit einem Lächeln begrüßt. Ich lächle zurück, hole mir das passende Geschirr aus dem Schrank und setze mich an den Tisch. Nach all dem, was ich gestern gegessen habe, kann ich eigentlich unmöglich schon wieder Hunger haben. Trotzdem greife ich nach dem Brot und schneide mir ein Stück ab. Ich werfe einen Blick auf die verschiedenen Marmeladen und will gerade Maleika darum bitten, mir die mit Himbeeren zu reichen, da klopft es an der Tür.

Ich erschrecke, zucke zusammen und lasse die Brotscheibe fallen. Maleika kichert, macht eine beruhigende Geste und rückt ihren Stuhl nach hinten. Ich merke, wie sehr mich die Zeit in der Hütte geprägt hat, beruhige mich aber umgehend wieder und gehe selbst zur Tür. Ich schaue durch das kleine Fenster neben der Tür und prüfe, wer es ist, der uns beim Frühstück stört. Ich erkenne ihn sofort. Es ist Piko. Er trägt ein blaues Hemd und eine graue Jacke. Ich klopfe ans Fenster und er schaut in meine Richtung. Ich erkenne an seinen kleinen Augen, wie müde er ist. Auch seine

Haare sind komisch frisiert. Hat er überhaupt geschlafen? Egal, das hat mich nicht zu interessieren. Ich öffne die Tür und begrüße ihn.

„Guten Morgen, Piko, was gibt's? Komm rein. Wir sind gerade am Frühstücken. Willst du auch was?"

Piko schaut mich an, schweigt einen Moment und bedankt sich dann für mein Angebot.

„Ich habe bereits gefrühstückt und ich bin wegen etwas anderem hier. Können wir reden?"

Mich verwundert Pikos förmliche Art. Ich nicke und zeige ihm den Weg zur Küche. Ich folge Piko und beobachte, wie er und Maleika sich begrüßen. Dieses Verhältnis scheint ebenfalls gut zu sein. Maleika schmunzelt und auch Piko macht einen munteren Eindruck. Zumindest begrüßt er sie um einiges freundlicher als mich. Er schnappt sich einen Stuhl und ich stelle ihm ein Glas Wasser hin.

„Nun, Piko, um was geht's? Du hast mich neugierig gemacht."

Piko nimmt einen Schluck Wasser, stellt das Glas zurück auf den Tisch und antwortet zurückhaltend: „Wir können nachher darüber sprechen. Keine Eile."

Sein plötzlicher Meinungsumschwung verwirrt mich und passt so überhaupt nicht zu seinem vorherigen Verhalten. Der Grund dafür liegt auf der Hand. Maleika. Piko will mit mir sprechen, aber nur unter vier Augen. Sicherlich kribbelt es bereits in ihm. Er will was. Und zwar jetzt. Wieso wäre er sonst so früh hierhergekommen. Ich schaue kurz rüber zu Maleika und schaffe dann Klarheit.

„Ist schon gut, Piko. Maleika und ich hatten gestern ein langes Gespräch. Sie weiß Bescheid. Du kannst also offen sprechen und musst dich nicht zurückhalten."

Piko schaut mich verwundert an. Er hat wohl nicht damit gerechnet, dass ich mich so schnell jemandem öffne. Ich verstehe ihn und seine Irritation. Schließlich dachte auch ich nicht, dass ich so rasch wieder Vertrauen finde in eine andere Person. Ich nicke ihm zu und wiederhole meine Worte. Nun noch etwas ausführlicher. Maleika lächelt und jetzt scheint auch Piko zu begreifen, dass alles in Ordnung ist.

„Entschuldigt, ich war gerade etwas überfordert. Ich habe nichts dagegen, dass ihr miteinander gesprochen habt. Im Gegenteil. Ich finde es sogar gut."

Piko lächelt, schaut uns abwechselnd an und wird dann sofort ernst.

„Nun ja, wieso bin ich hier. Milos, ich muss dir etwas erzählen. Eigentlich wollte ich dir dies bereits gestern sagen, doch ich habe irgendwie den Moment verpasst. Zudem wollte ich dich das Fest genießen lassen."

Piko macht eine Pause. Er überlegt, wie er weitererzählen soll. Dann schaut er mir direkt in die Augen und beginnt mit ruhiger Stimme zu erzählen.

„Die Sache wird komplizierter, Milos. Die Polizei hat deine Hütte gefunden und es ist noch etwas passiert, was dir nicht gefallen wird. Sie haben dein Tagebuch und den Brief, den ich dir hinterlassen habe. Sie wissen Bescheid darüber, dass ich die ganze Zeit wusste, wo du bist. Milos, sie suchen nun nicht nur dich. Auch ich bin nun ein Flüchtiger."

Ich bin schockiert. Ich habe nicht im Geringsten damit gerechnet, dass jemand meine Hütte findet. Schon nur deshalb nicht, weil dies auch in den ersten Tagen nach meiner Flucht niemandem gelungen ist.

„Es tut mir leid. Ich wollte nie, dass du hier mit reingezogen wirst."

Piko unterbricht mich und erinnert mich an unser letztes Gespräch.

„Milos. Wir hängen da zusammen drin. Nur gemeinsam können wir nun noch aus dieser Geschichte herauskommen."

Ich stimme Piko zu. „Ja, so ist es, aber Piko, erzähl mal von vorne. Was ist denn genau passiert? Wie bist du hergekommen und wieso bist du auf einmal ein Flüchtiger?"

„Klar, entschuldige. Nachdem ich dich nach deinem ersten Treffen mit Azra in dein Haus gebracht habe, bin ich zurück an die Oberfläche. Es war bereits dunkel und ich konnte als Kater unbemerkt nach Haus schleichen. Ich war müde und wollte mich nur noch hinlegen. Da ich mich ja sowieso bereits krankgemeldet habe, um dich nach Silmeran zu bringen, blieb ich auch am Folgetag zu Hause. Ich stand auf, wandelte erneut meine Form und lief zurück in den Wald. Ich wollte sehen, wie es dir geht, und dabei direkt auch noch bei deiner Hütte vorbeigehen. Dabei bemerkte ich die vielen Polizisten und wurde verunsichert. Ich wusste nicht, was ich machen soll, und entschied mich dann, von meinem Plan abzukommen. Es war viel zu gefährlich und ich hielt es für das Beste, nun umzukehren und zurück in meine Wohnung zu gehen. Dort verkroch ich mich für den Rest des Tages und hoffte darauf, dass die Polizei nichts findet. Als ich dann am nächsten Tag kurz nach draußen gehen wollte, um zu schauen, ob in der Zeitung etwas über die Polizeiaktion steht, stand der Polizist Nuri Kremar vor mir. Es war so überraschend, dass ich nicht mehr reagieren konnte. Er erkannte mich sofort und lud sich dann selbst in meine Wohnung ein. Dort angekommen, holte er das Tagebuch und den an dich adressierten Brief hervor und konfrontierte mich damit. Ich wusste erneut nicht, wie ich reagieren sollte, und spielte den Ahnungslosen. Doch dieser Nuri durchschaute mich sofort. Er wusste, dass ich mehr weiß, hakte nach und machte mir dann ein Angebot. Er erzählte, dass bis jetzt nur er von dem Buch und dem Brief wisse und es auch dabei bleibe, vorausgesetzt, ich helfe ihm, dich zu finden."

„Und? Was hast du dann gesagt?"

Piko schaut zu Boden und schüttelt den Kopf.

„Ich sagte, dass du unschuldig bist und dass ich niemanden ans Kreuz nagle, der nichts gemacht hat. Darauf wurde Nuri hellhörig und wollte wissen, wie ich auf diese Behauptungen komme. In dem Moment wurde mir klar, dass Nuri nicht zu den klassischen Polizisten gehört. Erst hat er ein Beweismittel vom Tatort entfernt und nun fängt er auch noch an, sich mit mir zu unterhalten, anstatt mich in Handschellen zu legen. Also folgte ich meiner Intuition und fragte Nuri, ob er dich einfach nur festnehmen will oder herausfinden wolle, wer die wahren Strippenzieher hinter den beiden Mordanschlägen seien. Nuri ließ sich nicht in die Karten schauen, also erzählte ich ihm, dass mir aktuell die Beweise fehlen, aber ich ihm diese zeitnah liefern könne. Plötzlich veränderte sich dann Nuris Gefühlslage. Er wurde lauter, stand auf und kam auf mich zu. Ich kriegte Angst und schubste ihn. Er purzelte rückwärts über den Tisch und fiel zu Boden. In diesem Moment wechselte ich meine Form und verschwand als Kater durchs offene Fenster."

Piko warte auf meine Reaktion. Ich weiß nicht, wie diese ausfallen soll, und nehme mir einen Moment der Ruhe. Ich schaue zu Maleika. Sie wirkt ebenfalls nicht so, als würde sie etwas sagen wollen. Also ergreife ich das Wort.

„Hauptsache du bist in Sicherheit, Piko. Mach dir keinen Vorwurf. Du wurdest in die Enge getrieben und zu einer Reaktion gezwungen. Ich verstehe dich. Wie erging es dir mit Azra? Was hat sie dazu gemeint?"

Piko rückt den Stuhl von sich und steht auf. Er läuft zum Bogen, der in den Eingangsbereich führt und bleibt dort stehen.

„Nun, sie weiß nichts davon. Ich wollte unbedingt zuerst mit dir darüber sprechen und bin nach dem Vorfall direkt in dein Haus gekommen. Doch du hast geschlafen und bist einfach nicht aufgewacht. Ich wurde Tag für Tag unruhiger und nervöser, doch ich hielt an meinem Plan fest. Milos, wir müssen etwas unternehmen. Wir sind hier zwar willkommen, aber wir beide wollen uns auch außerhalb von diesem Ort frei bewegen können. Es muss sich etwas ändern. Unsere aktuelle Lage darf nicht zum Dauerzustand werden. Was tun wir? Hast du einen Plan?"

Kapitel XXVII

Feindbild

Ich will Piko nicht enttäuschen, doch auch nicht anlügen. Ich habe mir zwar bereits ein paar Gedanken gemacht, aber einen wirklichen Plan habe ich nicht. Ich merke, wie ihn seine aktuelle Lage belastet und wie viel Hoffnung er in mich setzt. Ich suche mühevoll nach einer passenden Antwort auf Pikos Frage, aber es fällt mir schwer. Entsprechend erleichtert begrüße ich es deshalb, dass Maleika das Schweigen bricht.

„Ich weiß, es steht mir nicht zu, mich einzumischen, aber habt ihr euch mal überlegt, mit Leon Kontakt aufzunehmen? Immerhin hat er den Mann mit Hut gesehen und er weiß, wie dieser aussieht."

Ich schaue zu Piko und erwarte eine Reaktion. Er schaut zu mir und wartet ebenfalls. Gemeinsam blicken wir zu Maleika und schütteln den Kopf.

„Unmöglich!", rufen wir beide gleichzeitig aus. Ich warte, ob Piko noch mehr dazu sagt und fahre dann selbst fort.

„Das ist viel zu gefährlich. Leon hasst mich. Er wird mich sicherlich direkt der Polizei ausliefern."

Piko steuert mir bei und unterstreicht meine Aussagen. Auch er ist der Meinung, dass wir diese Idee nicht weiterverfolgen sollen.

Maleika lässt nicht locker: „Ich glaube nicht daran, dass Leon dir schaden will, Milos. Ich denke eher, dass auch er gegen den Mann mit Hut vorgehen will. Stell dir vor. Dieser Mann hat seinen Vater ermordet. Vor seinen Augen. Etwas Schlimmeres gibt es kaum. Er will Rache, ganz bestimmt. Oder habt ihr eine andere Idee?"

Ich muss gar nicht weiter überlegen, ich weiß, dass ich keine bessere Idee habe. Ich habe immer noch keinen Plan, wie ich den Traumzugriff nach dem Tod von Eren abwehren könnte, und auch sonst ist mir nichts eingefallen, was uns weiterbringt. Piko scheint ebenfalls planlos zu sein. Er schweigt und schaut zur Decke. Maleika nutzt die Stille und doppelt nach.

„So wie es aussieht, nicht. Also seid ihr dabei?"

Piko schweigt weiter und ich warte vergebens auf ein Zeichen von ihm. Ich selbst sehe ein, dass dies unsere einzige Möglichkeit ist. Zwar sehe ich die Gefahr und habe weiterhin ein ungutes Gefühl, doch ausschließen will ich den Gedanken von Maleika auch nicht. Ich wende mich an sie und erfrage die weiteren Details.

„Angenommen, wir würden das machen, wie stellst du dir das überhaupt vor? Ich kann ja nicht einfach an die Haustüre klopfen und Frau Stamm nach ihrem Sohn fragen. Das ganze Dorf sucht nach mir. Ich kann Silmeran nicht verlassen."

Maleika will gerade antworten, da bricht Piko sein Schweigen.

„Aber ich, Leon kennt mich. Ich bin sein Klassenlehrer. Zudem können wir davon ausgehen, dass dieser Nuri die Informationen über mich weiterhin für sich behält. Aus irgendeinem Grund will er nämlich nicht, dass sich seine Kollegen ebenfalls einschalten."

Pikos Worte leuchten mir ein und ich stimme zu. Ich sehe keinen Grund mehr, der dagegenspricht. Zwar besteht das Restrisiko von einer Begegnung mit Nuri, doch im Notfall kann Piko auch immer noch seine Form wandeln und unbemerkt davonzuschleichen. Dies wird klappen. Ich bin überzeugt.

Der restliche Tag verläuft ruhig. Piko sehe ich erst am Abend wieder. Kurz bevor er sich auf den Weg macht, schaut er nochmals bei uns vorbei. Wir besprechen die letzten Details, wünschen ihm viel Erfolg und warten dann gespannt auf seine Rückkehr. Uns ist es nicht möglich, mit ihm zu kommunizieren, dies könnte nur Azra, aber sie wollen wir nicht in unseren Plan einweihen.

Piko verwandelt sich und erscheint als Kater an der Oberfläche. Es ist der Abend nach Weihnachten und die Leute sitzen zu Hause und genießen die Gesellschaft ihrer Familien. Nicht so bei der Familie Stamm. Als Piko das Haus erreicht, sieht er nur ein einzelnes Licht scheinen. Leon sitzt in seinem Zimmer am Schreibtisch und schaut sich irgendetwas an. Mehr kann Piko nicht erkennen. Sonst ist alles dunkel. Wo Leons Mutter ist, kann Piko nur mutmaßen.

Er entscheidet sich gegen den klassischen Weg über die Haustür, wandelt sich zurück, formt sich aus dem kürzlich gefallenen Neuschnee einen Schneeball und wirft diesen vorsichtig an das Fenster von Leons Zimmer. Er beobachtet, wie Leon erschrickt und sofort aufsteht. Dann merkt er, wie er sich langsam dem Fenster nähert und hinausschaut. Piko macht sich bemerkbar und winkt dem Jungen zu. Leon öffnet das Fenster und schaut herunter. Piko macht Leon mit einer Geste klar, dass er nach unten kommen soll. Leon wirkt etwas schwer von Begriff. Er macht keine Bewegung und schaut weiterhin nur herunter auf Herrn Braun. Dieser ruft nun leise nach Leon und wedelt weiter mit seinen Händen.

Nun scheint Leon zu begreifen, was sein Klassenlehrer von ihm will, und kommt nach unten. Piko nähert sich der Haustür und achtet dabei darauf, dass er sich möglichst leise bewegt. Es dauert nicht lange und Leon öffnet die Tür einen Spalt breit. Piko begrüßt ihn und sagt, dass sie dringend miteinander sprechen müssen. Er argumentiert damit, dass es um den Mörder seines Vaters gehe, und merkt, dass Leon hellhörig wird. Dieser öffnet nun die Tür so weit, dass Piko eintreten kann, und macht Piko im Eingangsbereich klar, dass er ihm auf sein Zimmer folgen soll. Piko macht das und läuft ihm hinterher.

Oben angekommen, setzt sich Leon auf seinen Stuhl und bietet auch Piko eine Sitzgelegenheit an. Piko merkt, wie nervös Leon ist, und versucht, ihn etwas zu beruhigen.

„Alles gut, Leon, ich bin hier, um dir zu helfen. Danke, dass du mich hereingelassen hast. Wo ist deine Mutter?"

Leons Stimme zittert leicht, beruhigt sich dann aber fortlaufend: „Sie war müde und hat sich bereits schlafen gelegt. Eigentlich ist es jeden Abend so. Wir essen kurz und dann legt sie sich hin."

Piko merkt, wie schlecht es Leon geht.

„Leon, es tut mir wahnsinnig leid, was dir passiert ist. Ich kann es immer noch nicht glauben. Es ist unfassbar. Wie geht es dir? Kommst du klar?"

Leon wird nun etwas sicherer in seinem Auftreten. Er scheint zu merken, dass sein Klassenlehrer aus guten Absichten hierhergekommen ist.

„Ja, geht schon. Ich mache nicht viel. Hauptsächlich liege ich rum und denke nach."

„Verstehe." Piko rückt etwas zu Leon hin. „Nun Leon, wie vorhin erwähnt, bin ich hier, um dir zu helfen. Ich will mit dir gemeinsam den Mörder deines Vaters finden. Ich fühle mich verpflichtet, dir zu helfen. Als dein Klassenlehrer und auch deshalb, weil ich Milos helfen will."

Leon wirkt verwundert: „Wieso Milos, was haben Sie mit ihm zu tun?"

„Auch er ist einer meiner Schüler. Und auch er hat etwas Schlimmes durchgemacht. Ich habe bereits in Erfahrung gebracht, dass dieser Mann, der deinen Vater getötet hat, auch dabei seine Finger im Spiel hatte. Darum bin ich nun hier. Leon, kannst du mir sagen, wie der Mann aussah, der deinen Vater getötet hat? Nur so kann ich die nötigen Hinweise zusammenführen. Ich brauche deine Hilfe."

Leon zögert. Piko merkt, wie ihn die Sache mit Milos verwirrt. Er hadert damit, dass er dies überhaupt gesagt hat, doch nun ist nicht der Zeitpunkt dafür. Er merkt, dass er Leon weiter überzeugen muss.

„Sicherlich willst auch du den Mann bestrafen, der deinen Vater getötet hat. Oder etwa nicht?"

Jetzt reagiert Leon: „Ja, auf jeden Fall, doch ich weiß nicht, wie Sie mir dabei helfen sollen."

Piko überlegt rasch und sagt: „Leon, wenn du ehrlich zu dir bist, weißt du, dass du dies alleine nicht schaffen kannst. Sonst hättest du bereits etwas gemacht. Und das hast du nicht. Oder doch? Du brauchst jemanden, der dir hilft. Und so wie es aussieht, kann das weder deine Mutter noch sonst jemand. Vertrau mir, ich habe die gleichen Interessen wie du."

Die Worte sitzen und Leon lenkt ein. Er ist noch nicht völlig überzeugt, nickt aber zumindest schon mal zustimmend.

Piko nutzt diesen Moment und wiederholt seine Frage.

„Sehr gut, also Leon, ich helfe dir und du hilfst mir. Wie sah nun der Mann aus, der an dem Tag in euer Haus kam?"

Leon dreht sich an seinen Schreibtisch, er holt ein Foto hervor und schaut sich dieses an. Dann legt er es wieder auf den Tisch und beginnt zu sprechen.

„Herr Braun, wissen Sie, ich kann Ihnen nicht genau sagen, wer der Mann, der auf meinen Vater geschossen hat, ist. Durch den Hut und den hochgezogenen Kragen konnte ich nur wenig erkennen. Er trug einen Bart und hatte helle, blaue Augen. Die Nase war eher klein und die Haut blass. Mehr weiß ich nicht. Ich habe solche Angst. Bitte, helfen Sie mir!"

Piko spürt die Enttäuschung. Er kann mit dieser Beschreibung nichts anfangen. Trotzdem wendet er sich nochmals Leon zu.

„Du hast mir sehr geholfen, danke Leon. Ich habe nun einen Hinweis mehr und werde dir helfen, versprochen. Ich brauche etwas Zeit und melde mich dann wieder. Und übrigens, ein schönes Foto, was du da hast. So eines habe ich auch bei deinem Vater gesehen. Er hat es in der Schule auf seinem Bürotisch aufgestellt. Er muss dich sehr geliebt haben, Leon."

Leon schaut seinen Klassenlehrer nur schweigend an. Piko wartet nicht länger auf eine Reaktion und verabschiedet sich. Leon bleibt an seinem Tisch sitzen und Piko geht ruhig und langsam nach unten. Er verlässt das Haus, verwandelt sich und schleicht zurück nach Silmeran.

Kapitel XXVIII

2/2

Leon sitzt da und hört die Worte, die sein Klassenlehrer zu ihm gesagt hat, in seinem Kopf. Er weiß direkt, was das zu bedeuten hat, und verliert völlig das Gespür für die Situation. Er ist in Gedanken bereits auf dem Weg zur Schule, versucht sich aber, so gut wie möglich, noch auf Herrn Braun zu konzentrieren. Als er dies schafft, sieht er nur noch den Rücken von seinem Lehrer, wie er durch seine Zimmertür verschwindet. Immerhin ist er nun weg und Leon kann sich in Ruhe überlegen, wie er vorgehen soll. Er weiß, wo sich das zweite Foto befindet. Gut möglich, dass dort auch der zweite Schlüssel ist.

Leon schaut aus dem Fenster. Von Herrn Braun ist keine Spur mehr zu sehen. Im Haus ist alles ruhig. Seine Mutter schläft. Zudem ist es der zweite Weihnachtsabend. Die Schule wird leer sein. Heute ist der perfekte Tag. Besser wird es nicht. Leon kann nicht mehr warten. Seine Neugier ist zu groß. Er muss erfahren, ob der zweite Schlüssel tatsächlich in der Schule ist. Jetzt.

Leon zieht sich seine dunkle Jacke an und setzt sich eine Mütze auf. Er verstaut den Schlüssel mit der Aufschrift 1/2 sowie das Foto von seinem Vater in seiner Tasche, schnappt sich vom Schlüsselbrett neben der Haustüre den Schlüssel der Schule und macht sich auf den Weg. Damit er schneller vorankommt, entscheidet er sich für das Fahrrad. Er tritt so schnell in die Pedale, wie er nur kann, und schon bald erreicht er das Dorf. Durch die Fenster der Häuser sieht er lauter glückliche

Gesichter und merkt, wie sich die Trauer in ihm breitmacht. Er fühlt sich einsam und alleine, aber auch bestätigt darin, dass er das jetzt tun muss.

Er kann nicht wirklich sagen, wie er den Besuch von Herrn Braun deuten soll. Klar, braucht er Hilfe, aber nicht von jemandem, der gleichzeitig Milos retten will. Für den hat er nichts übrig, schon gar nicht mehr, seit er ihn angegriffen und geschlagen hat. Leon hat nun sein eigenes Ziel und darauf legt er seinen Fokus.

Leon nimmt die nächste Abbiegung und befindet sich nun auf der Straße, die hinunter zur Schule führt. Hier gibt es nicht mehr so viele Häuser und entsprechend dunkler wird die Umgebung. Er lässt das Velo mit etwas Abstand vor der Schule stehen und legt die letzten Meter zu Fuß zurück. Er hört ein Geräusch aus dem Busch neben sich und zuckt zusammen. Dann bemerkt er aber, dass es sich nur um eine Katze handelt. Er sieht, wie sie sich aus dem Staub macht, und erlangt seine Fassung zurück. Er erreicht den Eingang, schaut durch die Glasscheibe in den Eingangsbereich der Schule, dreht den Schlüssel und tritt ein. Er weiß, wo sich das Büro seines Vaters befindet, hat dieses aber bisher nur von außen gesehen.

Leon erreicht den obersten Stock des Gebäudes. Er kommt durch das schnelle Hinaufsteigen der Treppe etwas außer Atem und macht eine kurze Pause. Er schaut sich um und läuft dann erst ein paar Meter nach links, dann wieder nach rechts und nun hat er sein Ziel erreicht. Das Büro von Herrn Aaron Stamm, Vorstand der Schule Kono. So sagt es zumindest das Schild an der Türe. Hier ist es. Leon drückt die Klinke nach unten und tritt ein. Er lässt das Licht ausgeschaltet, zieht seine Taschenlampe hervor und läuft zum Fenster. Dort lässt er die Rollläden herunter und geht dann zurück zur Eingangstür. Er betätigt den Lichtschalter, steckt die Taschenlampe wieder ein und verschafft sich einen Überblick. Wie im Büro zu Hause findet er auch hier einen großen, massiven Schreibtisch vor. Leon bemerkt sofort den Bilderrahmen auf dem Tisch. Er schaut das Foto an und erhält die Bestätigung, dass Herr Braun recht hatte. Schnell holt er sein Foto aus der Hosentasche und hält es neben den Bilderrahmen. Die beiden Bilder sehen exakt gleich aus. Leon legt sein Foto hin und greift nach dem Bilderrahmen. Im Vergleich zum Rahmen in seinem Zimmer lässt sich dieser problemlos öffnen. Er schiebt die Klammern nach oben und löst die Halterung. Er klopft mit dem Bilderrahmen leicht auf den Schreibtisch und sieht, wie sich die Halterung abtrennt und auf den Schreibtisch fällt. Aber nicht nur sie fällt nach unten, nein, auch ein kleiner, leicht rostiger Schlüssel.

Leon lässt den Bilderrahmen liegen und schnappt nach dem Schlüssel. Es kribbelt in ihm und er ist total aufgeregt. Er hat es geschafft. Der Schlüssel war wirklich hier. Wahnsinn. Er zieht seinen anderen Schlüssel aus der Tasche und macht auch hier den Vergleich. Von vorne sehen die beiden Schlüssel identisch aus. Gleiche Größe, gleiche Form und leicht rostig. Er dreht die beiden Schlüssel in seiner Hand und kann erkennen, dass er nun sowohl den Schlüssel 1/2 sowie den dazugehörigen Schlüssel 2/2 in den Händen hält. Das Set ist komplett.

Nun braucht er nur noch herauszufinden, was er mit diesen Schlüsseln öffnen kann. Er überlegt sich, was es sein kann, das sein Vater exklusiv für ihn versteckt hat. Er hat keine Ahnung, weiß aber, dass er kurz davorsteht, dies herauszufinden. Er steckt sich beide Schlüssel in die Tasche, greift nochmals nach dem Bilderrahmen und zieht das Foto aus dem Rahmen. Er betrachtet auch dort die Rückseite. Wie erwartet, steht auch hier 2/2. Zwei Fotos und zwei Schlüssel. Wie bei seinem Foto sucht er auch hier nach weiteren Hinweisen. Er schaut automatisch an die untere rechte Ecke, doch findet nichts. Dann bringt er etwas Abstand zwischen sich und das Foto und sieht, dass der Hinweis auf diesem Foto auf der anderen Seite vermerkt wurde. Er schaut sich die untere linke Ecke genauer an und erkennt klar und deutlich eine „5".

Leon spürt, dass er das Rätsel lösen kann. In seiner Hosentasche hat er zwei Schlüssel und zudem hat er auf beiden Fotos einen Hinweis. Einmal einen Buchstaben und hier eine Zahl. Er nimmt das andere Foto wieder in seine Hand und dreht es. Dann legt er beide Fotos nebeneinander und sieht, wie die beiden Zeichen exakt so hingeschrieben wurden, dass sie sich an der gleichen Stelle treffen. Zusammen ergeben sie die Kombination „G5".

Leon überlegt, was das zu bedeuten hat. Es muss etwas sein, das nur er herausfinden kann. Sein Vater hat das Rätsel schließlich so konstruiert, dass es praktisch nur ihm möglich war, dieses zu lösen. Er überlegt und überlegt, aber er kann sich nicht daran erinnern, diese Kombination bereits einmal gesehen zu haben.

Doch dann schaut er sich die beiden Zeichen nochmals etwas genauer an und bemerkt, dass diese in einer alten und eher ungewöhnlichen Schriftart hingeschrieben wurden. Es klickt und Leon erinnert sich. Diese Schriftart hat er schon mal gesehen. Genau genommen sogar mehrmals. Nämlich immer dann, wenn er mit dem von der Schulleitung auserwählten Kreis von Schülern die Bibliothek besuchen durfte. Dort hat er jeweils das Buch, welches er zuletzt ausgeliehen hat, einer älteren Frau gezeigt und sie hat ihm dann erklärt, wo er es zurücklegen muss. Dabei notierte sie ihm einen großgeschriebenen Buchstaben und eine Zahl auf einen kleinen Notizzettel. Leon lief dann jeweils mit dem Zettel in der Hand durch die Regale und suchte nach der Stelle, wo die Kombination aus dem Buchstaben und der Zahl aufeinandertraf. Er war zwar nie bei der Stelle „G5", doch die Art, wie sein Vater den Hinweis auf den Fotos notierte, entspricht exakt dem Schreibstil der alten Dame der Schulbibliothek.

Nun denn, Leon weiß, was zu tun ist. Er klemmt das Foto wieder in den Rahmen und stellt es so hin, wie er es vorgefunden hat. Danach löscht er das Licht, macht die Taschenlampe an, zieht die Rollläden hoch und verlässt das Büro. Im Gang ist immer noch alles ruhig. Leon ist nun voller Tatendrang. Er spürt die Euphorie und vergisst dabei, dass er sich immer noch an einem Ort befindet, an welchem er besser nicht gesehen wird. Er rennt die Treppen hinunter und erreicht in Kürze den Eingangsbereich. Dort läuft er den Gang entlang bis weit nach hinten und nähert sich der Bibliothek. Er holt den Schlüssel hervor, mit dem er sich auch den Zutritt zur Schule verschaffte, und öffnet die Tür. Er rennt bis zum ersten Regal und schaut nach oben. Vor sich sieht er in goldener Schrift den Buchstaben „A". Etwas weiter hinten erblickt der den Buchstaben „B". Leon verbessert mit der Taschenlampe die Sicht und läuft dann weiter an den Regalen entlang. Er legt einige Meter zurück und erkennt dann klar und deutlich den Buchstaben „G" vor sich. Er zielt mit der Taschenlampe auf ihn und bemerkt, wie der Buchstabe zu glitzern beginnt. Hier ist er richtig. Er geht näher zum Regal hin und schaut auf das erste Fach. Anhand der Zahl, die dort vermerkt ist, begreift er, dass er ganz nach hinten gehen muss. Zehn, neun, acht, sieben, sechs, stopp. Leon richtet die Taschenlampe nach oben. Er sieht die Ziffer „5" vor sich. Nun hat er es fast geschafft. Er duckt sich nach unten und greift nach dem Buch, welches hier abgelegt ist. Er schaut sich den Titel an und überlegt sich, was das alte Rom mit seinem Vater zu tun haben könnte. Er öffnet das Buch und sieht lauter Bilder, Zeichnungen und Beschriftungen. Er blättert, aber da ist nichts, alles normal. Es gibt keinen Hinweis oder sonst irgendeine Botschaft an ihn. Leon versteht es nicht. Er dreht das Buch, erkennt aber auch dort nichts.

Enttäuscht über diese Tatsache, legt er das Buch zur Seite. Hier muss doch irgendwo etwas sein. Er kniet sich auf den Boden und tastet das Fach „G5" mit seiner Hand ab. Er kann nichts Außergewöhnliches spüren und holt die Taschenlampe zur Hilfe. Er leuchtet hinein und erkennt etwas. Hinten an der Wand gibt es einen kleinen Holzschalter. Er streckt seinen Arm aus und greift danach. Er drückt den Schalter nach unten und bemerkt, wie sich die Wand hinten im Fach löst und nach unten fällt. Er zieht das Holzstück hervor und leuchtet nochmals in das Fach hinein.

Da ist er. Der Empfänger für seine Schlüssel. Eine Box aus Metall wird für Leon nun klar ersichtlich. Er greift mit der rechten Hand in das Fach hinein und zieht die Box heraus. Auch dies ist geschafft. Nun stellt Leon die Box vor sich hin und untersucht sie. Sie wirkt sehr stabil und robust. Weder ein Feuer noch Wasser könnten ihr was anhaben. Sie bietet den perfekten Schutz.

Leon schaut gründlicher hin und erkennt auf der Längsseite zwei Schlösser. Sie sehen beide exakt gleich aus und sind so in die Box eingearbeitet, dass sich diese ohne das Öffnen der beiden Schlösser nicht öffnen lässt. Leon schaut sich die Schlösser genauer an und sieht auf dem einen eine kleine Eins und auf dem anderen eine Zwei. Rasch holt er seine beiden Schlüssel hervor und steckt diese in die dafür passenden Öffnungen. Er dreht gleichzeitig an beiden Schlüsseln und hört dann klar und deutlich ein Klicken. Er lässt die Schlüssel los und probiert, den Deckel nach oben zu ziehen. Es klappt. Die Box lässt sich öffnen.

Leon greift wieder nach der Taschenlampe und leuchtet hinein. Wiederum ist es ein Buch, das seine volle Aufmerksamkeit auf sich zieht.

Er hält in der einen Hand weiterhin die Taschenlampe und zieht mit der anderen Hand das Buch hervor. Er setzt sich in den Schneidersitz und legt das Buch auf seinem Oberschenkel ab. Er leuchtet auf den Buchdeckel und liest nun nichts mehr vom alten Rom, sondern erkennt seinen Namen. In Großbuchstaben steht da „LEON". Er blättert im Buch und erkennt die Handschrift seines Vaters. Er liest ein paar Sätze und hört dann von weiter vorne in der Bibliothek ein Knarren. Er zuckt zusammen und ihm wird klar, dass er schon viel zu lange hier ist. Er schnappt sich die Box, schließt diese wieder zu und stößt sie im Fach „G5" nach ganz hinten. Dann nimmt der das Buch vom alten Rom und legt auch dieses zurück an seinen Platz. Das andere Buch versteckt er so gut es geht unter seiner Jacke und macht sich dann auf den Weg zurück.

Auch im Gang ist es weiter ruhig und Leon erreicht ohne Zwischenfälle sein Fahrrad. Es ist zwar etwas mühsam, sich mit dem eingeklemmten Buch fortzubewegen, aber Leon schafft es. Er denkt nur an den Inhalt, der darauf wartet, von ihm gelesen zu werden, und blendet auf dem Rückweg alles aus, was um ihn herum passiert. Er schaut nicht mehr in die Gesichter der lachenden Familienmitglieder und macht sich auch keine Gedanken mehr zu seiner aktuellen Lage. Nein, er hat sein Ziel fest vor Augen und radelt wie wild drauflos.

Zu Hause stellt er sein Fahrrad zurück in die Garage und macht sich dann auf den Weg hinauf in sein Zimmer.

Kapitel XXIX

Erbe

Leon holt das Buch hervor und legt es auf den Tisch. Er setzt sich hin und betrachtet die Großbuchstaben auf dem Buchdeckel. Dann öffnet er das Buch und beginnt zu lesen. Auf der ersten Seite findet er ein paar Worte, die sein Vater an ihn gerichtet hat. Er schreibt von der Wichtigkeit der folgenden Informationen und von der Bedeutung, die Leon als sein einziger Sohn immer für ihn gehabt hat. Leon berührt dies sehr und er merkt, wie er mit den Tränen zu kämpfen hat. Er liest Dinge, die schöner sind als alles, was sein Vater je zu ihm gesagt hat.

Leon blättert auf die zweite Seite und erkennt sofort, dass dieses Buch nicht gerade erst erstellt worden ist. Er liest das Datum oben auf der Seite und ihm wird klar, dass sein Vater mit diesen Aufzeichnungen bereits vor Jahren begonnen hat. Leon findet nicht nur Texte vor, sondern auch Pläne, Briefe und Karten. Er konzentriert sich aber erst mal auf die Handschrift seines Vaters und erfährt dadurch, dass es in diesem Buch um eine Organisation geht. Er liest von deren Gründung und wie die ersten Experimente durchgeführt wurden. Worum es dabei genau geht, versteht Leon nicht. Er arbeitet sich aber weiter vor und versucht, mehr zu erfahren.

Auf den folgenden Seiten berichtet sein Vater über das schnelle Wachstum der Organisation. Leon sieht viele Zahlen, Belege und Grafiken. Er liest weiter und nimmt Kenntnis von einem Bericht über eine hoch begabte Mitarbeiterin, die leider abtrünnig wurde. Nun nimmt sein Vater wieder Bezug auf diese Experimente und Leon begreift plötzlich, worum es hier eigentlich geht. Er gewinnt Klarheit darüber, dass die beschriebenen Schwierigkeiten bei der Bestimmung der richtigen Dosis nicht bei Tests an Pflanzen oder Tieren entstanden sind, sondern dass hier an Menschen, genauer gesagt, an Kindern, herumexperimentiert wurde.

Wie schrecklich, denkt sich Leon, streicht sich seine Haare nach hinten und widmet sich dann sofort wieder den teils bereits etwas vergilbten Seiten. Er erhält noch mehr Informationen, die sein Vater allesamt akribisch genau aufbereitet hat. Er erfährt davon, wie die Organisation einen Durchbruch schaffte und es den Wissenschaftlern damit gelang, die Träume von Kindern vollends zu manipulieren. Durch die diversen Tests haben sie herausgefunden, dass die Manipulation umso stärker wirkt, je einsamer die Kinder sind.

Sein Vater schreibt davon, wie danach noch mehr Kinder gesucht und nach einem bestimmten Muster manipuliert wurden. Er schreibt von den Zielen und wieso dies für die Organisation so wichtig war. Leon kann nicht glauben, was er liest. Er fürchtet sich und bemerkt, dass er nie und nimmer so etwas erwartet hat, als er sich überlegte, was sein Vater für ihn hinterließ. Gespannt darauf, was nun noch alles kommt, setzt er seine Erkundung fort.

Er blättert und erschrickt total. Er zieht seine Hände vom Buch weg und stößt einen kurzen Schrei aus. Er schaut sich im Raum um und richtet seinen Blick dann wieder nach unten auf das Buch. Dort sieht er seinen Klassenlehrer, Herrn Braun. Er sieht zwar jünger aus, aber er ist es. Keine Frage. Leon ist sich ganz sicher. Er bestaunt das Bild, das fast eine ganze Seite ausfüllt, und erkennt den Hut, den Herr Braun trägt. Er sieht genauso aus wie der von dem Mann, der seinen Vater erschoss. Ebenso tragen sie den gleichen Mantel. Leon widmet nun seine Aufmerksamkeit den Notizen unterhalb des Bildes. Dort steht etwas in roter Schrift geschrieben. Leon beginnt zu lesen und erfährt etwas Unglaubliches. Herr Braun ist der Anführer der Organisation. Er ist verantwortlich für alles. Er ist der oberste Mann mit Hut, dem alle folgen und Aufträge für ihn ausführen. Leon ist verwirrt und blickt auf die nächste Seite. Dort findet er weitere Bilder. Diese sind kleiner als das von Herrn Braun, aber die Männer darauf blicken ihn dafür umso finsterer an. Er erschrickt das zweite Mal und erkennt den Mann wieder, der seinen Vater erschoss. Er lässt das Buch fallen, steht auf und schlägt sich die Hände vors Gesicht. Dann versucht er, sich zu beruhigen, und schaut sich das Bild nochmals genauer an. Er schaut auf die kleine Nase und auf die hellen, blauen Augen. Das muss er sein. Ganz bestimmt. Leider findet Leon keinen Namen und auch keine weiteren Hinweise. Er erfährt nur, dass alle diese Männer geholfen haben, die Organisation zu dem zu machen, was sie heute ist. Sie stehen in Schlüsselfunktionen und treiben die Geschäfte an.

Leons Kopf brummt. Er hat bereits so viel erfahren und Seite für Seite kommen neue Informationen dazu. Nun erfährt er von der Rolle seines Vaters und ist enttäuscht darüber, zu erfahren, dass sein Vater eng mit der Organisation zusammengearbeitet hat. Während des Lesens des Buches hatte er immer noch die Hoffnung, dass sein Vater der Gute ist und nicht auch zu den Bösen gehört. Diese Illusion wurde ihm nun genommen.

Er liest die an ihn gewendeten Worte seines Vaters und merkt schnell, dass sein Vater so eine Art Berater war und eine Vermittlerrolle eingenommen hatte. Er war nicht Mitglied der Organisation, aber er hat so eng mit ihr zusammengearbeitet, dass er alles über sie erfuhr. Er verdankte der Organisation seine Geschäfte und durch ihn konnte die Organisation ihre Pläne besser umsetzen. Es war also so etwas wie ein gegenseitiges Abhängigkeitsverhältnis, wobei Leon jetzt klar ist, dass sein Vater für die Organisation weniger wichtig war als umgekehrt.

Leon erkennt einen Pfeil und folgt diesem auf die nächste Seite. Dies muss sein Vater erst neulich geschrieben haben. Es gibt einen Zeitsprung zwischen den beiden Seiten.

Leon schaut auf den ersten Satz und stellt überrascht fest, dass es darin um Milos geht. Er liest den Satz nochmals durch und wird darin bestätigt. Tatsächlich, sein Schulkamerad Milos, mit dem er sich kürzlich geprügelt hat, hat irgendetwas mit seinem Vater zu tun gehabt. Aber was? Leon packt erneut die Neugier. Er überfliegt die niedergeschriebenen Worte und erfährt davon, dass Milos eines dieser Kinder ist, die von der Organisation beeinflusst worden sind, und findet ebenso heraus, dass es auch Milos war, der seinen Vater dazu führte, sich gegen die Organisation zu stellen.

Leons Vater schreibt von den Plänen mit Eren und wie er sich während dieses Treffens im Wald gegen die Organisation stellte. Er beschreibt, wie er zuerst noch alles machte, was die Organisation von ihm wollte, und den Jungen bedrohte, er dann aber den Auftrag, Eren zu töten, nicht ausführen konnte.

Da wird Leon sofort klar, dass sein Vater deshalb ermordet worden ist. Er spürt, wie stolz er auf ihn ist. Die Tatsache, dass sein Vater also doch nicht so böse ist, wie er es befürchtet hat, richtet ihn auf. Er denkt fest an ihn und begreift nun auch, wieso der Mann mit Hut auf seinen Vater schoss. Sein Vater war ein Held. Er hat seinen Tod in Kauf genommen, um einem anderen das Leben zu retten. Auch wenn sein Plan nicht aufging, er hatte seine Prinzipien und hat daran festgehalten. Diese Erkenntnisse sind für Leon wichtig. Er kann wieder gut über seinen Vater denken, trotz allem, was er gelesen hat.

Leon steht auf. Er muss sich bewegen. Er läuft zu den Vorhängen und zieht diese zu. Dann denkt er an Herrn Braun und daran, dass dieser kürzlich hier in seinem Zimmer war. Diese Tatsache schaudert ihn. Der Anführer dieser skrupellosen Organisation war hier bei ihm im Zimmer. Aber wieso? Was wollte er? Er fragte nach dem Mörder von Leons Vater, doch als Anführer wusste er wohl, wer das war. Komisch. Wollte er vielleicht nur herausfinden, was ich weiß? Oder hat er mir den Hinweis zum Foto bewusst gegeben?

Leon macht sich weitere Gedanken und merkt, dass er nicht auf eine Lösung kommt. Er geht zurück zum Buch, blättert weiter und schaut sich die letzte Seite genauer an. Hier erzählt ihm sein Vater noch mehr über die Traummanipulation und Leon merkt, wie wichtig dieses Buch ist. Zudem schreibt sein Vater, dass er damit der Organisation gedroht hat.

Leon schließt das Buch und versteht nun, wieso es sein Vater so gut versteckt hat. Er weiß nun alles über die geheime Organisation und deren Machenschaften. Durch die letzten Worte seines Vaters spürt Leon nun auch die Verantwortung, die an ihm haftet. Er erinnert sich an den letzten Satz und verfällt in Gedanken: „Mein Sohn, halte dieses Buch geheim. Niemand darf es finden. Schon gar nicht Herr Braun."

Leon schießen viele Gedanken durch den Kopf. Er überlegt sich, ober er direkt etwas unternehmen oder die Sache für heute erst mal ruhen lassen soll. Er ist hin- und hergerissen und entscheidet sich dann dafür, erst mal nach unten zu gehen, um ein Glas Wasser zu holen. Er steht auf, macht einen Schritt auf die Zimmertür zu und hört dann Geräusche von unten. Er öffnet die Zimmertür einen Spalt weit und erkennt, wie jemand die Treppe raufkommt. Er ruft nach seiner Mutter, doch erhält darauf keine Antwort. Er verfällt in Panik und schließt die Tür zu. Er greift das Buch und versteckt es unter seinem Bett. Dann packt er seinen Stuhl und klemmt ihn so unter die Türe, dass sich diese nicht öffnen lässt. Er geht ein paar Meter zurück und hört, wie jemand gegen die Türe hämmert. Er hat fürchterliche Angst und erkennt, dass sein Schutzschild bereits zu wackeln beginnt und sich der Stuhl nicht mehr lange hält. Er will ihn festhalten und gegen die Türe drücken, bemerkt dann aber, dass die Kraft auf der anderen Seite stärker ist. Er probiert es trotzdem und fällt dann direkt zu Boden, als die Tür aufspringt und ihn am Gesicht trifft. Er spürt den Schmerz, greift sich mit der Hand ins Gesicht und merkt, dass er blutet. Er will aufstehen, verspürt aber ein zu großes Schwindelgefühl und fällt umgehend wieder zu Boden.

Er kriecht mit Blick auf das, was demnächst durch die offene Tür auf ihn zukommt, nach hinten und erblickt dann, wie ich vor ihm stehe. Ich halte das Messer, mit welchem seine Mutter jeweils das Fleisch zubereitet, in meiner Hand und schaue ihm direkt in die Augen.

Leon ist immer noch leicht benommen, kann mich aber klar erkennen. Ihm ist klar, dass ich es bin und dass ich hier bin, um ihn zu töten. Er steht auf und torkelt so weit von mir weg, wie es nur geht. Ich beobachte ihn und laufe zielstrebig auf ihn zu. Leon greift nach allem, was ihm in die Hände kommt, und wirft es nach mir. Seine Zielgenauigkeit lässt aber zu wünschen übrig und ich nähere mich ihm weiter unbeeindruckt.

Leon stellt sich hinter seinen Schreibtisch und baut so eine Barriere zwischen uns auf. Er spricht zu mir, doch ich antworte nicht. Mein Blick ist derart fixiert, dass ich mich von nichts und niemandem von meinem Plan abbringen lasse. Leon duckt sich und versteckt sich unter dem Schreibtisch. Er ist nicht in der Lage, einen Kampf aufzunehmen, und kann nur noch auf ein Wunder hoffen. Ich wiederum räume alles aus dem Weg und ziehe nun auch den Schreibtisch von Leon zu mir hin. Er sitzt einfach nur da und spürt, dass der Tod auf ihn zukommt. Er schaut zu mir hoch und sieht, wie ich das Messer in der Hand drehe und auf ihn richte. Er legt sich zu Boden, um nicht mitanschauen zu müssen, was nun gleich passieren wird. Bevor er die Augen schließt, richtet sich sein Blick unter das Bett und er sieht das Buch von seinem Vater. Leon erinnert sich der Worte seines Vaters und auf einmal ist ihm klar, was er zu tun hat. Er dreht seinen Kopf und gerade, als ich das Messer loslassen will, schreit er so laut er kann: „Eren"!

Leon sieht, wie das Messer die Hand von mir verlässt. Er schließt die Augen und hört den Einschlag. Er öffnet seine Augen wieder, schaut nach rechts und erkennt, wie das Messer Zentimeter neben ihm im Boden steckt. Er begreift, dass seine Handlung Wirkung zeigte, und richtet seine Augen nun auf mich.

Ich bin total verwirrt über meinen Fehlschuss, halte aber noch immer an meinem Plan fest. Ich schüttle den Kopf und laufe einen Schritt auf Leon zu.

Im Bewusstsein, dass er mich mit seiner Handlung beeinflussen konnte, weiß Leon nun genau, was zu tun ist. Er richtet sich auf und spricht so schnell und so viel er kann.

„Milos, denk an deinen Freund, Eren. Denk an euer gemeinsames Schulprojekt, an die Mittagspausen, an eure Gespräche. Er und du. Ihr wart so gute Freunde. Du bist nicht alleine. Eren ist da für dich. Du bist das nicht Milos, wach auf. Du willst das doch nicht. Denk an Eren und daran, wie gut eure Freundschaft war."

Leon sieht, wie ich noch einen weiteren Schritt auf ihn zu mache. Er redet weiter auf mich ein und hört nicht auf, von Eren zu sprechen. Er sieht, wie ich mit meiner Hand eine Faust bilde und damit zum Schlag aushole. Meine Bewegungen sind zwar langsamer geworden, aber ich habe immer noch genügend Energie, um dies zu Ende zu führen. Leon versucht gar nicht erst, sich mit seinen Fäusten zu wehren. Nein, er holt zu seinem letzten verbalen Schlag aus und sagt zu mir so laut er nur kann, dass Eren mich liebte.

Das zeigt Wirkung. Ich wache auf und sehe, wie meine Hand unkontrolliert in Leons Richtung fliegt. Statt im Gesicht von Leon, landet sie an der Wand. Ich verliere die Kontrolle über mich und falle zu Boden.

Kapitel XXX

Liebe

Leon ist außer Atem. Er greift sich an seine Brust und hört sein Herz hämmern. Er spürt, wie das Blut in sein linkes Auge läuft und wischt es sich aus dem Gesicht. Dabei wird ihm klar, dass er von all dem, was er erst vor Kurzem noch gelesen hat, jetzt gerade ein Zeuge geworden ist. Was sein Vater aufgeschrieben hat, stimmt. Es steht außer Frage, dass Milos diesen Angriff auf ihn nicht ausüben wollte. Es war ja schon fast unmenschlich, wie er ihn anblickte und wie erpicht er darauf war, ihn zu töten. Leon schaudert es noch immer. Er denkt zurück an die Schlägerei in der Schule. Damals war Milos schon sehr seltsam, aber dies heute war nochmals eine ganz andere Liga.

Er überlegt sich, was als Nächstes kommt, und schaltet schnell. Als Herr Braun bei ihm war, erzählte er davon, dass er Milos beschützen wolle. Gut möglich also, dass Herr Braun damals bereits mit Milos in Kontakt war. Daraus schlussfolgert Leon, dass es mit großer Wahrscheinlichkeit auch sein Klassenlehrer war, der Milos beeinflusst und hierher geschickt hat. Aber wenn dies tatsächlich so war, wird Herr Braun auch bemerkt haben, dass sein Plan nicht funktionierte. Entsprechend aufgebracht wird er sein und sich wohl bereits auf dem Weg hierher befinden. Leon wird nervös. Er weiß, dass er handeln muss, und zwar schnell. Doch was soll er tun?

Er schaut zu mir nach unten und sieht, dass auch ich blute. Ich bin mit voller Wucht zu Boden gefallen und habe mich dabei an der Bettkante gestoßen. Er dreht mich auf den Rücken, hält meinen Kopf hoch und schiebt ein Kissen darunter. Er spricht zu mir, doch ich rege mich nicht. Er spricht lauter, aber nichts passiert. Ich habe zu wenig Kraft dafür. Dann läuft er ins Badezimmer, holt ein Glas Wasser und gießt dieses über mein Gesicht. Das wirkt. Ich hebe meinen Kopf ruckartig nach oben, stöhne laut auf und verspüre dabei ein furchtbar schmerzendes Stechen im Nacken. Ich schaue mich, verwirrt und leicht benommen, im Zimmer um, aber finde nicht heraus, wo ich bin, und habe auch keine Idee, wieso ich hier sein könnte. Doch ich sehe Leon vor mir und schaue ihm direkt in die Augen. Er wirkt besorgt und spricht mich direkt an.

„Milos, kannst du mich hören? Ich bin es, Leon."

Ich bin immer noch benommen und versuche, mich zu konzentrieren, aber mein Nacken und auch mein Kopf schmerzen zu sehr.

„Milos, ich bin es, Leon. Hallo."

Ich strenge mich weiter an und fokussiere mich auf Leon. Ich versuche, den Schmerz zu vergessen und die Situation so gut wie möglich wahrzunehmen. Ich schaffe es mehr oder weniger und hole mir bei Leon Orientierung: „Leon, wo bin ich hier? Was ist passiert? Ich kann mich nicht erinnern."

Leon reagiert postwendend: „Du bist bei mir zu Hause, Milos. Du hast mich angegriffen. Erinnerst du dich an überhaupt nichts?"

Ich verstehe nicht ganz, was Leon damit meint. Es verwundert mich, doch so langsam kehrt die Erinnerung zurück. Ich war wieder unterwegs. Wie damals, als ich Eren tötete. Aber wieso hier? Wollte ich etwa Leon töten? Erstaunt über meine erlangte Erkenntnis, richte ich mich an Leon und hoffe, dass er mich vom Gegenteil überzeugt.

„Wieso angegriffen? Wieso dich? Leon, ich wollte das nicht, auf keinen Fall."

Leon begreift, dass ich mich erholt habe, und führt weiter aus.

„Ja, ich weiß, Milos. Ich weiß über alles Bescheid. Mein Vater hat mir eine Nachricht hinterlassen und mir alles erzählt. Komm schnell, richte dich auf, es ist jetzt keine Zeit für Erklärungen. Herr Braun, unser Klassenlehrer, ist höchstwahrscheinlich verantwortlich für das alles. Er hat dich beeinflusst und mit dem Befehl, mich zu töten, hierher geschickt. Gut möglich, dass er dies auch damals beim Tod von Eren so gemacht hat. Milos, ich will dir keine Angst machen, aber wir sind in Gefahr. Begreifst du, in sehr großer Gefahr. Bestimmt hat Herr Braun bereits bemerkt, dass dein Angriff fehlschlug. Er kann schon bald hier sein. Darum denk nach. Wir müssen uns etwas einfallen lassen, sonst haben wir keine Chance, wenn er kommt."

Ich kann das, was ich da höre, nicht glauben und dementiere es sofort.

„Nein, auf keinen Fall, Herr Braun ist mein Freund. Er war immer für mich da und hat mich mehr als einmal gerettet. Ohne ihn hätte mich die Polizei längst festgenommen. Du erzählst Blödsinn. Leon, hör auf damit."

Leon merkt, dass das alles nichts bringt. Er holt das Buch unter seinem Bett hervor, schlägt die entsprechende Seite auf und zeigt mir das Bild von unserem Klassenlehrer. Zudem beginnt er laut vorzulesen, was sein Vater über Herrn Braun notiert hat.

„Glaubst du mir nun, Milos. Herr Braun ist nicht der, für den er sich ausgegeben hat. Er ist das Oberhaupt der Organisation, die für all das hier verantwortlich ist. Begreifst du es jetzt? Er hat das so geplant. Er hat dich per Traum manipuliert und dich dadurch dafür benutzt, dass du zuerst Eren und dann mich tötest. Wieso er das gemacht hat, kann ich dir nicht sagen. Ebenso wenig kenne ich die Gründe dafür. Ich weiß nur, dass er bald hier sein wird und wir dringend einen Plan brauchen. Milos, kann ich auf dich zählen?"

Ich erinnere mich zurück an das letzte Gespräch mit Piko. Er war mit mir zusammen in Silmeran. Richtig, doch an diesem Ort kann gar niemand von der Außenwelt auf die Träume der dortigen Bewohner zugreifen. Also muss der Zugriff von jemandem erfolgt sein, der sich vor Ort befand. Seltsam. Ich erkenne so langsam, dass an den Worten von Leon etwas Wahres dran sein kann. Auch wenn ich es nicht glauben will, ist es durchaus möglich, dass er recht hat. Ich lehne mich mit dem Rücken an die Wand und wende mich erneut Leon zu.

„O. k., ich verstehe, Leon. Ich kann mich wieder an den Angriff auf dich erinnern, weiß aber nicht, wieso ich das gemacht habe. Deine Vermutung, dass dies Herr Braun gewesen ist, ist möglich, aber ich will es nicht glauben. Es könnte auch jemand anders gewesen sein. Trotzdem sehe ich keine andere Möglichkeit, als davon auszugehen, dass du recht hast. Wir werden ja sehen, ob Herr Braun wirklich hier auftaucht oder nicht."

Leon atmet auf. Seine Gedanken fliegen ihm so schnell durch den Kopf, dass ihm davon fast übel wird. Er sucht nach einem Plan, mit welchem er seinen Klassenlehrer überlisten und gleichzeitig Milos davon überzeugen kann, dass er die Wahrheit spricht. Dabei macht die Tatsache, dass Herr Braun jeden Moment hier sein kann, seine Gefühlslage nicht gerade entspannter. Er sucht wie verrückt nach einer Lösung und obwohl er merkt, wie wenig das bringt, sucht er weiter. Dabei kommt erschwerend dazu, dass er durch den Angriff von Milos sowohl geistig als auch körperlich total erschöpft ist. Er blutet und hat Schmerzen. Er schaut hinüber zu Milos und erkennt, dass es auch ihn ziemlich übel erwischt hat.

Leon wechselt gedanklich die Perspektive und versucht, die Sache aus der Sicht von Herrn Braun anzuschauen. Er überlegt sich, wieso sein Lehrer seinen Tod will. Dabei fallen ihm diverse Gründe ein, aber nur etwas, das sinnvoll ist. Das Buch. Sein Vater hat über Jahre hinweg Informationen gesammelt und diese aufgezeichnet. Er hat dann der Organisation damit gedroht und so erfuhr Herr Braun davon. Jedoch wusste dieser nicht, wo und wie er an das Buch gelangen würde. Da ihm dies sein Vater nicht sagte, musste er sterben. Nun will er auch noch seinen, Leons, Tod, um so das Geheimnis über sich und seine Organisation vollkommen verschwinden zu lassen. Denn wem, wenn nicht seinem Sohn, würde Leons Vater so etwas übergeben. Leon überlegt, wie er mit diesen neuen Erkenntnissen nun weitermachen soll, und zieht dafür den Rat von mir ein. Er erzählt mir von seinen Überlegungen und ich stimme ihm zu. Gut möglich, dass Herr Braun, wenn er es wirklich war, so gehandelt hat. Wir bauen auf dieser Grundlage auf und entwickeln zusammen einen Plan. Dabei kommen wir schnell auf einen gemeinsamen Nenner. Unser Vorgehen ist zwar nicht so ausgeklügelt, wie wir es gerne gehabt hätten, doch aufgrund des Zeitdruckes gut genug. Es wird funktionieren. Hauptsache, wir wissen beide, was zu tun ist. Wir besprechen noch die letzten Details, da hören wir auch schon ein Geräusch von draußen. Wir gucken durch das offene Fenster und erblicken Herrn Braun, wie er sich dem Haus nähert.

Ich schließe vorsichtig das Fenster und stelle den Stuhl, der vorhin zu Boden gefallen war, wieder an seinen Platz. Leon versteckt das Buch erneut unter dem Bett und ich stelle mich ans Fenster und schaue in die Nacht hinein. Ich höre die Schritte von Piko und merke, wie die Nervosität in mir hochsteigt. Ich rede mir zu, dass alles gut wird, und versuche, so ruhig wie möglich zu bleiben. Ich schaue bewusst nicht zur Tür, nehme aber wahr, wie Piko hereinkommt und den Raum betritt. Ich drehe mich zu ihm und bemerke, dass er mich nur kurz anschaut und dann sein Blick sofort zu Leon wandert. Er geht zwei Schritte auf ihn zu, senkt seinen Kopf und bleibt mit starrem Blick stehen. Ich wende meinen Blick ebenfalls zu Leon und sehe, dass der Junge in der Ecke seines Zimmers wie tot am Boden liegt.

Ich weiß, dass es nur gespielt ist, aber es sieht schon sehr echt aus. Hoffentlich genug real, damit es auch Piko schluckt.

Dies klappt. Zumindest macht es den Anschein. Piko hält seinen Kopf nun wieder etwas höher und wendet sich von Leon ab. Er macht zwei Schritte auf mich zu und bleibt vor mir stehen. Ich weiß nicht, was ich machen soll, also gehe ich einen Schritt zurück und setze mich auf die Fensterbank. Piko bleibt vor mir stehen und streckt mir dann die Hand hin.

„Komm, Milos, steh auf. Wir gehen nach Hause."

Ich bleibe sitzen und frage Piko, was hier passiert ist. Ich erzähle ihm, dass sich alles exakt so anfühlte wie am Tag, an welchem ich Eren getötet habe.

Piko geht nicht auf meine Ausführungen ein und bittet mich erneut darum, mitzukommen.

„Komm, Milos, sobald wir in Silmeran sind, werde ich dir alles erzählen. Hier ist es nun zu gefährlich."

Ich lasse nicht locker und beharre darauf, dass mir Piko die Wahrheit erzählt.

„Wieso habe ich das gemacht? Wer hat mich dieses Mal kontrolliert? Ich war doch in Silmeran. Dort ist es gar nicht möglich, dass jemand auf mich zugreifen kann."

Piko merkt, dass ich so schnell nicht mit ihm mitkomme. Er kniet sich hin, schaut mir tief in die Augen und versucht, mich zu beruhigen.

„Ich will dich nicht verunsichern, Milos, aber das alles war Azra. Sie ist nicht die, für die sie sich ausgibt. Sie hat Pläne mit den Kindern. Eigene Pläne. Sie hat dich beeinflusst und als ich das bemerkte, habe ich mich sofort auf den Weg gemacht. Es ist schlimm, doch wir müssen nun gehen. Bist du dazu überhaupt in der Lage?"

Ich gehe auf die Geschichte von Piko ein, spiele aber weiter auf Zeit.

„Azra? Aber sie schützt doch alle?"

Piko streckt mir erneut seine Hand hin.

„Ja, Milos, das dachte ich auch. Nun ist aber die Wahrheit ans Licht gekommen. Sie hat dich dazu benutzt, einen unschuldigen Jungen umzubringen. Wir müssen davon ausgehen, dass sie durch dich auch Eren töten ließ. Das mit der Organisation war eine Lüge, Milos. Sie hat alles so geplant. Begreifst du es nicht? Komm jetzt, es ist gefährlich hier. Sie kann erneut auf dich zugreifen. Wir müssen gehen. Rasch!"

Ich denke an Azra und daran, wie zurückhaltend sie von Anfang an war. Sie bot mir zwar Schutz, half mir aber nicht. Ich beginne Piko zu glauben. Er ist mein Freund und es macht Sinn, was er sagt, vielleicht sogar mehr als das, was Leon sagte. Ich schwanke und überlege, ob ich am Plan von Leon und mir festhalten oder einfach auf meine Gefühle hören soll. Es ist schwer, also frage ich weiter nach.

„Und wo gehen wir hin? Wo bin ich vor Azra in Sicherheit?"

„Du kommst mit mir, Milos. Ich kenne einen Ort, den selbst Azra nicht kennt. Selbst sie wird eine Zeit brauchen, bis sie den nächsten Angriff auf dich vornehmen kann. Ihre Helfer sind aber bestimmt bereits unterwegs hierher. Du kennst ja die anderen Formwandler. Sie stehen in ihrem Dienst und machen alles, was sie sagt. Milos, ich sage es nicht nochmals, wir müssen gehen."

Ich werfe einen letzten Blick zu Leon und verlasse dann zusammen mit Piko das Zimmer. Piko streckt mir die Hand hin und zieht mich den Gang entlang. Ich lasse mich ein paar Meter weiter ziehen und bleibe dann stehen.

„Piko, warte. Die Betäubung von Leons Mutter wird nicht mehr lange halten. Komm, wir nehmen einen anderen Weg. Ich war schon mal hier und kenne mich aus."

Piko lenkt ein, lässt meine Hand los und folgt mir. Ich erinnere mich an die Erläuterungen von Leon und nehme den von ihm beschriebenen Weg nach unten. Es dauert eine Weile, bis wir die Tiefgarage erreichen. Dort gehen wir an den ganzen Autos vorbei und ich bemerke, wie Piko nun wieder die Führung übernimmt. Er hat die Tür nach draußen entdeckt und eilt dieser nun entgegen. Ich lasse ihm etwas Vorsprung, bleibe dann aber erneut stehen und hole, wie von Leon und mir geplant, eine Seite des Buches von Leons Vater aus meiner Hosentasche hervor. Ich nehme all meinen Mut zusammen und frage Piko mit lauter Stimme, ob er die Person kennt, die auf diesem Foto abgebildet ist.

Piko geht zuerst nicht darauf ein und sagt, ich solle weiterlaufen. Dann wiederhole ich die Frage mit noch lauterer Stimme. Piko dreht sich um und scheint das Foto nicht zu erkennen. Er macht dann ein paar Schritte auf mich zu und bleibt wie angewurzelt stehen. Ich sehe, wie sein Kopf sich rötet und wie seine Augen zu funkeln beginnen. Ich kann ihm ansehen, dass er genau weiß, was ich da in den Händen halte. Er kann es nicht unterdrücken. Die Tatsache, dass ich im Besitz von diesem Bild bin, bringt ihn aus dem Gleichgewicht. Ich habe Angst vor ihm und merke, wie meine Hand mit dem Blatt zu zittern beginnt. Dennoch bleibe ich stehen und rühre mich nicht.

Piko kommt mir noch näher und fragt mit aufgebrachter Stimme: „Woher hast du das?"

Ich gehe nicht darauf ein und wiederhole meine Frage. Dann reißt mir Piko das Papier aus der Hand und steckt es sich in seine Tasche. Dadurch wird er aber nicht ruhiger, nein, er stürmt direkt auf mich zu.

Ich versuche, ihn zu bremsen, und konfrontiere ihn mit der nächsten und zugleich der übernächsten Frage: „Dann stimmt es also, was da steht? Du bist der Kopf der Organisation? Nicht Azra, nein, du steckst hinter all dem?"

Er antwortet nicht, wirkt aber weiterhin verbissen und beginnt, seinerseits Fragen zu stellen. Er will von mir wissen, wo sich der Rest des Buches befindet. Ich gehe einen Schritt zur Seite und hole eine weitere Seite des Buches hervor. Diese lese ich laut vor.

„Herr Braun, wie ihn alle nennen, ist der mächtigste Mann der Organisation. Er alleine kann die Träume der Kinder beeinflussen und er ist es, der alle Fäden zieht. Ich, Aaron Stamm, notiere hier alles, was …"

Piko reißt mir auch dieses Stück Papier aus den Händen. Im Vergleich zu vorhin lasse ich mich nun nicht mehr davon beeindrucken und merke, wie der Mut zurückgekehrt ist. Dann hole ich das nächste Papierstück hervor und lese weiter.

„Ich wollte Eren nicht töten. Dann hat Herr Braun dies übernommen. Er hat Milos benutzt und …"

Wieder reißt mir Piko das Papier aus den Händen.

Ich hole noch eine letzte Seite hervor und werfe sie Piko vor die Füße.

„Weißt du, Piko, selbst als mir Leon vor seinem Tod davon erzählte, habe ich ihm nicht geglaubt. Ich habe daran festgehalten, dass du mein Freund bist. Weißt du noch, was wir vereinbart haben?"

Piko hat nun keine Lust mehr auf das Versteckspiel. Er greift sich mit der rechten Hand hinter seinen Rücken und zieht eine Pistole hervor. Diese richtet er auf mich.

„Ach Milos, ich mag dich wirklich, aber du lässt mir keine Wahl. Ich wollte dich heute hier abholen und dann mit dir etwas aufbauen. Etwas, was es noch nie gegeben hat. Wir zwei. Der Kopf der Organisation und der einzige Junge, der sich gegen meine Zugriffe wehren konnte. Nur wir zwei, das war von Anfang an mein Plan. Aber auch du bist schwach und hast nie herausgefunden, wie es wirklich geht. Du hattest Glück. Sonst nichts. Nun sag mir, wo der Rest des Buches ist."

Ich fühle mich gut und unerschrocken. Ich lasse mich von der Pistole nicht beeindrucken, merke aber trotzdem, dass sich Piko nicht mehr lange hinhalten lässt. Also stelle ich ihm die nächste Frage.

„Schon gut, Piko, ich werde es dir sagen, aber nur, wenn du mir auch etwas sagst. Wieso mussten all die anderen sterben? Eren, Aaron und nun auch noch Leon? Sie waren doch gar keine Bedrohung für dich."

Piko hebt auch noch die Seite auf, die ich ihm zuletzt zugeworfen habe. Dann fasst er mit seiner zweiten Hand nach der Pistole und zielt damit direkt auf mein Gesicht.

„Das geht dich nichts an, Milos. Aber da du sowieso bald tot bist, sage ich es dir. Aaron wurde mir zur Gefahr, weil er Beweise über die Organisation gesammelt hat. Er widersetzte sich mir und drohte damit, alles zu veröffentlichen. Dieser Narr hat so nicht nur seinen Tod, nein, auch den seines Sohnes zu verschulden. Denn es war ja klar, dass er seine Beweise weitergeben wird. Einfach zu durchschaubar, der gute Aaron. Ich hängte mich an Leon und als dieser das Versteck des Buches gefunden hat, war auch er wertlos für mich."

„Und Eren? Was ist mit Eren?"

„Ha, Eren, ja er war eigentlich ein guter Junge. Aber nach deiner Schlägerei mit Leon in der Schule wusste ich, dass ich etwas machen muss. Zugegeben, ich war überrascht über deine Kraft und wurde kurz nervös. Das war das erste Mal, dass ein Junge ohne meinen Einfluss etwas träumte und das dann genau so machte. Aber halb so schlimm, ich konnte dann doch noch Einfluss nehmen und dich so manipulieren, dass du Eren tötest. Obwohl dies eigentlich Aarons Aufgabe war."

„Also warst es auch du, der mich heute hierher geschickt hat?"

Piko kommt noch näher.

„Ja, Milos, ich war es, denn nur ich kann das. Ich bin der mächtigste Mann hier. Begreife es doch. Ich bestimme über dich. Kurz war ich beeindruckt und dachte, dass du dich mir widersetzen kannst. Aber Leon ist tot und du bist nur ein ganz normaler Junge, wie all die anderen. Also, mein junger Freund, sag Lebewohl."

Ich blicke in den Lauf der Pistole und verliere den Glauben an unseren Plan. Ich falle auf die Knie und warte nur noch darauf, dass Piko den Abzug betätigt. Ich denke an Eren und weiß, dass ich bald bei ihm sein werde. Ich schließe die Augen, doch anstatt eines Geräusches von vorne, höre ich, wie sich hinter mir etwas tut. Ich drehe mich blitzartig um und sehe Leon. Er kommt langsam auf mich zu, hält das Buch in der Hand und schreit so laut er kann: „Lassen Sie ihn leben, Herr Braun. Ich habe das Buch."

Piko senkt die Waffe und schaut verblüfft zu Leon.

„Wie ist das möglich? Wie kannst du noch leben? Ich habe dich getötet. Milos, was hat das zu bedeuten?"

Bevor Piko sich von dem Überraschungsmoment erholt und Leon und ich noch mehr in Gefahr kommen, rufe ich so laut ich kann: „Durch Liebe!"

Nuri steigt aus dem Sportwagen aus und richtet die Waffe auf Piko. Er gibt ihm den Befehl, die Pistole fallen zu lassen, und schreit ihn an, dass er dies nicht noch einmal sagen wird. Doch Piko ist das egal. Er will zumindest noch jemanden mit in den Tod nehmen. Er hebt seine Waffe und zielt auf mich. Doch gerade als er mich anvisiert hat, fällt er zu Boden. Ich schaue zu Nuri und sehe, dass er mit seiner Waffe einen Schuss abgefeuert hat. Ich blicke zu Piko und nehme wahr, wie sein Bein blutet. Er verzerrt sein Gesicht und bleibt liegen. Nuri rennt auf ihn zu, kickt ihm die Waffe aus der Hand, dreht ihn auf den Bauch und drückt ihn zu Boden. Er holt seine Handschellen hervor und schnallt sie Piko um die Hände. Dann packt er Piko und zieht ihn zu einer der dicken Säulen, die die Tiefgarage stützen. Er greift nach einem großen Seil, wirft es um Piko und fesselt ihn dadurch direkt an die Säule. Dann entfernt er sich ein paar Schritte von ihm und pustet durch.

Ich sehe ihm an, dass dies auch für ihn eine Extremsituation war. Er steht, wie wir alle, unter Adrenalin und versucht, nun etwas herunterzufahren. Ich gebe ihm die Zeit und warte, bis er wieder ruhiger wird. In der Zwischenzeit strecke ich Leon die Hand zu und bedanke mich für seine Rettung. Er ist ebenfalls total erschöpft und setzt sich auf den Boden. Ich tue ihm das gleich.

Dann spricht Nuri: „Was war das denn? Seid ihr wahnsinnig, dass ihr euch so einem Risiko ausgesetzt habt? Ihr könnt von Glück reden, dass ihr noch lebt. Alle beide."

Ich schaue zu Leon, er schweigt. Auch ich sage nichts. Dann setzt Nuri seine Ansage fort, nun aber in etwas leiserem Ton.

„Ihr müsst euch bewusst sein, dass ihr verdammt viel Glück hattet. Wäre euer Anruf etwas später erfolgt, hätte ich es nicht rechtzeitig geschafft. Als ich die Garage betrat, hörte ich bereits Geräusche von oben. Ich suchte nach dem Sportwagen und erkannte diesen zum Glück sofort. Ich eilte hinein und konnte gerade noch die Türe schließen, bevor du, Milos, nach unten kamst. Es war knapp, sehr knapp. Fast hätte mich Herr Braun gesehen. Fast, aber nicht ganz. Es ist gut gegangen. Die Gefahr ist gebannt. Wir haben den Täter und können nun alles aufklären. Ich muss nun zurück auf die Wache. Alles andere schauen wir uns morgen an."

Ich weiß nicht, was ich sagen soll. Nuri kniet sich zu uns nieder und fragt nach unserem Befinden. Ich nicke und bestätige, dass es mir gut geht. Auch Leon nickt. Dann packt Nuri Piko und zieht diesen nach draußen. Wir hören noch, wie der Motor seines Autos anspringt, und verfolgen dann das immer leiser werdende Geräusch. Dann wird es ruhig und ich höre nur noch Leons Atem.

Kapitel XXXI

Vorbei

Ich merke, wie ich immer müder werde. Die Anspannung löst sich und ich lasse meinen Kopf in meine Hände fallen. Der Schmerz geht langsam zurück und ich versuche einzuordnen, was heute alles passiert ist … Ich habe von meinem Freund, der mich über Monate begleitet hat, erfahren, dass er die ganze Zeit gegen mich gearbeitet hat. Im Gegenzug wurde mir von einem angeblichen Feind geholfen. Verrückte Welt, die mir einmal mehr zeigte, dass man sich nie sicher sein kann, was noch alles auf einen wartet.

Ich will nun aber nicht daran denken, was noch kommt, sondern was passiert ist. Ich fokussiere mich auf den Moment und überlege, ob ich nun glücklich sein soll, weil alles vorbei ist, oder traurig sein muss, weil ich trotz allem sehr viel verloren habe. Schwierige Frage, die ich mir nicht beantworten kann. Zumindest weiß ich jedoch, dass es richtig war, was ich gemacht habe.

Während ich mir meine Gedanken mache, vergesse ich fast, dass Leon immer noch neben mir sitzt. Ich blicke zu ihm rüber und sehe, dass auch er mit der Erschöpfung zu kämpfen hat. Er stützt seinen Kopf mit seiner linken Hand und ich sehe, wie ihm immer wieder die Augen zufallen. Ich schaue auf seine andere Hand und erkenne, wie er das Buch von seinem Vater fest an sich drückt.

„Leon, was machst du nun mit diesem Buch?"

Leon lässt seinen Blick zuerst auf sein Buch gerichtet. Dann schaut er hoch zu mir und stellt eine Gegenfrage.

„Was würdest du damit machen?"

Er steht auf und wir blicken uns gegenseitig in die Augen. Keiner sagt was, doch dann beginnt Leon zu schmunzeln. Es verwirrt mich und ich frage nach.

„Was hast du?"

Leon klärt auf: „Was hättest du gedacht, wenn dir vor drei Monaten jemand gesagt hätte, dass unser Klassenlehrer eigentlich ein Krimineller ist, der Kinder mittels Traummanipulation dazu bringt, Leute zu töten?"

Ich schüttle den Kopf und Leons Mundwinkel ziehen sich noch etwas weiter nach oben. Er reißt mich mit und auch ich merke, wie sich auf meinem Mund ein Lächeln bildet. Meine Anspannung löst sich ein wenig und ich versuche, den Moment zu genießen, merke dann aber plötzlich, dass es nun Zeit ist zu gehen. Ich sage das Leon und wir gehen nach oben. Kurz schauen wir noch im Zimmer von Leons Mutter vorbei und merken, dass sie tief und fest schläft. Das Betäubungsmittel, das ich ihr vor meinem Angriff auf Leon gegeben habe, wirkt immer noch. Das liegt wohl daran, dass sie auch sonst in keiner guten Verfassung ist.

Leon schließt die Tür vom Zimmer seiner Mutter und begleitet mich noch bis zur Haustür. Dort bietet er mir an, dass ich auch über Nacht hierbleiben kann. Ich winke ab. Ich brauche jetzt meine Ruhe und zudem muss ich wissen, was in Silmeran los ist. Ich sage Leon, dass ich morgen früh wieder zu ihm komme, und verabschiede mich. Leon reicht mir seine Hand und ich schlage ein.

Auf dem Weg zurück zum Baum, der mich nach Silmeran bringt, passiert nichts, was mich noch außer Atem bringen könnte. Ich krieche in das Loch, sage das Codewort und gelange über die Rutsche nach unten. Dort wartet bereits Azra auf mich. Sie breitet ihre Arme aus und ich falle hinein. Sie gibt mir zu erkennen, dass alles in Ordnung ist. Ich bin froh darüber und genieße die Sicherheit, die sie mir bietet.

Danach begleitet mich Azra zu meiner Unterkunft und verabschiedet sich, sobald wir den Eingang erreicht haben. Ich trete ein und höre, wie Maleika von oben die Treppe herunterrennt. Ich weiß nicht, wie ich reagieren soll, da fällt sie mir bereits um den Hals. Sie drückt mich so fest an sich, dass sich meine Verletzungen aufs Neue spürbar machen. Es geht einen Moment, dann löst sie ihren Griff wieder. Sie geht einen Schritt zurück und schaut mich besorgt an. Ich sage ihr, dass es mir gut geht, und sie drückt mich erneut.

Danach erzähle ich ihr alles, was passiert ist. Sie wiederum klärt mich darüber auf, dass Azra hier bei ihr war und sie informierte, was Piko gemacht hat. Leider erst, als alles zu spät war und Piko Silmeran bereits verlassen hatte.

Maleika erzählt von der großen Angst, die sie um mich hatte, und vom Ohnmachtsgefühl, das in ihr aufkam. Ich beruhige Maleika und bestätige ihr, dass ich nicht wieder gehe. Dann mache ich mich mit ihrer Hilfe auf den Weg in mein Zimmer. Dort lege ich mich hin und schlafe sofort ein.

Ich erwache früh und genieße die Stille in meinem Zimmer. Ich ziehe mir frische Kleider an und mache mich auf den Weg nach unten. Dort lasse ich mir ein Glas Wasser einlaufen und gehe dann nach draußen. Auch hier ist noch alles ruhig. Ich sehe keine anderen Leute. Alles scheint noch zu schlafen. Ich spaziere etwas an den Häusern entlang und beobachte die Pflanzen, die an den Hauswänden hinauf nach oben wachsen. Ich schlendere durch die Gehwege und nähere mich dabei immer mehr dem Zentrum. Fast dort angekommen, sehe ich Azra. Sie erblickt mich ebenfalls und läuft auf mich zu.

„Guten Morgen, Milos. Wie geht es dir?"

„Hallo, Azra, gut, danke, ich hatte zu viele Gedanken in meinem Kopf, um noch länger schlafen zu können."

Azra wirkt nachdenklich. Ich warte kurz ab, ob sie was sagt, und nehme dann selbst Kontakt auf.

„Azra, wie geht es nun weiter?"

Azra nimmt auf einer Bank Platz und ich setze mich zu ihr hin. Dann beginnt sie auszuführen.

„Weißt du, Milos, ich bin sehr traurig über alles, was passiert ist. Piko war mein engster Vertrauter. Nun ist er weg und ich merke, dass es für mich noch wichtiger geworden ist, für die Kinder da zu sein. Dich, Milos, kennt nun jeder, zumindest hier in Silmeran. Alle haben mitgekriegt, was passiert ist, und nun wissen sie auch, dass du derjenige bist, der sich gegen die Traumzugriffe wehren kann."

Ich weiß nicht so recht, wie ich reagieren soll, und schweige einen Moment lang. Dann richte ich mich auf und wende mich erneut Azra zu.

„Ich werde heute nochmals an die Oberfläche gehen. Ich habe noch ein paar Dinge zu erledigen. Leon, die Polizei, meine Eltern. Du weißt schon."

Azra nickt und zeigt mit ihrer linken Hand auf den Weg, der nach draußen führt. Ich stehe auf, werfe ihr einen letzten Blick zu und laufe dann in die angezeigte Richtung.

In Kürze erreiche ich den Punkt, der mich zur Außenwelt führt. Ich wiederhole das Prozedere und schnell finde ich mich im Tunnel wieder. Ich lege die letzten Meter kriechend zurück und stehe dann im Wald, einmal mehr. Ich laufe auf dem kürzesten Weg zu Leon und bemerke dabei, wie gut es sich anfühlt, nicht gesucht oder gejagt zu werden. Ich genieße diese Freiheit und versuche, so gut wie möglich zu vergessen, was zuletzt alles passiert ist.

Bald erreiche ich das Haus der Familie Stamm und betätige dort die Klingel. Leons Mutter öffnet die Tür und begrüßt mich freundlich. Ihr Verhalten überrascht mich und ich trete ein. Sie klärt mich auf und sagt, dass ihr Leon bereits erzählte, was alles passiert ist, und ich beginne zu verstehen, wieso sie so nett zu mir ist. Sie weist mich darauf hin, dass sich Leon auf seinem Zimmer befindet, und ich gehe zu ihm nach oben.

Ich steige über die Türschwelle und sehe Leon, wie er an seinem Schreibtisch sitzt. Das Zimmer sieht bereits wieder aufgeräumt aus. Ich nähere mich Leon und sehe, dass er das Buch seines Vaters studiert. Ich erkenne eine Seite mit Bildern diverser Männer. Ich bleibe stehen und wiederhole, ohne ihn zuerst zu begrüßen, die Frage, die ich ihm schon einmal gestellt habe.

„Weißt du nun, was du damit machen willst?"

Leon bietet mir einen Stuhl an und ich setze mich. Ich schaue ihn an und zeige auf das Buch. Leon überlegt kurz und formuliert dann eine Antwort.

„Ich werde das Buch der Polizei geben. So ist es am besten. Nuri wird wissen, was damit zu tun ist."

Ich bin froh über das Gehörte und stimme Leon zu. Doch noch während ich spreche, höre ich die Stimme von Leons Mutter.

„Leon, Milos, kommt nach unten. Herr Kremar von der Polizei ist hier."

Ich verzichte darauf, meinen Satz zu beenden, und stehe auf. Ich will mich auf den Weg machen, da greift Leon nach meiner Schulter. Ich drehe mich um und warte darauf, was nun kommt.

„Warte, Milos. Ich muss dich auch noch etwas fragen. Es geht um das, was du gestern gesagt hast. Ich kriege es nicht mehr aus meinem Kopf. Ich überlege die ganze Zeit, was Silmeran ist und wieso du Herrn Braun die ganze Zeit mit Piko angesprochen hast."

Ich denke an die Unterhaltung mit Piko in Leons Zimmer zurück und spiele mit dem Gedanken, ihm alles zu erzählen. Dann entscheide ich mich aber dagegen und vertröste Leon auf ein nächstes Gespräch.

„Leon, wir haben so viel durchgemacht. Gib mir etwas Zeit. Danach werde ich es dir sagen. Versprochen."

Ich warte nicht darauf, wie er reagiert, nehme seine Hand von meiner Schulter und laufe nach unten. Im Eingangsbereich begrüße ich Nuri und auch Leon macht das, als er kurz nach mir ankommt.

Nuri fragt nach unserem Befinden und wir setzen uns gemeinsam an den Küchentisch. Leons Mutter setzt einen Tee auf und Nuri übernimmt die Gesprächsführung.

„Milos, Leon, ich bin froh, dass es euch gut geht. Ihr habt einiges durchgemacht und mir ist völlig klar, was ihr alles auf euch genommen habt. Dafür möchte ich euch danken, vielmals. Klar, es war gefährlich, dumm und unüberlegt, aber ohne euch hätte ich diesen Fall nicht klären können."

Etwas überrascht über Nuris Worte, schaue ich hinüber zu Leon und sehe, wie auch er nicht weiß, wie er reagieren soll.

„Euer Klassenlehrer, Herr Braun, sitzt in der Zelle vom Polizeiposten Kono und wird demnächst in die Stadt transferiert. Dafür müssen wir jedoch noch warten, bis seine Wunde etwas verheilt ist. In der Stadt kommt er in das beste und sicherste Gefängnis der Region. Ihr müsst euch also keine Sorgen mehr machen. Heute Morgen hat sich zudem noch jemand selbst angezeigt. Ganz zu meiner Überraschung kam ein Junge aus dem Kinderheim auf den Polizeiposten und hat gestanden, dass er Aaron Stamm gegen Entgelt gewisse Dienste angeboten hat. Auf Nachfrage von mir sagte er aus, dass er Eren belauschte und danach Herrn Stamm Bericht darüber erstattete. Sein Name ist Nils. Kennt ihr ihn?"

Ich sehe den Jungen vor mir und rasch wird mir einiges klar. So kam das alles ins Rollen. Denn die Information über meinen Traum von Leon hatte nur Eren. Durch Nils erfuhr Aaron davon und der berichtete dann wohl weiter an Herrn Braun. Wahrscheinlich im Wald, genau dort, wo ich die Spuren gefunden habe.

Ich schaue zu Nuri und merke, dass dieser immer noch auf eine Antwort wartet. Ich nicke und bestätige ihm, dass ich den Jungen ein- bis zweimal im Kinderheim getroffen habe.

Dann schaut Nuri zu Leon und schenkt ihm seine Aufmerksamkeit. Er erzählt von den Buchseiten, die er in den Taschen von Herrn Braun gefunden hat, und erklärt ihm, dass das Buch seines Vaters das entscheidende Beweismittel für die Verbrechen von Herrn Braun und dessen Organisation sei.

Leon holt das Buch hervor. Er reicht es Nuri und sagt, dass er ihm gerne helfe. Nuri bedankt sich und steckt das Buch in seine Tasche. Danach verabschiedet er sich bereits wieder und erklärt, dass er in der Sache weitere Nachforschungen betreiben wird.

Auch ich mache mich auf den Weg zurück ins Dorf. Nuri fragt, ob ich mitfahren will, und ich stimme zu. Ich setze mich auf den Beifahrersitz und Nuri bittet mich, seine Tasche zu halten. Ich sehe, wie Leons Mutter nochmals nach Nuri ruft, und nutze den Moment, um die Tasche zu öffnen und mir das Buch anzuschauen. Ich blättere darin und dabei fällt mir auf, dass die Seite, die ich vorhin in Leons Zimmer gesehen habe, fehlt. Ich will direkt wieder aussteigen und Leon fragen, was das soll, da merke ich, dass Nuri bereits auf dem Weg zurück zum Wagen ist. Also lege ich das Buch zurück in die Tasche.

Während wir fahren, suche ich nach den Hintergründen für Leons Handeln. Ich denke daran, was ich ihm vorhin gesagt habe, als er mehr über Silmeran und Piko wissen wollte. Dabei wird mir klar, dass es völlig normal ist, wenn auch er mir nicht alles erzählt. Wir sind nun mal keine besten Freunde, wie Eren und ich es waren. Dennoch glaube ich daran, dass auch hier etwas entstehen kann. Ich entscheide mich dafür, die Sache ruhen zu lassen. Schließlich musste auch Leon sehr viel durchmachen. Es ist nur fair, auch ihm die nötige Zeit zu geben.

Ich schaue hinüber zu Nuri und mache ihn an der Kreuzung darauf aufmerksam, dass er mich hier rauslassen kann. Ich bedanke mich bei ihm und wünsche ihm alles Gute. Dann laufe ich zurück in den Wald und gehe zur Hütte von Eren und mir. Ich gehe hinein, kämpfe mich durch das Durcheinander und setze mich auf die Holzbank. Ich denke an Eren und fühle mich mit ihm verbunden. Ich spüre, dass dieser Ort für immer für unsere Freundschaft steht, und entscheide mich dafür, noch eine Weile hierzubleiben.

Kapitel XXXII

Weitermachen

Mittlerweile ist eine Woche vergangen. Ich sitze in Silmeran und schaue den Kindern beim Spielen zu. Neben mir sitzt Maleika und amüsiert sich. Unsere Freundschaft wird stetig enger und ich merke immer mehr, was für ein toller Mensch sie ist. Wir sprechen viel, auch über Eren und seine Ideen. Sie gibt mir Kraft und ich genieße es, Zeit mit ihr zu verbringen.

Meine Eltern habe ich, nachdem sie von Nuri über alles informiert worden sind, getroffen. Sie erzählten mir vom Besuch der Polizei und davon, dass ihnen viele Fragen gestellt wurden, vor allem über den Mann, der sie die ganze Zeit unter Druck gesetzt und bedroht hat. Leider konnten sie der Polizei nicht wirklich weiterhelfen. Sie sagten mir aber, dass sie sich noch gut an die hellen, blauen Augen erinnern können.

Meine Mutter hat zwar versucht, sich mir gegenüber zu öffnen, doch dabei ist es dann auch geblieben. Sie sagte mir, dass sie Zeit brauche, um das alles zu verarbeiten, und ich zeigte Verständnis. Leider hat das, was geschehen ist, meine Mutter derart verunsichert, dass sie sich verändert hat. Sie musste so lange in die Rolle einer anderen Person schlüpfen, dass sie Teile davon übernommen hat.

Mein Vater hat es noch viel schlimmer erwischt. Er kann sich an vieles gar nicht mehr erinnern und lebt völlig in seiner eigenen Welt. Er geht weiter zur Arbeit und bewältigt seinen Alltag, aber nicht mehr und nicht weniger. Was die Organisation ihm angetan hat, weiß ich nicht genau. Es muss aber etwas gewesen sein, was, wenn überhaupt, nur sehr langsam wieder in Ordnung zu bringen ist.

Der Besuch bei meinen Eltern machte mir klar, dass ich diesen Ort aktuell nicht als mein zu Hause betiteln kann. Ich habe deshalb mein Zeug gepackt und mich auf den Weg nach Silmeran gemacht. Meinen Eltern sagte ich, dass ich vorerst bei der Familie Stamm wohne, und Leon bat ich um Stillschweigen.

Mit Leon habe ich mich noch zweimal getroffen. Er hat nicht mehr nach Silmeran gefragt und ich nicht mehr nach der fehlenden Seite. Unsere gemeinsam erlebte Geschichte verbindet uns und wir merken, dass dies der Grundstein für eine Freundschaft werden könnte. Jedoch bin weder ich noch ist er so weit, dies zugeben zu können.

Nuri habe ich nicht mehr gesehen. Ich habe aber in der Zeitung seinen Bericht gelesen und dabei mit Freude festgestellt, dass er diesen so verfasst hat, dass nun jeder weiß, dass ich unschuldig bin. Ich kann mich also wieder blicken lassen. Dabei werde ich wohl nicht ganz so berühmt sein wie hier in Silmeran, dennoch kennen mich nun auch die Leute an der Oberfläche.

Und Piko, ja, was ist mit Piko? Heute findet sein Transport ins Gefängnis von Ame statt. Dort wird er wohl den Rest seines Lebens verbringen. Ich denke daran, wie ich ihn kennengelernt habe, und sehe ihn auf dem Fenstersims sitzen und darauf warten, dass ich ihn hereinlasse. Ich merke, wie es mich auch jetzt noch berührt, und werde traurig.

Maleika bemerkt das sofort und stupst mich an. Ihr Lachen macht es mir leichter und ich spüre, wie meine Gedanken wieder bunter werden.

Der Autor

Jonas Akermann wird 1987 in Wattwil SG geboren
und wächst in Mogelsberg SG auf. Er startet seine
berufliche Laufbahn mit der kaufmännischen Lehre
bei einer Bank und arbeitet als Privatkundenbera-
ter. Nach einigen Jahren wechselt er von der Bera-
tung in die Ausbildung, bleibt jedoch dem Banking
treu. Im September 2019 gründet Jonas Akermann
mit lernkult.ch seine eigene Firma. Jonas Akermann
ist Finanzplaner und Ausbilder mit eidg. Fachaus-
weis und hat zudem Betriebswirtschaft studiert.
Zu seinen Lieblingsaktivitäten zählt er Wandern,
Fußball spielen und Schwimmen.